Lilwenn et la voie enchantée

Alain KLIMEK

Lilwenn et la voie enchantée

Alain Klimek
ISBN : 978-2-38268-619-5
Dépôt légal : Octobre 2024

Remerciements

Parce que les magiciens ont le pouvoir de transformer la vie, je voulais remercier ici, toutes celles et tous ceux qui ont changé mes peurs en joies et ont œuvré ainsi, à libérer mes potentiels et à m'entraîner au-delà de mes limites.

Je souhaitais exprimer ma reconnaissance et ma gratitude à Lydie Meunier pour avoir fait grandir le petit Arthur, lâchement abandonnée par son premier éditeur et pour avoir accompagné Lilwenn mot pour mot. Je remercie également Martine et Patricia qui m'ont apporté chacune, à discrétion, leurs premières perceptions, n'hésitant pas au passage, à soustraire quelques chapitres, pour une meilleure compréhension, cela va sans dire. Je remercie aussi mes fidèles mécènes, Nelly et Patou pour leur soutien indéfectible à ma littérature. Je remercie enfin toutes les Lilwenn qui se reconnaîtront ici ou ailleurs pour avoir insufflé l'alchimie nécessaire à un tel voyage porteur d'espoir.

Je n'oublie pas pour autant de remercier sincèrement Monsieur Lafont, mon imprimeur ICN à Orthez pour m'avoir redonné l'espoir et l'envie de poursuivre mon œuvre : l'écriture. Élément primordial de mon bien-être mental et émotionnel.

Préface

Ce que vous allez lire dans ce roman peut vous amener à vous poser ces questions. Est-ce vrai ? Avons-nous, nous aussi, à suivre notre « voie enchantée » ? La réponse est OUI, si vous vous permettez qu'elle soit OUI. La réponse est NON, si vous avez abandonné d'y croire.

L'auteur a su tout au long de ce roman, maintenir un suspens. Il a su nous amener à poser un regard sur ce que l'on cherche profondément en nous. Son ton, tantôt plein d'humour et populaire, se jouxte avec un ton très sérieux qui amène à la réflexion. Je trouve que ces aller-retour représentent la Vie, qui nous amène à jongler avec notre côté enfant puis notre côté adulte responsable. Je l'ai ressenti comme une respiration.

La vie n'est pas une ligne droite, c'est une sinusoïde et nous oscillons régulièrement entre des moments légers et des moments moins légers, voire parfois lourds à porter. Si nous sommes sur notre « voie enchantée », c'est-à-dire à l'écoute de nous-mêmes, de ce que veut notre cœur, nous traverserons les moments moins légers en sachant que dans quelque temps le soleil brillera. Nous sommes soumis aux cycles de la vie, le jour et la nuit, les saisons… La nature accepte ces cycles.

Lilwenn, héroïne de ce roman représente chacun de nous sur son propre chemin. Au gré de ses rencontres, elle nous montre que seul ce qui est vécu dans l'instant compte, le passé est révolu et le futur se construit au fur et à mesure de l'avancée. Lilwenn nous enseigne l'acceptation, la non-résistance à ce que la Vie nous propose.

Ce chemin est le chemin d'une âme qui descend dans la matière, dans tous ses corps subtils. Nous sommes tous sur le chemin de Saint-Jacques de Compostelle.

Je voudrais souligner que dans la langue alchimique « Chemin de Compostelle » signifie « Chemin du Compost vers l'Étoile (Stella) ». C'est donc, bien à partir de la matière que l'énergie divine doit se manifester. C'est un processus biologique comprenant plusieurs phases de dégradation et de transformation, ce sont les expériences que la Vie nous propose. Notre unique mission sur cette planète est donc de « labourer notre champ intérieur » afin que ce qui poussera soit transformé et retourne à notre essence divine.

Je termine en rendant hommage à l'auteur qui a su nous amener à faire ce chemin à l'intérieur de nous.

Ce n'est pas par hasard si vous avez choisi ce livre. Lisez-le avec l'esprit ouvert et laissez remonter ce que vous ressentez, que ce soient des interrogations ou des évidences.

Martine Brillant
Psycho-Energétique

1
Une fin de journée

Instinctivement, Lilwenn détourne son regard vers la fenêtre de son bureau. Dehors, le soleil montre ses premiers signes de fatigue. Ses lueurs pâles, d'un crépuscule de début de soirée, amorcent les sublimes vesprées d'un ciel sans nuages. Quelques petits coups de pinceau aux couleurs pastel subsistent néanmoins dans ce ciel dessiné par un joli coucher de soleil, juste avant que ne tombe la nuit. Cela permet encore à la jeune fille de distinguer avec précision la pureté des contours des éléments extérieurs. L'hiver touche à sa fin et par conséquent, les arbres n'ont pas encore revêtu leurs habits de verdure. À cette période de l'année, les squelettes de bois dessinent de leurs branches nues, des formes particulières en jouant de leur ombre à la faveur de cette luminosité déclinante. Le regard de la jeune fille se fixe à présent sur l'aura de cette végétation en renaissance. Elle distingue au travers des banchages les ombres en mouvement, comme des profils qui s'apparentent à des visages et qui semblent veiller sur elle. Elle imagine alors que ce sont des personnages qui viennent vers elle pour lui annoncer une nouvelle ou lui transmettre un message.

Ce type d'illusion, perçu clairement par Lilwenn, se montre assez régulièrement et de manière distincte pour qui veut bien les remarquer. On peut également observer ces formes dans les nuages, dans les pierres, le tronc d'un arbre, enfin, partout dans la nature et de manière générale quand on y prête attention. Ce phénomène s'appelle la paréidolie. Il est considéré comme une illusion d'optique, résultant de l'interprétation fantastique d'une image visuelle. C'est un genre de mauvais tour que nous joueraient nos yeux, en laissant dysfonctionner notre cerveau. Cela créerait du sens à ces formes aléatoires, ainsi, nous serions mieux à même de les percevoir.

Mais Lilwenn préfère penser que ce sont des âmes désincarnées qui se présentent à elle, pour lui délivrer un message. Elle ne possède pas encore toutes les clés nécessaires pour décoder ce type de présage. Mais la jeune fille pense déjà en son for intérieur qu'un jour, elle travaillera cette aptitude, afin de mieux appréhender ces phénomènes. Ainsi, elle sera en mesure d'entendre et de décrypter ce que ces énergies veulent exprimer. On nomme alors cette capacité la clairaudience quand il s'agit de perceptions auditives. Si en plus, elle pouvait bénéficier d'une capacité de visualisation de ce monde invisible, que l'on appelle la clairvoyance, elle en serait ravie. Elle pourrait alors, entrer en contact avec les guides. C'était comme un film qui se déroulerait dans la tête de cette jeune fille. En ayant accès à ces capacités médiumniques, elle pourrait être thérapeute. Connectée à cet autre monde que l'on dit parallèle et pourrait alors aider les gens à faire des choix, leur éviter de prendre de mauvaises décisions et commettre certaines erreurs pouvant s'avérer fatales.

Sa grand-mère serait certainement très fière de sa petite fille, elle qui déjà en son temps était un peu sorcière, dotée de ces dons, marquée de cette énergie magnétique, une discipline que l'on appelle aussi « pouvoir extrasensoriel ». Il lui revient à cet instant la petite phrase que sa mémé lui avait dit : « Un jour, je t'enseignerai cela ». Mais voilà, elle est partie avant. Aussi, c'est justement ce qu'elle apprend à faire dans son métier, consciemment ou pas. Mais cela ne reste que des analyses cartésiennes de situations réelles. Lilwenn, plongée dans ses rêveries, s'imagine bien emprunter cette voie tracée par son aïeule. Elle exercerait peut-être en qualité de naturopathe ou psychothérapeute, afin d'être reconnue professionnellement, mais elle serait surtout guérisseuse et soignerait les blessures de l'âme. Verser dans la médecine dite alternative, une médecine douce sans allopathie. Soigner avec les énergies et aller jusqu'à l'origine du mal. Comme le « mal a dit », tout ce qui ne s'exprime pas s'imprime. Alors nos émotions n'ont d'autres solutions que de s'exprimer, en s'imprimant directement sur et dans notre corps physique.

Je devrais vraiment y penser ! En plus, cela doit rendre fort que de pouvoir bénéficier de l'information avant les autres. Il ne faut pas perdre de vue qu'il faut toujours rester humble et bienveillante quand on accède à ce genre de connaissance. Ne pas tout dire, ne rien divulguer qui risque de faire peur. Et puis les gens ne sont pas toujours prêts pour cela, souvent, ils n'ont pas envie de savoir.

La jeune fille a terminé sa journée de travail, et pourtant, ce soir, elle n'est pas particulièrement pressée de rentrer à la maison. Lilwenn n'a pas encore d'amoureux dans sa vie. Cependant, un joli garçon brun sur lequel ses yeux se sont posés semble beaucoup lui plaire. Ce jeune homme poursuit des études supérieures dans une université à Lorient. Il étudie dans le domaine des énergies électriques, de l'électronique et des nouvelles technologies. En réalité, elle ne sait pas vraiment ce qu'il étudie, ni vers quel métier il veut se diriger. Ce qu'elle sait en revanche, c'est que le beau brun a pour l'heure, deux passions qu'il partage avec sa bande de copains : le football et le Pub House. Toujours dans ce sens, car l'inverse pourrait réserver quelques surprises, dont la difficulté à taper correctement dans le ballon. Surtout après quelques pintes, il devient plus difficile d'expédier le ballon au fond des filets.

Lilwenn a décidé qu'elle passera ce soir au stade comme à son habitude. Pour voir ce garçon lors de son entraînement, oui, juste pour le voir. Elle sait qu'il est un cœur à prendre, mais la jeune fille ne sait pas encore comment lui avouer ses sentiments. Est-ce du désir ou est-elle vraiment amoureuse ? Pourtant les yeux de braise de son bel hidalgo ne la laissent pas indifférente. Mi-réservé, mi-timide, ce beau gosse ne perçoit pas encore les témoignages d'affection ni les préoccupations de Lilwenn. Parfois, après l'entraînement, Lilwenn accompagne les garçons au Pub, dans le but de prolonger ce moment. Elle attend peut-être de la part de ce jeune homme une confirmation de ses sentiments, une forme d'engagement.

Elle aimerait vraiment partager avec lui une conversation plus personnelle, apprendre à mieux le connaître. Il lui parlerait un peu de lui, ce qu'il fait dans la vie en dehors de l'école et du foot. Ils aborderaient ensemble leurs centres d'intérêt et pourraient alors envisager d'éventuels projets communs. Elle l'écouterait attentivement, elle aimerait surtout mieux le cerner, c'est plus fort qu'elle, elle doit toujours tout analyser. Elle rêve au fond d'elle-même de gratter le cuir un peu tendu de sa peau, cette sorte de carapace dans laquelle il s'est glissé pour mieux protéger son extrême sensibilité. Qui sait ! Peut-être découvrirait-elle, la magnifique personne, qu'il cache avec précaution au fond de lui.

Elle aime entendre le son de sa voix, ses paroles sont toujours douces et rassurantes. Il ignore jusqu'au sens du mot « problème ». Pour lui, il n'y a que des solutions, c'est sa devise, la réalité positive en tout. Il dit toujours qu'un problème sans solution est un problème mal posé. Il apprécie particulièrement l'humour d'Einstein, et pour Lilwenn, cela compte énormément. C'est son esprit de génie qu'elle affectionne notablement. Non seulement il est beau, mais il est tellement gentil qu'il ne dit presque jamais non. C'est d'ailleurs pour cela qu'il est rarement disponible. À moins d'avoir besoin de lui, ou envie de lui qui sait !

Mais ça, c'est encore bien prématuré au regard de la situation. Elle fait partie des copains de la bande, c'est un peu leur mascotte et pour le moment, cela lui convient très bien. La jeune fille est issue d'un milieu plutôt modeste. Lilwenn est née dans une famille nombreuse, à l'esprit classique conventionnel, et elle occupe l'avant-dernière place de la fratrie. Son éducation lui a enseigné le devoir et il lui a fallu apprendre à se battre pour exister. Voilà pourquoi elle préfère la compagnie des garçons à celle des filles. C'est dû à son esprit de battante, telle une guerrière, un samouraï féminin.

Lilwenn descend machinalement le store à lamelles de son bureau. Dans ce grand bâtiment à l'atmosphère plutôt austère règne un silence académique, comme un soupir en musique. C'est tout simplement une fin de journée ordinaire, la libération du stress et le moment où les tensions retombent. Elle ne perçoit désormais que le léger bruit de l'aspirateur et le couinement des roues du chariot que les hôtesses de propreté poussent, en déambulant dans le couloir des bureaux.

Ce soir-là, elle est restée un peu plus tard qu'à son habitude. Elle devait impérativement finir un dossier sur lequel elle travaillait depuis plusieurs jours. Elle en avait fait la promesse à son chef de service : ces documents seront fin prêts pour être exposés au comité. Elle a trouvé cet emploi au sein de la Compagnie, dans le cadre de sa formation par alternance. C'est son professeur d'économie, fier de ses bons résultats, qui a joué le rôle de médiateur auprès du directeur pour faciliter son embauche. Cela lui permet de poursuivre ses études supérieures, tout en étant rémunérée et par conséquent, être indépendante financièrement. Voilà pourquoi elle fait l'admiration et la fierté de son entourage. Son père travaille pour nourrir et loger sa famille. Sa mère, au foyer, élève désormais la petite dernière et remplit sa journée en vaquant selon son gré à ses occupations. Il n'y a pas de place pour le superflu. Si l'un des enfants de la famille a l'idée saugrenue, l'audace, ou l'ambition de briguer une carrière en dehors du champ conventionnel, il lui faudra assumer pleinement ses prétentions.

Cette idée incongrue, Lilwenn l'a eu, et son projet n'était pas le bienvenu dans la famille. Aussi a-t-elle décidé d'assumer pleinement ce choix. La jeune fille est dotée d'une personnalité bien trempée, c'est le moins que l'on puisse dire. Intelligente et têtue, elle veut affronter la vie positivement, sans nuire à son environnement familial. Elle n'a pas l'intention de se contenter d'un baccalauréat. Elle a toujours travaillé pour s'offrir ses extras et a fini par trouver un sens à donner à sa vie, en contemplant son cadre domestique. Elle sait désormais ce qu'elle ne veut surtout pas, bien qu'elle ne sache pas encore ce qu'elle souhaite exactement comme avenir.

La belle demoiselle a envisagé, fut un temps, d'entrer dans les ordres. Depuis sa plus tendre enfance, sa famille bretonne l'a initié aux préceptes de la foi catholique et a bâti pour Lilwenn, les fondations d'un féminisme chrétien à la mesure de madame de Staël. Celle qui dans ses lettres de philosophie protestante prônait que « Le christianisme a tiré les femmes d'un état qui ressemblait à l'esclavage ». Peut-être la première à considérer par ailleurs, Jésus comme le premier des féministes. Lilwenn a fait ses communions, elle a même revêtu la soutane d'enfant de chœur. Aussi, elle connaît par cœur les chants liturgiques. Elle a forgé ses références sur des personnages comme Hildegarde de Bingen, Madeleine Delbrêl ou Catherine de Sienne, ces femmes qui ont illustré l'histoire de l'église. Alors, elle a préféré se poser un moment pour y réfléchir. Elle avait même demandé conseil à sa grand-mère. Elle l'aimait au-delà de tout et l'écoutait religieusement. Mais voilà, comme tous les gens que l'on aime très fort, ils partent trop vite. Elle voyageait maintenant dans les étoiles. Lilwenn s'est rassurée en se posant cette question fondamentale : comment peut-on aller chercher Dieu en s'enfermant dans un couvent, alors qu'il est partout ? Allons plutôt le chercher sur les chemins du monde en contemplant le soleil qui se lève. Elle pense qu'il faut toujours être prêt pour affronter les surprises du temps.

2
Une tête bien pleine

Les gens ne se rendent pas compte que leur vie durant, ils parcourent de nouveaux chemins à longueur de journée. Ils ne s'aperçoivent même pas que les éléments changent constamment, tout autour d'eux. Ils sont tellement absorbés et concentrés sur leur petite personne, enfermés dans leurs instincts primaires, qu'ils finissent par ne penser uniquement qu'à leur survie. Lilwenn souhaite vivre pleinement sa vie de jeune fille. Mais pour cela, il lui faut sortir de son carcan. Elle se doit de déconstruire tous les clichés et les idées reçues, ces belles phrases toutes faites, qui lui ont été assénées durant les dix-huit premières années de sa vie. Elle se doit de transformer le négatif en positif, afin d'être en phase avec ses convictions personnelles. Elle doit aussi faire muter le principe des choses. On dit couramment, « Selon que vous soyez puissant ou misérable, les jugements de cours vous rendront blanc ou noir (Jean de la Fontaine) ». Si tu nais riche ou pauvre, cela influe particulièrement sur les décisions que tu dois prendre. En principe, il est plus difficile de lâcher quelque chose que l'on tient, que d'aller chercher quelque chose que l'on ne connaît pas. Théoriquement, on a plus de chance de réussir dans la vie si l'on est bien né.

Lilwenn veut changer ce langage, transformer ses rêves en réalité. Elle veut faire évoluer « les pourquoi en pourquoi pas ». La peur du changement n'est pas pour autant déraisonnable, tant s'en faut, toutefois, tout changement comporte un risque, il est donc tout à fait normal d'hésiter. Lilwenn veut faire peser dans ses décisions la fameuse balance bénéfices-risques, les deux poids, deux mesures. Elle a compris qu'il lui faut réécrire le scénario, cesser les schémas à répétition. Une peur, même raisonnable tend à camoufler les craintes irrationnelles. Cependant, elle devra être convaincue le moment venu pour se lancer. Surtout ne jamais trahir la promesse que l'on s'est faite.

- C'est réaliser mes rêves qui me rend heureuse, il faut croquer la vie à pleines dents, dit Lilwenn à voix haute, en passant dans le couloir à côté de Léna.

Dans sa blouse rose, l'aspirateur à la main, Léna lui rend poliment son plus grand et plus joli sourire. Léna est heureuse dans sa vie. Pas particulièrement par le métier qu'elle exerce, mais tout simplement parce qu'elle a décidé de mettre de l'entrain et du cœur à l'ouvrage. Sa félicité, son allégresse deviennent alors communicatives.

- Tu es toute en joie, dit Léna à Lilwenn, tu cours retrouver ton amoureux ?

Lilwenn sourit et reprenant cette phrase d'Hildegarde de Bingen qu'elle a mémorisée par cœur, elle déclame à Léna :

- « La vision envahie tout mon être. Je connais la signification profonde de ce qui est exposé dans l'Évangile ».

Puis elle poursuit avec cette phrase, sa préférée de Catherine de Sienne :

- « Si vous êtes ce que vous devez être, vous mettrez le feu au monde entier ».

La joie au cœur, légère et toute en beauté, elle conclut ainsi à Léna :

- Alors, je suis peut-être amoureuse, mais je ne le sais pas encore.

Puis elle descend quatre à quatre, les marches du large escalier de marbre, qui mène dans le grand hall de l'entrée, qu'elle traverse en le considérant encore une fois, bien trop éclairé à son goût, réflexion due à son côté écologiste. Elle s'engouffre dans l'ample porte à tambour, un bon moyen d'éviter les courants d'air, ce qu'elle apprécie particulièrement lorsqu'elle occupe le poste d'hôtesse d'accueil, car durant sa formation, elle doit se familiariser avec tous les postes de la Compagnie. Elle arrive maintenant sur le parking où quelques véhicules dispersés sont encore présents, parmi lesquels elle reconnaît celui du directeur. La petite voiture bleue de Lilwenn est garée sur une place réservée au personnel.

Cette voiture, c'est sa liberté, sa propriété, le fruit de son courage et de son travail. Depuis qu'elle en a l'âge, c'est-à-dire très tôt dans sa famille, elle travaille pour mettre tous ses petits sous de côté. Comme elle a désormais un emploi sous contrat dans la

Compagnie, pour une durée de trois années, le temps de sa formation en Master de finance et stratégie en alternance, elle a pu contracter un emprunt pour se l'offrir. Cela lui permet de se déplacer librement sans avoir recours aux transports publics. Elle est autonome financièrement, donc elle peut rembourser son emprunt et payer sa colocation près de son école « Quimper Business School ». Quimper compte près de cinq mille étudiants et c'est dans cette capitale de la Cornouaille que l'on compte le plus grand nombre de diplômés de l'enseignement supérieur. Un chiffre plus élevé que dans le reste de la Bretagne. Aussi, les semaines où elle suit ses cours, elle partage un petit appartement avec Sophie. C'est parfait, puisqu'elles sont en décalage dans leur emploi du temps respectif. Quand l'une est en cours, l'autre est en formation et vice et versa.

Ce soir, elle parcourt les quelques kilomètres qui séparent la Compagnie du stade où elle se rend, la musique à fond dans sa Polo. Sur un CD de Christophe Maé « Mon paradis », elle reprend à tue-tête les paroles de sa chanson : « Parce qu'on sait jamais, on regarde vers le haut, s'il y a un après, au moins sauver sa peau… ». Tout un programme, dicté par les mécanismes de son inconscient. Son cœur bat la chamade, sa liberté, c'est sa joie de vivre. *Le reste,* pense-t-elle, *n'est que philosophie et littérature.* Quand Lilwenn arrive au terrain de sport, son beau brun est déjà sur place, il a rejoint son équipe pour un match d'entraînement au stade Le Derf. Ils doivent tous être au mieux de leur forme, car le week-end qui arrive promet de très belles émotions. En effet, toujours qualifié en coupe de France, l'équipe du petit club amateur a été propulsée au cinquième tour des qualifications. Les joueurs seront confrontés à un très grand club breton. Ils devront se surpasser pour confirmer leur réputation. Lilwenn sera certainement présente dimanche dans les tribunes pour encourager ses camarades et surtout garder un œil complice sur celui qu'elle convoite, ce garçon au corps d'athlète qui fait battre son cœur.

Ce garçon se prénomme Diego. Lilwenn l'a connu au hasard de rencontres. De copain en copain, en se rapprochant de ce groupe d'amis, à l'esprit farceur, bon enfant, aimant rire et chanter, elle a été vite intégrée. Elle a flashé sur le personnage de Diego. Il fait partie de ceux qui ne vivent bien leurs émotions qu'à l'intérieur. Parce qu'il intériorise tout, ses sentiments comme ses peines. Il est souvent jugé comme une personne introvertie qui peut sembler timide et réservée quand on ne le connaît pas. Mais il a reçu une éducation fondée sur des valeurs, qualités du respect et de la discrétion. Ses parents sont des entrepreneurs locaux. Leur statut les expose souvent. Ils sont considérés comme des notables dans une ville de province. Simplement, pour avoir travaillé et pris des risques, les ayant amenés à réussir dans un monde où l'on juge sans connaître. Le regard que l'on pose alors sur les enfants est en relation avec la réussite sociale des parents. C'est pourquoi ils ont enseigné à Diego de rester discret sur le confort qui entoure sa famille. Il a été élevé dans le partage et l'amour, ce qui lui confère une aptitude particulière pour mieux jauger le monde qui l'entoure, y compris celui de ses relations. Il a appris à décider avec son cœur et non avec sa tête. Il n'est jamais dans le calcul, voilà pourquoi il regarde Lilwenn comme une amie, avec tendresse et bienveillance et plus encore si une affinité pouvait se dévoiler. Sa timidité contrainte le rend parfois un peu long à la détente. Il est surtout capable d'attendre que la hardiesse et l'audace poussent cette jolie jeune fille à faire le premier pas. Pour cela, il est même capable d'attendre un certain temps, au risque de laisser passer son tour. Si rien ne se passe, Diego vous tiendra sa théorie sur la destinée, de manière perspicace. Façon de vous convaincre que ce n'est certainement pas la bonne personne, celle avec laquelle il doit partager sa vie. Avait-on omis de lui expliquer à ce cher Diego, que parfois, le destin se provoque ? Il est bon aussi, de donner un petit coup de coude à la chance.

Dans la grande maison où Diego grandit, les invités sont triés sur le volet. Chaque copain et copine qui passe le seuil de la maison familiale fait serment de discrétion. Ses parents l'ont prénommé Diego, car c'est une variante basque du prénom Jacques, en mémoire à une personne qui leur était chère. Dans la Bible, il signifie « celui qui protège ». Voilà pourquoi peu de ses copains franchissent le grand portail blanc. Diego en a souffert à plusieurs reprises par des remarques déplacées, pleines de sous-entendus. Il garde toujours en mémoire la réflexion d'un de ses entraîneurs qui l'avait traité un jour de « gosse de riche ». Cela l'avait blessé, car il savait d'où venaient ses parents et combien ils avaient sacrifié de loisirs pour lui apporter le confort, à lui ainsi qu'à son petit frère.

La ville de Vannes est une cité fortifiée située au cœur de la Bretagne Sud. Elle se trouve à vingt-cinq kilomètres de l'océan, au fond d'un golfe classé parmi les plus belles baies du monde. Une étendue d'eau impressionnante, voilà pourquoi Morbihan signifie en breton petite mer. Cet environnement merveilleux, baigné de lumière, abrite une quarantaine d'îles blotties çà et là. Une légende prétendrait même que cette baie recélerait autant d'îles que de jours dans l'année à marée basse, en incluant bien entendu les gros rochers.

La maison où habite Diego est située proche d'un site naturel d'exception qui se nomme « la pointe des émigrés ». En mémoire aux flots de sang versés par la révolution. Les émigrés étaient des catholiques pro-royalistes français qui fuyaient vers Quiberon. Ils avaient la noble mission de rétablir la religion et la monarchie en France. Les Anglais, ambigus, ont fait échouer l'expédition, alors les révolutionnaires déchaînés ont eu raison de ces innocents. Peut-être était-ce pour cela que la religion avait encore beaucoup d'importance en Bretagne.

3
Une rencontre légendaire

Tantôt debout derrière la balustrade de ciment qui entoure le stade, tantôt assise dans les tribunes, Lilwenn joue de sa voix pour encourager son équipe favorite, celle de Diego. Son regard est d'ailleurs fixé sur le numéro 10. *Da garout a ran*, se dit-elle dans la tête, mais non en fait elle pense *Da garan*. Même si les sentiments de la belle jeune fille ne sont pas encore bien clairs dans sa tête, elle sait au fond d'elle que ce n'est pas un « je t'aime bien », mais juste un « je t'aime ». Elle ne sait pas encore si elle va rencontrer l'amour en la personne de Diego, mais inconsciemment elle pressent qu'elle est en train de « Chom e karantez » (tomber amoureuse). Elle ressent fortement l'envie de déposer un pok sur ses lèvres.

Tournant sa tête, elle aperçoit à quelques mètres de là sur un banc, un vieux monsieur assis. Il est vêtu d'un long manteau gris et porte une grosse barbe blanche. Un haut chapeau de feutre couvre ses longs cheveux blancs. En l'observant, elle pense qu'il ressemble à un mage ou à un magicien venu des temps anciens. *Nous sommes en Bretagne,* se dit Lilwenn, *ici tout est permis.* Elle pense un instant à Dieu, comme elle a été élevée dans la foi et dans l'esprit de l'église. Sa grand-mère était un peu sorcière, elle détenait des dons ou des pouvoirs selon l'angle de vue, quand d'autres appellent cela, des prédispositions. En fait, elle avait une grande capacité à guérir, accompagnée d'une faculté à lire les informations qui concernent les personnes. Ces informations portent aussi bien sur le passé, le présent que sur l'avenir. *C'est assez déroutant,* se dit Lilwenn, *que de rencontrer ici, un tel personnage.*

Ses yeux continuent à suivre les deux petites jambes qui courent sur le terrain. Un tacle un peu haut et Diego se roule à terre. De suite, Lilwenn est traversée par une sorte de furie, un emportement qui lui donne une forte envie de crier des insanités à celui qui vient de commettre la faute. Puis elle se reprend. Très vite, la faute est sifflée et Diego se relève. Un coup franc est accordé pour sanctionner cette maladresse, qui permet alors à Diego de pouvoir se faire justice. C'est aussi une bonne occasion de tester sa précision et sa puissance de frappe. Un regard sur la touche et le sourire de Lilwenn lui donne une envie folle de marquer ce but. Diego pose le ballon avec précision sur le point de la faute. Il tourne alors une dernière fois la tête en direction de Lilwenn et concentre son attention sur la cage du gardien de but. Il prend son élan et, dans un mouvement aussi précis que puissant, propulse le ballon au fond des filets. Quelle force l'a aidé à cet instant ? Seul le résultat compte. Cela n'est qu'un match de préparation, mais la victoire se gagne dans les détails et Lilwenn le sait en tournant de nouveau les yeux vers ce vieil homme qui ne disait mot. Lilwenn s'avance lentement et demande au vieux monsieur :

- Puis-je m'asseoir à vos côtés ? demanda la jeune fille.
- Je t'attendais, répondit-il à Lilwenn.

Elle s'assit près du vieil homme, et tout en continuant à regarder le match avec attention, elle lui demande :

- Vous regardez quoi ?
- Comme toi, répondit le vieillard, qui n'avait pas l'air, outre mesure, d'apprécier particulièrement le football.
- Moi, dit Lilwenn, je suis venue voir mes copains.
- Surtout un, lui répondit le vieil homme, avec amusement.
- Comment pouvez-vous le savoir ? Je ne vous connais pas ! lui rétorqua Lilwenn sur le ton de la surprise.
- Moi, je te connais Lilwenn ! dit l'homme sans pour autant relever l'ironie légèrement corrosive de la jeune fille.
- Vous êtes qui, vous ? lui répliqua froidement la jolie blonde, l'air un peu excédé par ce vieux, bien trop curieux à ses yeux.

C'est qui ce bonhomme qui dit me connaître, qui lit dans mes pensées ? Et tout à l'heure, si ça continue, si je n'y prends grade, il va me prédire mon avenir.

Lilwenn est partagée, elle hésite entre planter le vieux sur place et retourner s'accouder à la main courante qui entoure le stade, ou continuer à entretenir la conversation. Histoire de percer un peu plus le mystère de ce vieil homme, la jeune Lilwenn reste malgré tout. Infiniment curieuse, c'est là son moindre défaut, elle veut surtout connaître la suite.

- Vous venez d'où ? demanda Lilwenn qui redescend d'un ton pour paraître plus agréable. Je ne vous ai encore jamais vu par ici ! Et puis, c'est bizarre, un vieux monsieur comme vous qui aime le foot ? lui dit-elle avec la naïveté de ses dix-huit ans.

Lilwenn est du genre bavard, avec cette petite pointe d'arrogance qui lui est tout à fait naturelle. D'ailleurs, sa langue bien pendue lui joue parfois des tours. À vouloir tout savoir, sur tout et sur tout le monde, et patati et patata, une vraie pipelette cette jeune fille.

- Ils courent tous après le même ballon, dit le vieil homme. Il suffirait de leur donner chacun le leur et l'affaire serait entendue. Plus de faute, plus de bagarre. Les gens sont tous pareils, continua le vieil homme, ils courent tous après le même objectif, c'est ennuyeux ! Ils n'arrivent jamais à se décider, ils suivent bêtement le même chemin, sans réfléchir un instant, sans savoir si ce chemin est bien celui le mieux adapté, le plus conforme à leur évolution pour accéder à leur bonheur. Les gens ne savent plus prendre de décision, et ne savent pas non plus poser les bonnes questions.

Était-ce là, un message caché en direction de Lilwenn ?

- Il n'existe pas de mauvaises questions, poursuit le vieil homme, il n'y a que de mauvaises réponses. En fait, conclut-il, c'est la plus grande supercherie au monde.
- C'est quoi cette plus grande supercherie au monde ? demanda Lilwenn un peu intriguée par de tels propos. Le monde serait alors une sorte de canular, une vague escroquerie, une pièce de théâtre que nous serions en train de jouer. Une pièce en plusieurs actes, et nous ne serions que de vulgaires acteurs !

- Et bien vois-tu, dit le vieil homme à Lilwenn, la vie nous joue des tours, et nous jouons des tours à la vie. Par conséquent, nous perdons le sens de la réalité de notre propre vie. Nous nous éloignons de notre chemin de vie et de la réalisation personnelle de notre mission d'âme sur cette Terre. Et c'est cela la plus grande supercherie du monde.
- Pour moi, dit Lilwenn…

Après quelques instants de silence, elle se mit alors à lui révéler, comme une confidence, son vœu de célibat qu'elle a bien failli exercer. Son envie d'entrer dans les ordres, afin de suivre la voie qui mène à Dieu. Et qui sait peut-être un jour l'aurait-elle rencontré ?

Mais dans sa tête, cette belle jeune fille combative, ne cherche-t-elle pas, tout simplement, à fuir quelque chose au travers de ce choix ? Est-ce son environnement familial ou le regard qu'elle pose à ce moment sur la société qui l'a invitée à se refermer sur elle-même ? Honnêtement, elle se sait tellement pipelette, alors le vœu de silence, elle aurait eu beaucoup de mal à s'y tenir. Concernant le vœu de chasteté, la belle commence également à ressentir les papillons dans son ventre. Les émois de son corps se manifestant, elle ne serait également pas vraiment en mesure de s'y tenir bien longtemps, et puis elle a déjà connu les premiers frissons de l'amour. Sa réflexion a commencé à prendre forme durant son adolescence, alors qu'elle suivait sa scolarité dans une école religieuse. Après mûres réflexions, finalement, ce sera un Non ! Une longue discussion avec sa grand-mère avait fini par la convaincre de rester en connexion avec sa foi intérieure, mais surtout, d'aller affronter son destin qui semblerait être tout autre.

Peut-être que mémé avait lu son avenir et n'avait pas souhaité lui révéler, trop tôt ou trop jeune peut-être ! Quoi qu'il en soit, mémé avait simplement réussi à la convaincre de renoncer pour un temps à son vœu, au risque de passer à côté de son chemin de vie.

Les êtres humains savent souvent, très tôt dans leur vie ce que sera leur chemin, leur choix de vie. Mais au fond d'eux, ils cultivent une sorte de désespérance, un mauvais goût pour la réussite de leur bonheur. Souvent, ils ne font que recopier les schémas qu'ils observent dans leur entourage. Ce que l'on appelle également les archétypes. Aussi, ils préféreront renoncer à ce chemin vers le bonheur, leur chemin de vie, leur mission d'âme, étant tout bonnement confrontés à la peur de l'inconnu. Ils vont capituler en se forgeant des convictions et en s'inventant toutes sortes d'excuses. Cela pourra être tout simplement, pour faire plaisir à papa ou à maman, pour être un bon garçon ou une bonne fille. Pour ne pas décevoir. C'est ainsi que grandit le monde !

- Puis tu as croisé le regard du beau jeune homme qui court après un ballon avec ses copains, enchérit le vieil homme et cela a tout changé. Quand tes jolis yeux verts sont entrés dans les douces et pénétrantes prunelles de Diego !

Comment fait-il pour lire dans mes pensées ? Se dit Lilwenn au fond d'elle. *Il me donne l'impression de tout savoir sur moi ? Qui peut bien être ce vieux monsieur ? Et puis, comment peut-il savoir qu'il se prénomme Diego ?* Pendant ce temps, le vieillard continue à regarder le match de foot, les yeux rivés sur le jeune homme. Son maillot bleu, aux couleurs du club, est floqué du numéro 10 dans le dos. Quand le vieil homme ou Lilwenn perd Diego de vue quelques instants, parce qu'il court bien vite, c'est justement grâce à son numéro sur le maillot qu'ils le retrouvent sur le terrain.

- C'est un bon petit gars, dit le vieux monsieur, et puis c'est aussi un bon parti. Il sera d'ailleurs un très bon papa !
- Vous venez d'où pour me dire cela ? demanda-t-elle à nouveau au vieil homme.
- De partout, lui répondit-il !
- C'est où partout ? demanda Lilwenn avec une pointe de dérision malicieuse ! Moi, je connais partout à la fois reprit-elle. C'est ce que dit toujours mon chef quand il n'arrive pas à faire ce qu'il veut. « Je dois être partout à la fois ! ». Au lieu de cela, s'il restait concentré et déléguait un peu plus, il s'en sortirait mieux. Mais moi, je ne suis pas chef, juste employée et en formation de surcroît. Alors, écouter une gamine qui n'a pas d'expérience, cela le rabaisserait, voir même, le ridiculiserait aux yeux des autres, surtout dans la Compagnie. Et puis, je vais vous dire un secret. L'autre fois, j'ai surpris une conversation téléphonique que mon chef avait avec sa femme. Il n'avait aucune autorité, on aurait dit un petit enfant. Moi, je ne voudrais jamais d'un mari comme ça.

Lilwenn poursuivit en revenant sur la provenance du vieil homme :

- Personne, à ma connaissance, ne peut-être de partout à la fois. Ou alors, vous êtes un magicien !

Le vieil homme ne parlait pas. Il savait qu'écouter était un art et permettait souvent d'en apprendre beaucoup au sujet des personnes. Puis Lilwenn enchaîna :

- Moi, je suis d'un petit village à l'ouest de Vannes, j'ai même un voisin qui rentre chez lui par les airs. Il va au travail et revient tous les jours avec son hélicoptère. C'est énorme chez lui, on dirait presque un pays. Il est trop riche, alors il se cache. On ne voit même pas la maison tellement c'est grand. La maison de mes parents est petite, et puis elle n'est pas à eux, ils la louent. Moi, quand j'aurais économisé suffisamment d'argent avec le papa de mes enfants, j'achèterais ma maison pour ne pas avoir à payer de loyer. Comme ça, je pourrais faire tous les travaux que je voudrais, sans demander à personne. Je n'ai pas besoin d'être riche, juste ce qu'il faut pour être heureuse et payer les études de mes enfants.

- Disons que je suis un peu magicien, reprend le vieil homme. Je suis originaire du Pays de Galle, de Carmarthen plus exactement.

Comme Lilwenn ne connaît pas Carmarthen, elle lui demande quelques précisions.

- Mais je vis maintenant dans la forêt de Paimpont, plus connue sous le nom de forêt de Brocéliande, ajoute le vieux monsieur.
- Ha ! Là, je connais ! Dit Lilwenn, ce n'est pas très loin de chez moi. Comme j'ai une voiture, je peux y aller. Mais qu'est-ce que vous faites à habiter dans une forêt ? Vous êtes bûcheron ? demande-t-elle intriguée.
- Mais je suis un druide, un magicien, dit le vieil homme qui se mit à rire aux éclats !

Lui, qui jusque-là, était resté si calme, si réservé et si secret à la fois. Lilwenn pensait qu'elle avait à faire à un vieil homme un peu dézingué. Le genre un peu mytho, qui n'a plus vraiment toute sa tête et qui raconte n'importe quoi, pour peu que l'on porte une généreuse attention à sa personne. Lilwenn préfère à cet instant se replonger dans le moment présent et continuer de porter son regard sur son beau brun courant après son ballon. Rien ne lui échappe cependant. C'est aussi la raison essentielle du pourquoi elle est restée assise auprès de lui. Elle est avant tout très curieuse la belle Lilwenn, et elle aime bien savoir les choses. Cet homme plutôt affable laisse échapper de lui un grand capital sympathie. Sait-on jamais, si ce vieux bonhomme avait d'autres révélations surprenantes à lui faire, elle ne veut surtout pas en manquer un morceau.

- Je m'appelle Myrddin, en vieux gallois, ou bien Merzhin en breton, dit le vieux monsieur. Mais tu peux aussi m'appeler Merlin.
- Enchantée, lui répond-elle avec humour. Moi, c'est Lilwenn, mais mes amis m'appellent Lil ou Lily. C'est un prénom d'origine celte qui signifie « lys blanc », comme un symbole de pureté et de perfection, ajoute-t-elle dans un éclat de rire, ne voulant pas se prendre au sérieux.

À cet instant, elle ne sait pas vraiment sur quel pied danser, elle hésite sur le comportement à adopter vis-à-vis de ce personnage haut en couleur. L'homme eut alors un large sourire, comprenant que la jeune fille était un peu espiègle, voire joueuse. Il laisse apparaître de magnifiques dents blanches. *C'est une chose assez rare,* se dit Lilwenn, *chez une personne âgée.*

- Es-tu attachée à la valeur des choses ? lui demande alors Merlin, sans rapport avec les précédents échanges.
- Tout comme vous, je suppose ! répond-elle avec un certain aplomb.

La jeune fille pense que le vieux à un esprit curieux. *Après tout, qu'est-ce que cela peut bien lui faire ? C'est ma vie et voilà ! Toutes les choses n'ont pour valeur, que celles que l'on veut bien leur accorder. Ce gars veut tout savoir et rien payer* se rabâche-t-elle. Les gens sont souvent trop indiscrets, surtout lorsqu'ils ne vous connaissent pas. Ils veulent tout savoir sur vous, comme ça ! Simplement, juste pour savoir, un paradoxe qui ne semble pas troubler Lilwenn. Ce vieux monsieur commençait à lui prendre un peu la tête avec toutes ses questions !

- Alors tant pis, je ne pourrais pas faire grand-chose pour toi, si tu penses être satisfaite de ta petite vie. De ton petit boulot, de ton regard alangui posé sur ce jeune homme en attendant une phrase qui réchauffe ton cœur. Tu as juste dix-huit ans et tu ne croques pas encore la vie à pleines dents. Tu as un peu d'argent de côté, que tu comptes souvent. Tu comptes encore jusqu'au moment où tu en auras, peut-être, suffisamment pour… Pourquoi ? Toi-même ne le sais pas !

Au fond d'elle, Lilwenn est en train de pester. *Je ne lui ai rien demandé, il m'énerve celui-là,* se dit Lilwenn. Elle comprend alors qu'il a touché un point sensible de sa personnalité. *J'ai juste engagé un peu la conversation, et voilà que ce vieux bonhomme veut diriger ma vie. De quoi se mêle-t-il ? Je suis assez grande pour cela, pour savoir ce que je dois faire. D'où vient-il vraiment celui-là ? Avec toutes ses questions, ses conseils. Il me dit être né au Pays de Galle, il vit dans la forêt de Brocéliande, pas très loin d'ici et je ne l'ai encore jamais vue de ma vie. En outre, il n'a même pas l'accent anglais, il est vraiment bizarre ce gars-là. Et puis, il sent bon pour un vieux qui vit dans les bois. Depuis tout à l'heure, il se prend pour Merlin, il va continuer jusqu'où comme cela ?*

4
La Tête à l'envers

Lilwenn, à ce moment, est passablement perturbée, voire même énervée. Une sorte de malaise est en train d'envahir ses pensées. Elle commence à comprendre qu'il se passe quelque chose qui lui échappe. Elle a beaucoup de mal à maîtriser cela, et ça, Lilwenn ne le supporte pas. L'image en miroir que lui renvoie son interlocuteur ne lui convient pas, elle se sent soudainement exclue de sa zone de confort. Au départ, la jeune fille s'était rendue au stade pour un match de football, simplement pour voir son prince et encourager toute équipe. Mais, tandis qu'elle ne s'y attend pas, elle y fait une rencontre improbable. Celle d'un vieil homme assis sur un banc qui, du reste, semblait l'attendre. Lilwenn, aimablement, a engagé la conversation, toujours prompte à tisser un lien, bavarde et curieuse à son habitude. Mais voilà, elle est tombée sur ce personnage aux traits appuyés, haut en couleur. Elle a lu maints ouvrages à propos de cette légende celte, maintenant elle se trouve face à face avec lui et comprend qu'il est sur le point de chambouler sa vie.

- Donne-moi dix pour cent de la valeur de ce que tu possèdes et je te dirais où se trouve ta boîte à secret. Je te dirais également comment tu pourras l'ouvrir, lui dit alors Merlin avec une totale décontraction.

Lilwenn se range plutôt dans la catégorie des pingres. Pour cause, issue d'une famille modeste, elle ne souhaite pas oublier d'où elle vient. Elle revendique même cette qualification, comme une de ses qualités et dit que cela restera l'essence primordiale de son éducation. Car la jeune fille connaît bien le prix de l'effort, la valeur du travail et de l'argent. Elle revendique même, n'avoir jamais rien volé à personne. Tout ce qu'elle possède, c'est juste sa voiture. Elle sait que c'est peu, mais c'est déjà beaucoup pour une jeune fille de dix-huit ans, elle en est bien consciente. C'est à force de courage et grâce à sa volonté sans faille qu'elle thésaurise, jamais de dépense superflue. Alors la demande de Merlin lui semble totalement irrecevable, voire même violente et choquante. *Pourquoi donnerais-je cette somme à ce vieux monsieur que je ne connais pas ? Il doit avoir une fêlure au casque ce type, il n'est pas tout seul dans sa tête ?*

Lilwenn est prise d'une sorte de rage, de colère. Comme si après avoir gagné sa confiance, le vieil homme tentait de l'abuser, de lui extorquer une partie d'elle-même, en cherchant à lui vendre du rêve ou de l'espoir. Bien que son éducation soit basée sur le respect d'autrui, la belle n'en est pas moins rebelle. La jeune fille est en train de perdre son sang-froid. Elle brûle d'envie de remettre ce papi à sa place. Il devrait plutôt faire la quête à la sortie de l'église. Et elle repart dans ses invectives.

Il ne doit plus avoir la lumière à tous les étages ce bonhomme ? Avec toutes ses petites phrases insidieuses, pleines de sous-entendus, elle n'a pas l'intention de s'en laisser compter. Et puis zut ! Tout à coup, elle se rend compte que ce vieux monsieur doit être occupé à lire tout ce qu'elle est en train de ruminer ! Elle, la guerrière combative doit désormais travailler sa franchise. Il faut dire et oser dire sans froisser. Mais la franchise ne doit pas pour autant se transformer en phrases agressives.

Avant que Lilwenn n'eût le temps de reprendre la parole, afin de justifier une position requise par l'aspect économique des choses, le vieil homme, sage et prudent se saisit de sa canne qu'il avait déposée juste à ses côtés sur le banc. Sa canne brille tellement que Lilwenn imagine quelques instants qu'elle pourrait être en or. Puis, avec la pointe de celle-ci, le mage dessine sous les yeux de la jeune femme, sur le sable du sol de l'allée, juste devant le banc, un joli rectangle. Il s'agit plus exactement d'une fenêtre un peu comme un écran de télévision. Lilwenn se penche légèrement et aperçoit au poignet du vieux monsieur, un curieux bracelet composé de plusieurs petits dés de couleurs. Surpris, le vieil homme s'empresse de ranger le bijou, sous la manche de son long manteau. La fenêtre s'ouvre alors comme par magie et Lilwenn peut y apercevoir et revivre le film de sa vie.

Elle revoit le mariage de ses parents puis sa naissance, la famille, ses frères et sœurs. Un véritable film se déroule à cet instant sous ses yeux, dans cet écran tracé sur le sol. Elle revoit le jour de sa communion solennelle, puis ce fameux jour où sa grand-mère lui remit un cadeau très personnel, dont elle est la seule à en connaître l'existence. Elle se revoit aussi à l'école, au cours d'une bagarre avec des garçons, pour défendre son honneur face aux moqueries portées sur son apparence et son accoutrement. Ces oripeaux trop grands, trop moches, qui lui tenaient lieu de tenues vestimentaires. Elle revoit également le jour de sa fameuse victoire, lors d'une importante course à pied, si fière d'arriver la première et d'avoir justement battu ces mauvais garçons à la régulière. Elle revoit aussi l'inoubliable crise qu'elle fit à ses parents, le jour où elle a décidé de poursuivre ses études pour ne pas leur ressembler.

Elle assiste surtout en direct dans ce film à la scène mythique, celle de l'échange qui en a suivi ainsi que la mémorable paire de gifles que sa mère lui administra, ce jour-là, pour lui avoir manqué de respect. L'émotion est à son comble, les larmes se mettent à couler sur ses joues. En regardant ces images, Lilwenn comprend que ce vieux bonhomme est un magicien et elle s'écroule en sanglots sur l'épaule de Merlin. Elle semble sortir d'un rêve profond. Elle pensait avoir complètement occulté toute ou partie de cette vie. Alors, quand ce brave homme fait remonter à la surface ces belles, mais douloureuses expériences, il lui faut se pincer pour réellement s'apercevoir qu'elle est bien dans la réalité de « ici et maintenant ». Merlin n'avait pas d'autre issue pour convaincre Lilwenn. Elle doit comprendre qu'elle est à la croisée de ses chemins, et qu'elle doit surtout embrasser ce moment exceptionnel où il lui est proposé si jeune, de choisir la meilleure direction.

Il s'est présenté en qualité de druide-magicien. Lilwenn sait très bien ce qu'est un druide, elle est bretonne. Elle a aussi beaucoup lu de bandes dessinées d'Astérix et d'Obélix. Mais celui-ci ne ressemble pas vraiment à Panoramix, quoiqu'en regardant de près, on pourrait distinguer une petite ressemblance, grâce à sa barbe éventuellement ! Et puis le deuxième nom de Panoramix, c'est Miraculix. Pour un magicien c'est peut-être normal. Mais pour un miracle, c'en était vraiment un. Que peut-il bien lui vouloir, ce bonhomme, sorti d'un autre âge, magicien-enchanteur ? Le druide est un chef religieux, membre d'une classe supérieure dans la culture celte. C'est un personnage très important, car c'est le ministre du Culte. *Pourquoi s'adresse-t-il à moi petite bonne femme de dix-huit ans, ici, au bord d'un terrain de football à côté de Vannes dans le Morbihan ?* Les yeux de Lilwenn, encore tout embrumés de larmes étaient restés rivés sur ce sol qui venait de se refermer, l'écran avait disparu après avoir déroulé le film de sa vie. Comme le vieil homme semble continuellement lire encore dans ses pensées, il poursuit et dit à Lilwenn :

- Arrête de te poser autant de questions, ouvre ton cœur, lui dit Merlin, le langage du monde n'est pas le plus facile à comprendre, surtout quand on a ton âge. Il est même bien plus complexe à élucider que l'on ne l'imagine. Les choses qui paraissent les plus simples, sont parfois les plus compliquées, les plus extravagantes. Seuls les magiciens, les mages peuvent observer ce qui se cache à l'intérieur des choses, le comment et le pourquoi. J'ai cette compétence, je peux te guider et lire dans ton avenir. J'ai le droit de te révéler où se trouve ta boîte à secret et comment tu pourras l'ouvrir. Là où tu te rendras, il te faudra courage, abnégation, et force de caractère. Mais là-bas, tu y trouveras toutes les réponses et tous les secrets de ta vie. Tu as cette merveilleuse opportunité aujourd'hui, de pouvoir accéder à cela, car tu fais partie des merveilleuses personnes qui se sont incarnées pour transmettre. Sache aussi que tu as toujours le choix de dire oui ou de dire non.

On a tendance à penser trop vite que les gens font partie de notre vie. Dès que nous commençons à les fréquenter trop souvent, nous finissons vraiment par le croire. Aussi, comme ces personnes deviennent très proches, elles prennent de l'ascendant sur nous et cherchent parfois à transformer notre vie. N'est-ce pas là une forme de manipulation ? Ces personnes nous mettent en garde, comme pour nous protéger, nous parlent avec bienveillance de ce que l'on doit faire ou ne pas faire.

Lilwenn connaissait bien cette rhétorique : « Les conseilleurs ne sont pas les payeurs ». Ces conseilleurs, on les voit souvent fuir avant la fin de la partie, car les dégâts qu'ils peuvent occasionner, ils ne veulent surtout pas en être témoins, encore moins en entendre parler. Après tout, ils ne sont pas responsables si on a suivi leurs recommandations, on n'avait qu'à ne pas les écouter. Donc ils n'assumeront rien de cette douche froide. Lilwenn poursuit son raisonnement sur le comportement de l'être humain, comme sa propension à vouloir toujours trouver une solution pour son prochain. Elle se dit qu'à tout bien considéré, les gens sont finalement bien curieux. Ils pensent savoir ce qui est bon pour les autres. Ils sont prompts également à donner des conseils, en veux-tu, en voilà, ils ont réponse à tout. Surtout quand on ne leur demande rien. Mais dès lors qu'il s'agit de leur propre vie, le moindre problème les chamboule. Ils deviennent incapables de décider par eux-mêmes pour faire des choix. Alors ils ont recours aux autres, pensant qu'ils détiennent leur réponse. Mais n'est-ce pas un peu contradictoire avec leur attitude face aux autres ? Ce qui est bon pour l'autre, n'est-il pas bon pour soi ? Si les donneurs de leçon pensent sérieusement changer la vie d'autrui, qu'ils s'appliquent d'abord ces principes à eux-mêmes ! Ainsi, ils seraient en mesure de prouver leurs bons résultats. Cela se nomme le transfert d'expérience. Il faut arrêter de se poser autant de questions. Les conseils que l'on distille aux autres sont parfois nos propres réponses. « Soyez le changement que vous voulez voir dans le monde », disait Gandhi. Sous-entendu, changeons le monde, en étant soi-même un acteur de ce changement et non pas un spectateur. Il suffira d'un signe, un matin..., mais encore faut-il ouvrir son cœur pour l'apercevoir. Les gens ne doivent pas être dans le jugement. Ils doivent arrêter de manipuler les autres.

- C'est digne d'un enseignement spirituel, dit Lilwenn, comme dans le livre de la connaissance.
- Ton analyse est fort juste, rétorque Merlin à Lilwenn avant de poursuivre. Voilà pourquoi tu dois accomplir ta mission de vie sur la Terre, insiste le vieil homme. C'est ce que tu as toujours souhaité faire au fond de toi. Plus le temps passera et plus tu t'éloigneras de la réalisation de ton rêve. Une petite voix te fera alors savoir que ce n'est plus possible à ton âge, que tu n'y arriveras pas, que ce sera trop difficile. Pourtant, le temps est une force qui a la capacité d'agir comme le vent. Il peut autant te pousser vers l'avant que de freiner tes ardeurs. Il peut même, à l'image de l'ouragan, tout détruire sur son passage. Tu dois connaître tes forces, sans présumer de tes efforts pour atteindre tes objectifs et réussir ta mission de vie sur cette Terre.

Sache au moins une chose Lilwenn, si tu veux vraiment quelque chose dans la vie, c'est que celle-ci fait entièrement partie de ta destinée ici-bas. C'est une étape, un morceau de ton chemin de vie. Et cela, tu l'as certainement créé, comme un profond désir de ton âme en t'incarnant dans cette vie-ci. Cette âme avec laquelle tu es venue du fin fond de l'Univers. Elle sait ce qui est bon pour toi, si tu veux voyager, épouser ce beau garçon, alors tu dois trouver ta boîte à secret. Celle qui guidera tes choix et ta réussite tout au long du chemin que dessine ta vie. L'âme du monde, c'est mieux te connaître pour réaliser tes potentiels. Elle se nourrit de ton bonheur, de tes ennuis, de tes échecs, de tes misères et de tes jalousies. Renaître à toi-même, prendre ta place, pour définir ta réalité, c'est ta mission d'âme et c'est la seule et unique obligation que tu as en naissant, en t'incarnant sur cette planète Terre en qualité d'être humain. Car les êtres humains font partie du ce grand tout qui ne fait qu'UN. De cet Univers d'où tu viens et où tu retourneras. Écoute-moi bien, Lilwenn ! Sache que, quand tu veux vraiment quelque chose, l'Univers entier s'associe, pour te permettre de réaliser tes rêves et tes désirs les plus fous. L'Univers devient le complice de ta réussite.

- Je sais, « Quand on veut, on peut ; quand on peut, on doit ; et quand on doit, on fait » disait Napoléon, répond Lilwenn.

Puis un long silence s'installe. Un silence qui édifiant qui semble remplacer ces paroles qui ne signifient rien ! Comme une page blanche qui remplit tout l'espace de ce moment, quand les mots ne veulent plus sortir. À cet instant, le temps interrompt sa course, les corps sont en apesanteur, le souffle est léger comme suspendu. Ce qui entoure maintenant la jeune fille et le vieux

Merlin semble figé, jusqu'à ce que le petit vent frais du soir transporte le bruit de petits coups de sifflet de l'arbitre jusqu'au banc pour rompre ce silence.

- Pourquoi fais-tu ces études et pourquoi veux-tu exercer ce métier ? demanda le vieil homme
- Parce que j'aime ma liberté et mon indépendance. Et le travail que m'offre la Compagnie me permet, pour le moment, d'être autonome financièrement et c'est déjà un gros avantage comparé à mon environnement.
- Sais-tu ce que tu veux faire de ta vie ? L'être humain a trop facilement tendance à se contenter de ce qu'il a. Il pourrait faire plus, mais cela demande des efforts et parfois des risques qu'il n'est jamais prêt à assumer.

Merlin poursuit son explication.

- Les gens sont souvent envieux, quand ils croisent un chef d'entreprise, un artiste, un commerçant aux revenus et au train de vie confortable. Parce qu'ils ont de belles maisons, de belles voitures et partent en vacances dans de jolis endroits. Ils ont aussi des enfants, souvent fort bien habillés, le code vestimentaire étant important pour s'intégrer, et tu sais de quoi je parle. Ces enfants peuvent espérer faire de belles études sans sacrifier des heures de travail pour payer les cours. Alors, pourquoi poser un regard jaloux, voire dédaigneux ? Sans connaître les sacrifices, les efforts et tout ce que ces gens ont enduré pour atteindre leur objectif, comme ouvrir un commerce, créer et diriger une entreprise. Les artistes mettent parfois des années avant d'être connu et commencer à vivre de leur art. Comme ces peintres, ces chanteurs, ces acteurs, ces auteurs qui ont souvent témoigné de leurs débuts difficiles. Tout le monde n'est pas le fils « de ». Voilà pourquoi il leur aura fallu endurer des années de galère avant d'être reconnus dans leur domaine ! Les jaloux ne se contentent pas seulement de leur petit angle de vue. Non, ces gens-là ont bien souvent aucune ouverture d'esprit. Parfois, ils admirent et encensent de manière excessive, ils portent au nu ces personnes ou artistes pour ce qu'ils représentent à leurs yeux. Pourtant ; ils critiquent en même temps lourdement leurs comportements. Ne vois-tu pas ici deux poids, deux mesures ? La vision et les pensées que l'on a des autres, quand on observe leur réussite, semblent souvent plus belles et plus valorisantes que sa propre réussite.

- Pourquoi veux-tu vivre ta mission personnelle, alors qu'au même moment tu es prête à y renoncer ? Tu doutes ! Comment veux-tu avoir une bonne lecture du chemin à suivre avec une telle hésitation ? Dans la vie, tout a un prix, il faut juste être en mesure de vouloir le payer. Ce sont les esprits de lumière qui nous enseignent cela ! Demain soir tu m'apporteras ici dix pour cent de la valeur de ta voiture, et je te révélerai où tu trouveras la boîte, dans laquelle se trouve le livre des secrets, les secrets de ta vie.
- Si je suis d'accord, Merlin, il me faut ma voiture pour y aller ! Ensuite quand je reviens, je m'acquitterai de ma dette envers vous.

Lilwenn est pragmatique, toujours prompt à négocier, c'est plus fort qu'elle. C'est ce que ses professeurs lui enseignent à l'école et elle le met régulièrement en pratique au sein de la Compagnie. Mais le vieil homme ne s'en laisse pas compter.

- Tu ne peux pas promettre une partie de ce que tu n'as pas, ou ce que tu espères ramener.
- Oui ok ! Mais si je n'ai pas ma voiture, comment vais-je pouvoir me rendre sur le lieu que vous m'indiquerez pour y récupérer ma boîte à secret ?
- Tu ne dois pas fuir le principe du cœur, dit le vieil homme à Lilwenn. Les promesses n'engagent que ceux qui y croient, et tu es la seule à choisir selon le principe latin « liberum arbitrium », celui du libre arbitre de la volonté. C'est ta capacité à déterminer ta réelle volonté face à un choix, le pouvoir d'agir à ta guise. Écoute ton cœur pour réaliser tes rêves. Vois et crois en toi. Que veux-tu au juste ? Que recherches-tu dans cette vie ? Veux-tu trouver l'amour ? Le vrai, celui qui te conduira vers le bonheur. Faire un métier qui comble tes attentes et tes espérances, dans lequel tu te réalises pleinement ? Être une femme responsable, belle et épanouie. Je dis belle, répéta le vieil homme, car c'est le regard que tu poseras sur toi, cette confiance, ce respect et surtout cet amour que tu auras pour toi, qui fera que tu te sentiras libre et forte. Tu regarderas Lilwenn dans le miroir et tu seras fière de celle que tu verras. Ta vie sera alors riche d'enseignements. À la fois, pleine de vérité et d'incertitudes, mais tu la vivras heureuse ainsi, parce que tu auras su restée maître des horloges du temps. Si tu veux être heureuse, affronte les vagues de l'anxiété pour ne pas t'y noyer.

Un moment de silence vient ponctuer cette conversation, comme une phase d'assimilation au milieu de cet enseignement. Puis le vieil homme poursuit :

- Pourquoi ne mériterais-tu pas d'être heureuse ? Relance Merlin. Cela n'arrive pas uniquement aux autres. Aie confiance en toi ! On ne parle bien que de ce que l'on connaît, aussi va chercher ta vérité, ta connaissance. Il faut le faire maintenant si tu veux vivre ce chemin pour mieux le partager. C'est en étant heureux soi-même que l'on rend les autres heureux ! Nous avons tous le pouvoir de faire changer le monde, il suffit juste d'y croire. Rappelle-toi, Lilwenn, quand tu veux quelque chose, tous tes guides, tout l'Univers concourt à ce que tu l'obtiennes. Ils œuvrent tous pour que tu réussisses. Demain soir, si tu es au rendez-vous, je te révélerai le chemin qui te mènera vers ta boîte à secret, le livre de la légende de ta vie.

5
Période de réflexion

Le coup de sifflet final vient de retentir au beau milieu du stade et résonne soudainement dans la tête de la jolie jeune fille, lui rappelant qu'elle était avant tout, venue assister à un match de foot. Les équipes s'apprêtent à regagner les vestiaires. Lilwenn s'est levée un instant pour aller vers la balustrade afin d'applaudir les joueurs. Elle tourne la tête vers le banc où elle était l'instant auparavant, aux côtés de ce vieux monsieur. Le Sage, le Druide Merlin a disparu ! Il n'est plus assis là. Elle le cherche partout du regard, et ne le voit nulle part. Il s'est littéralement volatilisé en une fraction de seconde. Elle n'en croit pas ses yeux qui parcourent tout l'environnement, jusqu'à en faire le tour du stade. Elle constate qu'il est parti sans lui dire au revoir. Comment a-t-il fait pour se volatiliser de la sorte alors qu'aucun obstacle n'obstrue sa vision autour du terrain de sport encore éclairé ? Il ne fait pas particulièrement froid ce soir et Lilwenn est perdue dans ses pensées.

En attendant que Diégo et sa bande de copains se douchent et se changent après le match, Lilwenn patiente devant les vestiaires en s'asseyant de nouveau sur le banc. Là où l'instant auparavant, elle était en compagnie du magicien. À ce moment, alors que la nuit les oiseaux se font très rares, Lilwenn constate qu'un joli merle s'est posé sur le dosseret du banc. Dans un mouvement de grâce, il rentre sa tête dans les épaules et se transforme en une boule noire, dont seul le jaune de son bec éclatant ressort. Alors il lui entonne sa révérence en sifflant quelques notes de l'hymne à l'amour, relevant sa queue en un superbe éventail. *Le frimeur,* pense Lilwenn qui connaît un peu la légende de Merlin et sa faculté à se métamorphoser et prendre l'apparence d'un merle ou celle du cerf. Merlin peut aussi revêtir de nombreuses autres formes, comme celle d'un enfant, d'un vieillard, d'un homme sauvage et même celle du génie Sylvestre. Le chant mélodieux de ce beau merle qui siffle lui rappelle celui des bardes au festival interceltique de Lorient.

La jeune fille sourit, elle a compris qu'il lui serait difficile d'échapper à son destin. Mais elle ne perd pas de vue que l'être humain dispose du libre arbitre et qu'elle a la faculté de modifier le cours de son histoire comme cela lui chante. Elle sait aussi, pertinemment, que nul ne peut échapper à sa destinée. *Si tu recules pour mieux sauter, quoi qu'il en soit, il te faudra sauter.* C'est ce que lui disait souvent sa grand-mère, en aparté. Lilwenn a compris que nous avons toujours le choix dans la vie, quelle que soit la décision que nous prenons, nous devrons toujours en assumer les conséquences. Elle pourrait très bien continuer ainsi, finir ses études, forcer celui qui lui plaît à entrer dans sa vie, tout diriger, tout contrôler, tout calculer. Mais pour quel résultat ! Elle peut tout aussi bien passer sa vie à faire semblant, jouer un rôle qui ne serait pas de sa composition, mais le faire quand même.

Alors, Lilwenn rumine dans sa tête : *mieux vaut avoir des remords que des regrets.* Est-il préférable de suivre sa destinée, oser se lancer dans cette folle aventure, trouver sa voie le plus tôt possible au risque de se tromper, ou bien regretter une vie entière de ne pas l'avoir fait ? Si le remords est empreint d'une dimension morale ou sociale, il n'en restera pas moins une part importante de culpabilité si Lilwenn refuse l'accès à la connaissance de sa mission d'âme. Elle ressasse les regrets, trop souvent entendus, sortis de tant de bouches : « J'aurai tellement aimé avoir le courage, de vivre une vie fidèle à moi-même, et non pas la vie que les autres attendaient de moi ». Et pourtant il faudra vivre, ou survivre, sans poème, sans blesser tous ceux qu'on aime, être heureux, malheureux, vivre seul ou même à deux… Les paroles de cette chanson de Daniel Balavoine résonnent dans la tête de Lilwenn. La nuit porte conseil, alors comme demain il fera jour, elle prendra sa décision après une mûre réflexion. Elle aurait tant aimé passer rendre une visite à sa grand-mère, et qui sait, elle aurait certainement validé sa décision et cela la rendrait encore plus légère, pour parcourir ce chemin. Mais voilà, elle s'est envolée pour un ailleurs.

Après le match, Lilwenn accompagne les garçons au pub, comme en est la coutume. Elle commande sa boisson préférée, une bière micro-filtrée aromatisée aux fruits rouges. Les garçons sont en joie, ils viennent de remporter leur match de préparation et les deux buts de Diego sont un bon présage pour la rencontre au sommet de dimanche. Lilwenn est presque absente, un peu perdue dans ses pensées. Malgré les rires et les plaisanteries de chacun, elle ne peut se retirer de la tête que demain, elle sera sûrement amenée à prendre une décision qui l'éloignera du groupe et de Diego pour un certain temps. Elle ne sait pas encore comment aborder la question. Bien qu'elle soit un peu la mascotte de l'équipe, elle en pince surtout pour son beau brun. Diego n'est pas insensible aux charmes de la belle blonde, mais sa timidité bloquante ne lui permet pas encore de déclarer sa flamme aussi aisément qu'il le souhaiterait. Voilà pourquoi il ne s'est pas encore lancé dans une déclaration émouvante qui pourrait fait craquer la belle Lilwenn. Elle est bel et bien partagée, entre ses sentiments puissants pour Diego et son enthousiasme affiché pour créer cet environnement de bonheur qu'elle bâtit peu à peu dans sa tête.

Ce soir, elle ne finira pas la soirée chez Luigi, la Calzone, sa pizza préférée attendra son retour. Aussi, elle décide de prendre congé assez rapidement prétextant avoir une longue journée à affronter le lendemain. Lilwenn pense qu'une bonne nuit de sommeil sera nécessaire pour s'y préparer. Au moment de partir, elle prend Diego par le bras, l'entraînant un peu à l'écart du groupe, afin de lui révéler la décision qu'elle s'apprête à prendre.

- Diego, dit-elle, je suis dans l'obligation de te faire un aveu. Demain je vais partir parce que je dois vivre une expérience personnelle très importante pour mon évolution. Il m'est devenu primordial de découvrir ma destinée. Je dois suivre le chemin, celui qui me mènera vers la compréhension de ma mission de vie sur cette Terre. Je dois trouver le livre des secrets, je ne peux pas t'en dire plus pour le moment. Je sais que nous partageons l'un pour l'autre, clandestinement, chacun de notre côté, des sentiments communs et très forts. Mais auparavant, avant de m'engager pour une vie aux côtés de l'homme qui me rendra heureuse, je dois vivre cette aventure personnelle. Une révélation importante vient de m'être faite par un être de lumière, un mage, comme une apparition. Je ne peux pas t'en dévoiler plus pour l'instant, mais je veux que tu saches que je ne souhaite pas me tromper. Je veux faire les bons choix, afin de ne pas perdre de temps à recommencer, différentes expériences, faute de maturité.

Après un long silence, et un regard complice qui en disait déjà long sur les sentiments qui troublaient la vue des deux tourtereaux, Lilwenn reprit le cours de son monologue :

- Cela implique que je serai absente, pour un certain temps, et cette période, je ne la maîtrise pas. Je m'oblige à me faire confiance.
- Si c'est ton choix, ce que tu veux faire, alors fais-le ! lui répond Diego. Reprenant une célèbre maxime de Napoléon : « Quand on veut on peut, quand on peut, on doit, et quand on doit, on fait », reprirent-ils tous deux en cœur. C'était leur phrase fétiche, et Diego dans sa grandeur d'esprit l'avait enseignée à Lilwenn. Depuis, cette maxime était un peu devenue leur devise.
- Alors, maintenant que je t'ai confié mon secret, je te demande de me faire la promesse de le garder pour toi, dit la jeune fille. Si l'on te pose des questions me concernant, tu réponds comme tu veux, tu trouveras n'importe quel prétexte. Je te fais confiance, mais jamais, je te dis bien,

jamais tu ne trahiras mon secret, qui devient aujourd'hui, à compter de cet instant également le tien.

- C'est entendu, lui répond Diego. Tu peux avoir entièrement confiance en moi. D'ailleurs, tu dois aussi savoir que je ne suis jamais resté insensible au regard profond de tes jolis yeux verts. Ne dit-on pas que le regard est la profondeur de l'âme ? N'oublie jamais d'où tu viens, pour mieux aller où tu dois ! Et surtout, regarde toujours autour de toi. Vie pleinement, sois heureuse, mais n'oublie jamais tes proches. S'il le faut, alors je t'attendrai. Je crois que le chemin de vie de chacun est gravé dans l'Univers, et le tien n'échappe pas à la règle.

Un nouveau silence s'installe entre les deux jeunes gens. Les yeux de Lilwenn sont plongés dans le regard soupirant de Diego. Touché par l'amour, tout homme devient poète. Les mots de la jeune fille résonneront longtemps dans la tête de Diego. Il n'arrive pas à se détacher du minois de cette blondinette aux yeux verts. Celle qu'il chérit de plus en plus en secret. Sans préméditation, Lilwenn dépose un doux et long baiser sur les lèvres brûlantes de Diego. Il aurait tant aimé que ce moment dure encore et encore. Mais c'est elle qui conduit l'instant. Alors lentement, elle revient dans le présent et prend congé en saluant de la main les copains qui n'ont été que de vagues témoins éloignés d'une scène qui ne leur appartient pas.

- Salut, les "potos", je taille la route, j'ai encore pas mal de têtes à coiffer, dit Lilwenn en éclatant de rire. Parfois, elle a des formules un peu décalées, qu'elle copie et associe au langage de la bande.

Il est vrai que ce n'est pas tout à fait sa manière habituelle de s'exprimer, mais elle sait aussi faire dans la légèreté. Il faut comprendre selon son expression qu'elle salue les copains en prenant congé, parce qu'elle a du pain sur la planche et de nombreuses autres choses à faire avant son départ. Mais ça, ils ne le savent pas ! Au détour d'un dernier regard en direction de Diego qu'elle enveloppe dans une bulle de protection, pleine de lumière et d'affection, elle lui dit :

- Salut beau brun, hasta luego, à bientôt si Dieu le veut.

Puis, comme elle affectionne particulièrement le langage ensoleillé de l'Espagne, elle poursuit sans comprendre pourquoi ces mots sortent de sa bouche et déclare à Diego ces quelques mots avant de prendre congé :

- Adios mi amor, espérame si me amas, volveré a buscarte. Ce qui signifie « Adieu mon amour, attends-moi si tu m'aimes, je reviens te chercher ».

Diego n'a rien compris à ce que Lilwenn vient de lui dire en espagnol, lui qui a choisi allemand en seconde langue au collège, parce que sa tante habitait en Allemagne. Il laisse maintenant Lilwenn s'éloigner, sans la retenir sans aucun commentaire. De toute manière, il n'a pas les mots qu'il faut pour lui répondre et le doux visage de Lilwenn a disparu. Tandis que ses yeux commencent à briller et qu'une émotion difficilement contenue tente de l'envahir, il se tourne vers la bande de copains et se dit que cela importe peu, de toute manière, ils ne pourraient pas comprendre ce qui se passe dans sa tête et dans son cœur à cet instant. Alors il annonce haut et fort, dans une tirade digne d'un film d'Audiard :

- Barman, fais péter les capsules, c'est ma tournée, après je rentre me coucher, demain j'ai un tas de boulot.
- Dis donc Diego, t'accroches bien avec Lily ou c'est une vision dédoublée par la mousse de bière qu'on a eue tout à l'heure ? lui dit son copain Yo.
- Elle t'a pas collé un smack avant de partir, la puce ? repend un autre
- Dis donc Diego, t'en pincerais pas un peu pour elle ? Enchérit en cœur la bande de joyeux lurons.
- C'est qui le beau gosse ? dit alors Diego, de façon désinvolte, de manière à éluder toutes les questions sur le ton de la plaisanterie, en cherchant surtout à cacher ses émotions.

Il a juré, alors il respectera sa parole. Il est comme ça, Diego. Aussi, il ne rajoutera rien, laissant comme un léger brouillard, un suspense planer dans l'atmosphère. La soirée tire à sa fin et chacun a un programme chargé le lendemain. Ce soir, le groupe ne se retrouvera pas au complet chez Luigi, le pizzaiolo sur le port, pour clôturer la soirée.

6
Un rêve prémonitoire

Lilwenn se tourne et se retourne dans son lit, elle n'arrive pas à trouver le sommeil. *C'est assez inattendu,* se dit-elle, *que de prendre une telle décision aussi rapidement. Partir du jour au lendemain on ne sait où ! Et puis, cela ne me ressemble pas ! En général, je suis du genre à calculer, le pour et le contre. J'aime faire la part des choses et surtout évaluer les bénéfices-risques. Mais là ! Je m'avoue un peu perdue,* pense Lilwenn tout bas dans sa tête. Bien que la jeune fille soit assez réactive dans ses choix, pas vraiment de nature à lambiner dans la prise de décision, pour l'heure, elle reste sans voix. Chose extrêmement rare, mais c'est normal, il fait nuit et elle est seule. Elle ne peut s'empêcher de se remémorer ce qui s'est produit quelques heures auparavant sur ce banc. En début de soirée, au bord d'un terrain de football, elle a eu droit à la visite du guide. Et ce qui est encore plus déconcertant, ce druide magicien appelé Merlin, lui a mis la tête à l'envers avec des propos troublants sur sa destinée. Ce soi-disant chemin de vie, sa mission d'âme et les secrets de son avenir, cachés dans une boîte en un lieu tenu confidentiel pour le moment. Elle se pince un coup, pour vérifier qu'elle n'est pas dans un rêve.

- Aïe ! dit-elle, j'y suis allé un peu fort, mais au moins je ne rêve pas et ce à quoi j'ai assisté ce soir n'a rien d'ordinaire, ce serait plutôt burlesque, et invraisemblable.

Après avoir ressassé durant de longues minutes toutes les images de cette rencontre, épuisée par tant d'émotions, elle finit par trouver le sommeil.

Lilwenn est partie dans un rêve profond. Elle se voit marchant sous le soleil d'une campagne encore verte. Les premières fleurs printanières tapissent les fossés. Ce sont des primevères sauvages, des pâquerettes, quelques touffes colorées d'aubriète bleues et blanches et même des ancolies qui bordent son chemin. Puis, elle croise sur son parcours, un brave homme, un mendiant qui lui demande s'il peut marcher un peu à ses côtés. Il lui tiendra compagnie et, pour une petite pièce, assurera sa protection en lui faisant la conversation. Lilwenn accepte volontiers, car elle aime bien papoter et puis un peu de compagnie ne lui fera pas perdre de temps. Le temps, elle n'a que ça devant elle maintenant.

- La mission de vie est la raison pour laquelle nous nous sommes incarnés sur cette planète, lui dit le mendiant.
- Tiens, j'ai déjà entendu cette prophétie quelque part, répond Lilwenn avec bienveillance.
- Ce qui la caractérise de sa réalité, elle, plutôt rebelle avec ses « je sais ».

- Parfois, nous avons la sensation d'être sur la Terre pour une raison précise, renchérit le pauvre homme. Mais nous ne sommes pas toujours enclins à comprendre et savoir quel rôle nous sommes venus interpréter. Nous savons cependant que notre vie a un sens et nous devons le trouver.
- Vous vous exprimez parfaitement bien pour un quémandeur, reprit la jeune fille.
- C'est parce que la vie parfois vous oublie, et qu'il est préférable de bien écouter les messages que les sages nous transmettent. Moi, poursuit l'homme, j'ai fait la forte tête, j'ai oublié de placer mon mental au niveau du cœur, je n'ai pas écouté mes perceptions intérieures. Aussi un jour, j'ai péché par orgueil et j'ai tout perdu de mes années de labeur. Tout ce que j'avais mis une vie entière à construire, tout le confort que j'avais accumulé durant ces années de travail, j'ai tout perdu en moins de temps qu'il ne faut pour le dire. J'ai été jusqu'à perdre l'amour de ma vie, qui a refusé de me suivre dans ma descente aux enfers. Depuis, je porte la parole du cœur à qui veut bien l'entendre et je guide un peu les gens sur le chemin.

Sais-tu jeune fille, que l'incarnation d'une âme est toujours un choix délibéré ? Tout comme toi qui as fait le choix de t'incarner dans ce monde actuel ! Depuis la nuit des temps, les âmes reproduisent ces cycles d'incarnation, dans l'unique objectif, d'atteindre un but, occuper une fonction, réaliser une œuvre. De plus, tout ceci serait en relation avec ce que nous aurions vécu dans nos vies précédentes. Voilà pourquoi il faut se traiter avec respect et amour, tout comme nous devons le faire avec les autres.

- Moi, je n'ai que dix-huit ans, dit Lilwenn, et je croque la vie à pleines dents. J'ai tout le temps de gagner et de perdre. D'ailleurs, j'ai déjà pas mal d'économie avec mon travail et je fais des études pour exercer la profession de contrôleur de gestion ou inspectrice des finances.
- Contrôler, inspecter, répond le pauvre homme. Sais-tu que connaître ton chemin de vie, c'est chercher à t'épanouir personnellement ? Et non regarder sans cesse ce que les autres font ou ne font pas ! Comment un médecin qui fume et qui boit, qui ne respecte même pas sa propre santé, peut-il apporter des soins adaptés et pertinents à ses patients ? Ils ne sont plus des patients, ils sont devenus des clients.
- Oui, je sais, mais on peut aussi faire un métier dans la finance pour apporter son aide aux gens. Comme les empêcher de trop s'endetter tout en leur permettant de pouvoir financer leur voiture ou leur maison. C'est bien aussi, c'est une bonne attention.
- Pourquoi veux-tu encore empêcher les gens de faire des erreurs ? C'est peut-être ce qu'ils ont à comprendre. C'est grâce à celles-ci qu'ils peuvent aussi grandir ! S'ils ont les yeux plus gros que le ventre, ils doivent avoir la capacité à digérer ou à en assumer les conséquences. Notre accomplissement personnel est à la fois commun à chaque être humain, mais il est aussi différent pour chacun d'entre nous, car nous sommes avant tout des êtres uniques. Même les jumeaux sont des âmes différentes, et elles ont également leur propre progression. Tu dois trouver ta paix intérieure. Tu dois donner du sens à ta vie, dans la joie, avec force, conviction et surtout avec amour. Tu dois comprendre que

tu appartiens à quelque chose qui te dépasse, bien plus grand que toi, plus grand que tout : L'Univers ! Tu fais partie intégrante du Grand Tout, l'origine de la vie, l'éternel. Être heureux c'est rendre les autres heureux, c'est faire rayonner ton cœur, comme un soleil central.

- Mais moi, je suis heureuse ! dit Lilwenn, je vis, je ris, tout va bien, enfin je crois.
- Alors, sois heureuse, je te souhaite un bon chemin et prends grand soin de toi, dit le vieil homme en tendant la main pour récolter une pièce.

Lilwenn plongea la main dans sa poche, remontant quelques pièces qu'elle déposa au creux de celle du mendiant. Elle le remercia aussi pour ses bons conseils, indiquant au passage qu'elle chercherait à en tirer le meilleur avantage. Puis le personnage sorti de son rêve comme il y était entré, interrompu par la musique du radio-réveil qui chantait un air de Michel Fugain : le printemps est arrivé, sors de ta maison…

7
Préparation à un voyage

Lilwenn saute du lit, la musique du radio-réveil continue de l'accompagner dans la salle de bain et sous la douche, elle reprend en cœur le refrain « Vive la vie et vive le vent et vive le printemps. Dépêche-toi, dépêche-toi, ne perds pas de temps... » Lilwenn sait que la journée sera longue et forte en émotions. Un coup d'œil furtif sur la pendule, il est 6h30. Juste le temps d'avaler un verre de jus de fruits et une petite brioche rassie qui traînait là, sur le bord de la table. Un léger coup de brosse efficace, dans ses longs cheveux dorés, Lilwenn enfile sa veste préférée, un petit blazer décontracté, de couleur gris taupe. Elle quitte la maison et referme la porte en sourdine derrière elle, en partant. Elle n'a rien dit, elle n'en a parlé à personne. Pas même à ses parents qui n'étaient pas encore couchés lorsqu'elle est rentrée la veille au soir. De toute façon, tout le monde dort encore dans cette maison. *Il sera temps pour eux aussi un jour de se réveiller.*

Mais ce n'est pas mon problème, pense la jeune fille. Lilwenn a aujourd'hui un planning très serré, elle pense avoir déjà pris sa décision. Il lui faut dans un premier temps, aller à la Compagnie, récupérer ses économies et prendre congé de son employeur. En ce qui concerne sa scolarité, cela lui est égal, elle s'en fiche un peu. Ils la noteront absente dans un premier temps pour quelques jours. Puis, s'il le faut, elle s'inscrira de nouveau pour finir son cursus. Au pire, elle fournira un certificat médical pour justifier son absence. *Il n'y a pas de problème,* se dit-elle, *il n'y a que des solutions.*

La jeune fille arrive de bonne heure et de bonne humeur au bureau de la Compagnie ce matin. Ce n'est pas vraiment son habitude, mais cela lui permet de croiser sa copine Léna dans sa jolie blouse rose qui a pris son poste. Elle est du matin aujourd'hui.

- J'adore ta voiture, dit Léna en croisant Lilwenn dans le couloir. Je t'ai vu arriver. Je la trouve trop belle et c'est pile-poil celle que j'aurai dès que je pourrai.
- Ça tombe bien, si tu veux, elle est à vendre !
- Vraiment ! Super, je vais y réfléchir et je te donne une réponse, dit Léna.
- C'est tout de suite ou maintenant, rétorque Lilwenn, demain il sera trop tard !
- Waouh ! c'est du rapide avec toi ! Top là dans la main, c'est ok ! Je te fais le chèque de suite, répondit Léna.

La jeune Léna travaille depuis suffisamment longtemps pour avoir accumulé de belles économies. Elle a récemment passé son permis de conduire avec succès et il ne lui manque que sa voiture. L'affaire se conclut alors instantanément, sur le coin du bureau, les papiers imprimés sur l'ordinateur sont remplis et signés à la suite.

- C'est trop cool, je suis super contente mon amie, dit Léna. Jamais je n'aurais pu me l'acheter neuve. Maintenant, grâce à toi et à ta superbe occasion, je peux le faire, merci à mon ange gardien.
- Il n'y a pas de hasard, lui répond Lilwenn, il faut juste croire en sa bonne étoile.

Lilwenn dépose de suite le chèque que lui remet Léna sur son compte bancaire, celui qu'elle a ouvert dans la Compagnie. Elle prend également le soin de conserver sur son compte, la somme nécessaire au remboursement du crédit en cours, plus un confortable coussin pour son retour, au cas où ! En cas de ! Elle prélève la différence en espèces afin de préparer son voyage qui lui permettra de découvrir au bout de son chemin, la boîte à secret renfermant le livre de sa vie. Lilwenn attrape rapidement le dossier préparé la veille, et le dépose sur le bureau de son chef avec un petit mot : *« Désolée, je serai absente pour convenance personnelle. Durée de mon absence : indéterminée. Je vous laisse le soin d'exposer le projet, d'ailleurs, vous le connaissez aussi bien que moi. Votre bien dévouée Lilwenn »*. Puis elle revient dans son bureau pour y faire le tri de ses quelques effets personnels, et déposer bien en vue les derniers dossiers en cours. *Après tout, j'ai fait ma part et peut-être plus encore,* se dit-elle, *ils pourront bien continuer sans moi.*

Lilwenn redescend le grand escalier de marbre blanc, dit « Adios » en traversant le grand hall, toujours aussi éclairé. *Peut-être que la Compagnie possède des actions chez Électricité De France,* se dit Lilwenn au passage. Puis elle pénètre dans la porte à tambour, et fait un tour gratuit pour la dernière fois. Arrivée sur le parking, elle constate qu'elle doit se déplacer désormais à pied, lorsque la petite voix de Léna se fait entendre dans son dos :

- Veux-tu que je te dépose quelque part ? Lui propose Léna tout sourire, qui vient juste de quitter son poste de travail, elle qui commence si tôt le matin.
- Oui, ce serait sympa ! Amène-moi en centre-ville s'il te plaît, répond la belle blonde. Tu as le temps de prendre un café ? propose-t-elle à Léna.
- Oui, on va chez les Nénettes aux Halles des Lices ?

Dans l'ex-voiture de Lilwenn qui les transporte au centre-ville, Léna, intriguée par la décision de son amie, ne peut s'empêcher de chercher à comprendre quelle mouche l'a piquée, pour prendre une décision aussi abrupte, en moins de vingt-quatre heures. Tout plaquer et partir sans savoir où, l'espace d'un éclair. Bien que Léna occupe une place d'hôtesse de propreté dans la Compagnie, elle n'en est pas moins intelligente et vive d'esprit. *Peut-être Lilwenn manque-t-elle un peu de discernement*, se dit Léna au fond d'elle. Jugeant la situation avec pragmatisme, elle se dit qu'elle a gagné sa voiture préférée à bon prix. Elle n'aurait jamais eu assez d'économie pour se la payer neuve, alors c'est gagnant/gagnant. Arrivées au café, les deux jeunes filles s'installent et commandent, Léna un café noisette, et Lilwenn, un chocolat, elle qui n'aime pas le goût du café. Léna ne peut se retenir plus longtemps et demande à Lilwenn :

- Ôte-moi un doute, ma chérie, tu n'as pas de mauvaises intentions qui te traversent la tête, demande Léna un peu curieuse, mais surtout inquiète quant aux motivations de son amie.

- Rassure-toi Léna, je vais juste te dire une chose. Cette décision est très rapide certes, mais sans le savoir, elle mûrit au fond de moi depuis la nuit des temps. J'ai besoin de savoir, de comprendre qui je suis. Et puis je te fais un aveu, je n'ai nullement envie de continuer à vivre dans une société dystopique, régie par un pouvoir totalitaire aux idéologies néfastes pour tout un chacun. Comment avancer sans passé et sans avenir, sans foi et sans idéal ? Pouvons-nous encore à nos âges évoluer dans un monde sans culture ? Un monde où le père, la mère et la famille n'existent plus ? Une société où l'on invente des genres à tour de bras ! Nous devons suivre les enseignements, car nous ne pouvons pas continuer à fonctionner ainsi sans guide, sans respect et sans espoir.
- Waouh ! J'en reste bouche bée, dit Léna, c'est quoi une société dystopique ?
- C'est le contraire de l'utopie. C'est une société imaginaire, celle de tous les dangers où les amoralités sont légion, où règne une forme de chaos. Le tout sagement entretenu par une oligarchie régnante dotée d'un pouvoir totalitaire corrompu aux idéologies nuisibles. Et puis nous devons affronter les difficultés en les regardant différemment, en ne les considérant pas comme des calvaires. Surtout en Bretagne ! dit-elle en éclatant de rire, assez fière de son jeu de mots. Tu regardes ce gouffre creusé ou tu observes ce mur qui se dresse subitement devant toi. Soudain, tu comprends qu'il est associé à des émotions négatives, un événement douloureux, des colères, des peurs. Alors, tu réévalues ce passage et tu le conçois comme un péage, une

autoroute vers le mieux. C'est le prix à payer pour poursuivre ton chemin, pour continuer à avancer. Plus tu libéreras d'énergies positives, plus tu te rendras disponible pour les autres. Tu peux très bien devenir un fabricant de bonheur.

Léna buvait les paroles de Lilwenn, elle aurait pu continuer à l'écouter ainsi des heures durant. Mais le temps était compté. La belle blonde avait plusieurs choses encore à faire avant de retrouver Merlin, ce soir sur ce banc au bord du stade.

- Je pars sans savoir où je vais, c'est vrai, mais je suis ma voie, je suis le chemin. Il faut rester humble, poursuit Lilwenn, faire confiance à notre ressenti, développer nos propres prédispositions. Pour cela, il faut te connaître, savoir qui tu es. « Connais-toi toi-même », a dit Socrate ». On est responsable de son propre bonheur, parce que nous sommes tous responsables de nos actes.
- C'est une superbe philosophie, dit Léna, et j'aimerais que tu deviennes mon guide quand tu reviendras. Je t'aime beaucoup mon amie.
- Moi aussi je t'aime, ma petite Léna chérie. Sois heureuse, et surtout fais confiance à la vie.

Les deux amies se prennent dans les bras avant de se quitter. Une longue étreinte, un gros câlin, qui laissent échapper de leurs paupières de jolies perles au goût salé d'éternité. L'amitié est un joyau dont le cœur est l'écrin. Lilwenn regarde sa montre, il lui reste encore assez de temps. Un pressentiment l'envahit soudain. Une impression très forte sans en connaître la cause. Ce sacré voyage pourrait bien durer plus longtemps que prévu.

- Cela ne ressemble pas à une rando, se dit-elle. J'ai appris que gérer c'est prévoir, aussi je vais m'équiper simplement, mais en tenant compte des vicissitudes du temps. Je soupçonne le brave Merlin de m'expédier à l'autre bout de la planète. Alors je vais prendre mes précautions, au pire cela me servira en camping sinon je revendrais le matériel à un pèlerin. Tiens, pourquoi je pense à ce terme ?

En redescendant la rue Saint-Vincent, elle entre dans une boutique spécialisée en articles de nature et de randonnée. Elle décide alors d'y effectuer quelques emplettes. Elle commence par un sac léger et adapté à sa morphologie, puis s'équipe d'une bonne paire de chaussures de marche confortable. Elle anticipe un long périple aux itinéraires improbables. Elle ne sait pas encore où elle doit se rendre, mais se voit déjà traverser des contrées inconnues, des terrains plus ou moins praticables, alors mieux vaut prévenir. Et puis, il y a eu ce rêve, oui c'est vrai, ce fameux rêve où elle marchait avec son sac en compagnie du mendiant.

- Ne prenons pas de risque, une pèlerine fera bien l'affaire, se dit-elle, c'est léger, ça prend peu de place et puis ça protégera en cas d'orage. Une petite boussole, afin de ne pas perdre le nord.

Lilwenn se munit également d'un petit set d'ustensiles qui fera bien l'affaire pour déjeuner et conserver quelques aliments. Après avoir fait d'autres petites acquisitions de confort, Lilwenn rentre chez elle, enfin, chez ses parents. Il lui faudra faire le point sur le paquetage nécessaire afin d'entreprendre ce voyage. Une expédition qu'elle compare à une transhumance. Elle perçoit ce déplacement comme un voyage initiatique. Elle doit rejoindre un lieu, un endroit où elle pourra nourrir son âme et son esprit. *Me voilà prête pour parcourir la Terre,* se dit-elle avec un large sourire.

8
Voyage vers l'inconnu

Allongée sur son lit, son sac, en partie préparé à ses côtés, la jeune fille médite en regardant le plafond. Le plafonnier un peu ancien avec son ampoule jaune ne l'éblouit plus. Ses yeux parcourent les murs quelque peu défraîchis de cette chambre un peu datée. Des posters de ses artistes préférés, punaisés sur les murs, ont depuis longtemps recouvert une bonne partie du papier peint. Ils lui renvoient quelques notes de musiques qu'elle se surprend à fredonner. La musique donne une âme à nos cœurs et des ailes à nos pensées, comme le pensait Platon. Elle reprend la chanson de Christophe Maé dont le poster lui fait face. « … Mais, c'est pas pour autant qu'il faut qu'on s'attache et qu'on s'empoisonne, avec une flèche qui nous illusionne, faut pas qu'on s'attache et qu'on s'emprisonne… » Elle est allée le voir en concert, elle connaît presque toutes ses chansons par cœur. Puis ses yeux se posent sur une affiche de Dion et son album « D'eux ». Alors c'est la chanson Destin, qui lui traverse la tête

« … Je vais les routes et je vais les frontières – Je sens j'écoute, et j'apprends, je vois – Le temps s'égoutte au long des fuseaux horaires – Je prends, je donne, avais-je le choix – Tel est mon destin – Je vais mon chemin – Ainsi passent mes heures – Au rythme entêtant des battements de mon cœur… » Lilwenn chante et voyage déjà dans sa tête, elle se sent prête. Surtout ne pas oublier l'essentiel. Elle ouvre le tiroir de sa table de nuit, puis en retire un vieux baladeur dans lequel sont enregistrées, toutes ses musiques et ses chansons préférées, celles qu'elle fredonnera à tue-tête en marchant. Elle regarde la photo posée sur sa table de nuit. Elle s'y trouve aux côtés de ses sœurs, elle a été prise l'an dernier à Noël. Elle s'en empare et la range précieusement au fond de son sac. Puis elle s'assoupit.

Lilwenn se réveille d'un bond, elle ne sait pas combien de temps elle s'est endormie. Il est vrai que la dernière nuit a été plutôt courte. Elle se doute que la suivante aura le même profil. La jeune fille regarde sa montre, et se dit qu'elle doit se préparer pour son rendez-vous. Comme elle n'a plus de voiture, elle va devoir s'y rendre en bus. Elle chausse ses nouvelles chaussures de marche, en se disant que c'est le meilleur moment pour les faire un peu. *Si je les rode maintenant,* se dit-elle, *je vais minimiser le risque d'ampoules. Les ampoules c'est bien, mais juste pour marcher dans la nuit,* pense-t-elle en rigolant. *Mes pieds souffriront certainement moins ainsi.* Elle enfile un vêtement chaud, car les températures en soirées sont encore bien frisquettes, à cette période de l'année. Elle visse sur sa tête, sa casquette porte-bonheur. Elle l'a reçu en cadeau lors d'un anniversaire, offerte par les garçons de la bande à Diego, aussi elle y tient particulièrement.

Son côté un peu garçon manqué la pousse parfois à négliger ses tenues vestimentaires. Elle est capable de s'habiller comme Cosette, un peu à la Poulbot. Elle est consciente qu'elle doit faire de gros efforts pour mettre en avant sa grâce et sa féminité. Cela reste pour elle une sorte de protection, comme un rempart à sa vertu. Elle se souvient aussi de cette période, lorsqu'elle était cette petite fille, un peu boulotte. Pour masquer ses petites rondeurs et éviter les remarques souvent acides de la part des autres enfants, surtout celles en provenance des garçons, elle avait la fâcheuse tendance à masculiniser sa tenue. Aujourd'hui, du haut de son mètre soixante-dix et ses dix-huit ans, en pratiquant régulièrement du sport, elle a sculpté sa silhouette, celle d'une très jolie jeune fille, fine et élancée. Mais le passé a laissé bien des blessures, pas encore refermées. Lilwenn sait qu'elle devra impérativement développer sa féminité, sa douceur, mais pour l'heure elle a d'autres préoccupations.

Elle sort et referme délicatement la porte derrière elle. À peine arrivée à l'arrêt de bus, celui-ci se présente. Génial, pense-t-elle, ainsi je n'ai pas à attendre et je ne serai pas engourdie par ce froid. Le bus traverse la ville. Comme la nuit se met à tomber, les lumières commencent à s'allumer sur son parcours. Lilwenn sourit en remarquant ce phénomène qu'elle attribue à un signe du vieux Merlin. Celui-ci allumerait les réverbères sur son passage pour lui éclairer son chemin. Le bus s'immobilise non loin du stade et la dépose à l'arrêt « Purgatoire ». C'est tout un symbole dans cette étape de purification de l'âme que souhaite explorer cette jeune fille. Ainsi, semblablement à un état de grâce, elle s'apprêterait à expier ses péchés dont elle n'aurait pas fait de suffisantes pénitences. Le tout avant d'entamer une nouvelle harmonisation de sa vie. Lilwenn descend du bus en saluant aimablement le chauffeur, puis parcourt le kilomètre restant à pied jusqu'au point de rendez-vous, histoire de bien assouplir le cuir de ses chaussures. La petite porte du stade est toujours ouverte pour permettre aux jeunes de s'entraîner selon leurs souhaits. Son œil vif regarde en direction du banc, celui-là même où elle a fait la rencontre de Merlin. Elle y aperçoit le vieil homme déjà présent qui semble l'attendre. Il est assis et porte son long manteau. *Il est coiffé d'un bien étrange chapeau,* se dit Lilwenn. Elle s'approche de lui, le salue machinalement en soulevant sa casquette avec deux doigts puis s'assoit à ses côtés sans dire un mot. Chose plutôt rare chez Lilwenn !

- Je suis heureux de te revoir. N'as-tu pas trop hésité, avant de te rendre à ce rendez-vous ? lui demande le vieil homme.
- Je vous l'accorde, je me suis posé un certain nombre de questions, dit Lilwenn. Et ce qui est étrange, c'est qu'à chaque question que je formulais, un signe se présentait à moi et je trouvais la réponse. Et puis ma bonne amie m'a acheté ma voiture de suite et un bon prix, ce qui fait qu'en remboursant le reste de mon crédit, il me reste encore une belle somme.
- C'est toujours ainsi, dit Merlin, cela se passe constamment de cette façon, quand on est dans l'acceptation. On appelle cela les lois de l'Univers, elles agissent toujours favorablement à qui accepte le bon sens des choses.
- Pourquoi c'est toujours ainsi ? Demande Lilwenn.
- Parce que la vie en a décidé ainsi, l'Univers provoquera toujours des conditions favorables pour te venir en aide, au moment où tu en as le plus besoin. Et si en outre, tu en fais

la demande, l'Univers se fera un plaisir de collaborer avec toi. Ces synchronicités ou coïncidences sont ainsi faites pour que ton âme vive et comprenne le sens de sa vie sur cette Terre.

Après un moment de silence, laissant à la jeune fille le temps d'intégrer ces lois de cause à effet ou loi d'attraction, Merlin se tourna vers elle et lui demanda :

- As-tu apporté ce que je t'ai demandé ?
- Oui bien sûr, je tiens toujours ma parole. Tenez, dit Lilwenn, voici votre part,

Le vieil homme regarde avec étonnement la poignée de billets que lui tend la jeune fille. Par élégance, il ne recompte pas la somme que lui donne Lilwenn. Il la range respectueusement au fond de sa poche. Il ne lui demandera même pas combien d'argent elle détenait au total. Merlin est un druide magicien, et il sait très bien que Lilwenn a tenu sa promesse. Elle lui explique que son amie, qui fait le ménage des bureaux au sein de la Compagnie, adorait sa voiture et avait toujours rêvé de s'en acheter une identique et de la même couleur. Mais voilà, elle n'avait pas trouvé une occasion qui lui convenait et l'acheter neuve, elle ne pouvait pas. Aussi quand Lilwenn lui a proposé de lui vendre sa petite voiture bleue, elle était aux anges et n'a pas hésité une seule seconde. Comme Léna n'avait pas discuté le juste prix de la voiture, le mage bénéficiait d'une commission plus importante. Sans perdre le Nord, la jeune fille poursuit en demandant à Merlin où devait-elle se rendre pour trouver cette fameuse boîte à secret contenant le livre de sa vie.

- Bon, maintenant que j'ai fait ma part, pouvez-vous me révéler où se trouve ce coffre, dans lequel je trouverai ce livre qui contient les secrets de ma vie ?
- Tu dois te rendre jusqu'au Cap Finisterre, lui dit le magicien. Là, au bout, où tu trouveras les paysages côtiers les plus sauvages, au bord de la falaise tu trouveras ton secret, soit attentive, écoutes ton instinct.
- Ce n'est pas loin, le Finistère, dit la belle blonde, mon école est à Quimper et j'ai environ cinquante kilomètres pour me rendre à la pointe du Raz. Ça fait cher du kilomètre en commission, Monsieur le Mage, dit Lilwenn avec une petite pointe d'humour impertinent.

Lilwenn était surprise par cet itinéraire, elle qui connaît un peu ce lieu, en face de l'Île de Sein. La pointe du Raz, ce fabuleux promontoire rocheux, un grand site classé parmi les plus pittoresques des côtes granitiques de la Bretagne. Le promontoire rocheux forme une proue perchée à soixante-douze mètres d'altitude. Ses hautes falaises de toute beauté offrent un point de vue à couper le souffle face à la mer d'Iroise. Ici, c'est le Finistère, on dit alors « Fin de la Terre » ! En face, on distingue les Phares de la Vieille et celui de Tévennec. Par temps clair, on peut apercevoir l'Île de Sein et le légendaire Phare d'Ar-Men. Sous la pointe se trouve un gouffre creusé par la mer, on le nomme l'Enfer de Plogoff. Une légende rapporte que c'est là que la mer y dépose les noyés. Lilwenn comprend alors que le souffle du vent la portera et lui insufflera cet esprit de liberté et de légèreté. À cet instant, elle pense à la chanson du chanteur Renaud « Dès que le vent soufflera, je repartira… » Pour accomplir sa destinée, elle doit accepter de se confondre avec les éléments de la nature. Et seulement, elle sera en mesure de réussir cette mission ou d'échouer.

- Le chemin de vie de chacun a été gravé dans les archives de l'Univers, lui dit le vieil homme, et le tien n'échappe pas à la règle. Chaque fois que tu changeras ou modifieras ne serait-ce qu'un élément de ce parcours, tu modifieras ta mission de vie.
- Croyez-vous que nous puissions modifier notre avenir en changeant notre comportement dans l'instant présent ? demande la jeune fille.

Le vieil homme ne répond pas, il est comme plongé dans ses pensées. Il est surtout surpris de la confusion de Lilwenn. Celle-ci a compris que le Mage parlait de la pointe bretonne, tandis que lui est censé lui révéler l'endroit du Cap Finisterre, la côte sauvage de Galice et sa somptueuse falaise, ce promontoire rocheux de six cents mètres de long, le Cabo Touriñan.

- Tu trouveras ta réponse sur le chemin, mais en attendant, tu t'es méprise sur ta destination Lilwenn, tu as confondu Finistère et Finisterre, la Bretagne et la Galice. La Galice est un des aspects méconnus de la culture celtique. Les Celtes s'y sont installés au Ve siècle, puis les Bretons leur ont succédé. Cette région située au nord-ouest de l'Espagne partage de nombreux points communs avec l'Écosse, l'Irlande, le Morbihan et le Finistère.
- Si, me gusta mucho Espagna, y voy alli con mucho gusto ! répondit la jeune fille sans être perturbée pour autant.

En un clin d'œil, Merlin lui demandait de transformer cinquante kilomètres de parcours en partant de sa résidence secondaire à Quimper en plus de mille quatre cents kilomètres d'aventure.

La méprise était de taille. Comment allait réagir Lilwenn ? Maintenant qu'elle comprenait cette modification d'itinéraire assez perturbante. Bien sûr, elle était un peu gênée par cette confusion qui pouvait être perçue comme un manque de culture, mais c'était aussi la faute du vieux ! C'est lui qui lui avait embrouillé la tête avec ses Finis-terres. Elle savait aussi qu'elle devait absolument changer quelque chose en elle, elle devait lâcher prise et apprendre à se faire confiance. Mais elle devait surtout apprendre à écouter. Parcourir la distance première, et celle révélée ensuite n'impliquait pas la même organisation ni le même temps de parcours.

Le chemin n'est pas toujours facile, voilà pourquoi bien des personnes trouvent plus simple et plus confortable de renoncer que de se lancer dans cette aventure. Même s'il s'agit du chemin de la vie. Les gens se trouvent toutes les excuses du monde pour renoncer à affronter les difficultés. Pourtant, les blocages peuvent être transformés en chance, les épreuves et les obstacles en rencontres, en efforts à surmonter, en ouverture d'esprit. Lilwenn aimait à dire que l'ouverture d'esprit n'était pas une blessure à la tête. « Aide-toi et le ciel t'aidera », lui disait toujours sa grand-mère. Cela la rapprochait de son catéchisme et elle connaissait bien cette locution. La providence sait être généreuse en faveur de ceux qui gardent espoir et ne perdent pas courage. Elle repensait à l'esprit cardinal de son enseignement biblique et surtout le verset 7.7-8 de Matthieu qui nous dit : « demandez et l'on vous donnera, cherchez et vous trouverez, frappez et l'on vous ouvrira. Car quiconque demande reçoit, celui qui cherche trouve, et l'on ouvre à celui qui frappe ». Lilwenn aimait beaucoup ce genre de petites phrases proverbiales, qui aident à soulager, à libérer les potentiels qui sont en chacun d'entre nous, pour aller jusqu'au bout de son rêve.

- Ne sois pas désolée, lui dit le vieil homme, regarde de préférence le côté ludique de cette aventure. Le chemin de Saint-Jacques de Compostelle, c'est toute une symbolique. Tu vas rejoindre la fin de la Terre jusqu'à Praza de Galicia, à Saintiago de Compostela. Puis après avoir atteint la Cathédrale Saint-Jacques de Compostelle et t'être recueillie sur le tombeau de l'apôtre Saint-Jacques le Majeur dans la crypte, tu te reposeras. Tu n'oublieras pas également de remercier Saint-Jacques pour t'avoir accompagné et protégé au long du chemin. Ensuite tu poursuivras ta quête et tu entameras la fin de ton parcours pour te rendre jusqu'à la Côte de la Mort, les plus sauvages paysages côtiers de la Galice que l'on nomme le « Cabo Fisterra », la « fin de la Terre ». C'est sur ce promontoire que tu ressentiras les énergies. Tu trouveras ta réponse, ainsi que le secret qui t'aura permis d'atteindre le bout du monde, le Cap Finisterre. Une tradition veut que le soir venu, après t'être changée pour revêtir tes habits de la nouvelle Lilwenn, tu y brûles en offrande tes vieux vêtements ainsi que tes chaussures usées par le chemin.

Lilwenn écoutait avec la plus grande attention les recommandations de celui qu'elle commençait à entrevoir comme un guide. Tandis que le vieil homme poursuivait, en lui précisant qu'elle devra être très attentive à tous les signes que le chemin dressera sur son passage, Lilwenn gardait les yeux rivés sur le bracelet du Mage, qui apparaissait au bout de son bras, la manche de son manteau étant légèrement relevée.

- Sache que ce chemin, cette parenthèse enchantée, c'est toi qui l'as décidé. Ce cheminement, tu l'as déjà prévu et tu en as programmé tous les contours au creux de toi, au fond de ton âme. Ce chemin fait partie de la vie, celui que tu dois suivre. C'est comme si tu te plongeais dans une lecture intérieure. Peut-être me rencontreras-tu sous une autre forme, le long de ton parcours.

Voyant que Lilwenn était obnubilée, les yeux toujours posés sur son bracelet, il regarda la jeune fille en dégrafant de son poignet un chapelet de dés blancs et noirs. Le vieil homme ôta deux dés du bracelet, un blanc et un noir qu'il déposa au creux de la main de Lilwenn.

- Je te les donne, lui dit-il, le dé blanc c'est l'Amour de la lumière et le dé noir est l'intégrité, le pardon. Le blanc, c'est la couleur de la sagesse, de l'espoir. C'est comme un nouveau commencement, la paix, la pureté, l'innocence et la légèreté, c'est une ouverture à la connaissance. Ce dé est en pierre de lune. Cette pierre est synonyme de féminité, elle favorise l'intuition, le voyage. Dans l'Antiquité, la pierre de lune faisait l'objet de divination et était considérée comme la pierre des déesses. Ce dé veut dire **OUI** ! Le noir, c'est la couleur de la négation, le mystère, la tristesse et la mort. C'est la peur, la solitude et l'angoisse. Mais c'est aussi l'élégance et la rigueur. Le dé noir est en shungite. Il permet de recentrer les énergies avec la Terre, permet un profond ancrage, et protège efficacement contre les influences négatives. Cette pierre a pour réputation de protéger contre les ondes électromagnétiques. Ce dé est un **NON** conscient. Aussi, tu garderas ces deux pierres au fond de ta poche et quand tu seras confrontée à un choix difficile, à une question sans réponse, tu plongeras ta main dans cette poche et ressortiras au hasard un des deux dés. Ainsi tu auras la réponse à ta question.

Le magicien explique à la jeune fille que l'on se lance bien souvent sur le chemin à un moment de sa vie où il devient nécessaire de faire le point, de trouver sa voie, de changer d'horizon. Ce chemin de Compostelle est par conséquent propice à la réflexion, la méditation, la contemplation. C'est un voyage, un pèlerinage pour réaliser cette quête de soi. À l'origine, le chemin de Saint-Jacques était un moyen de faire pénitence. Aller jusqu'à Saint-Jacques-de-Compostelle, c'est à la base, un pèlerinage catholique avec pour objectif d'aller honorer le tombeau de Saint-Jacques le Majeur.

- Les instants propices à la réflexion, à la méditation vont jalonner ton cheminement intérieur. Combien le chemin va te transformer, t'apporter de la sérénité. Sur le chemin de Compostelle, le temps prendra une autre dimension. Tu seras loin de la pression du travail, le rythme lent de la marche permettra sans aucun doute de t'apaiser, tu retrouveras le bonheur dans des choses simples. Tu n'as de compte à rendre à personne, aucun exploit à réaliser. Il n'y a sur le trajet, aucun point de contrôle, ni personne pour te donner la direction. Quelle que soit ta façon de parcourir ce chemin, ce sera le tien et uniquement le tien. Tu l'auras compris, cette trajectoire, c'est comme un voyage initiatique, une aventure intérieure, ta renaissance. Tu seras seule face à tes pensées. Tu vas prendre les grandes décisions qui vont orienter ta vie, cette épreuve est ta quête spirituelle qui te permettra de comprendre l'essentiel. Comme le ciel est l'essence de ton existence. N'oublie jamais le langage des signes et surtout va jusqu'au bout de ta mission personnelle.

Lilwenn est très émue, elle referme sa main sur les deux dés, puis les enfouit précieusement au fond de sa poche droite. Elle a bien compris la leçon de Merlin. Une petite larme perle au bord de son œil et coule sur sa joue. L'émotion commence à l'envahir et elle prend maintenant la pleine conscience du moment qu'elle vit, à l'instant présent. Merlin ! Oui Merlin ! Elle comprend maintenant pourquoi, ce vieux monsieur, ce Druide, ce Mage, ce Magicien veut lui servir de guide. Lilwenn la Bretonne connaît bien la légende de Merlin. Jamais elle n'aurait pu imaginer qu'il se serait présenté sur sa route, juste pour elle, pour lui ouvrir la voie. Merlin la regarde avec tendresse et comme le temps est venu de se séparer, avant de prendre congé, il lui dit :

- Je vais te confier l'histoire de cette jeune personne que sa maman envoie chercher du pain. Un jour une mère veut responsabiliser sa jeune fille et pour cela elle lui confie une tâche de confiance. Tu vas aller à la boulangerie, et tu me rapporteras un pain aux graines de sésame, tranché et un pain à la farine de blé complet, lui dit-elle. Je te confie mon porte-monnaie, aussi prends-en grand soin et surtout ne le perds pas en chemin, car j'y tiens beaucoup. La jeune fille serre très fort ce porte-monnaie qui lui a été confié au creux de ses mains, tout au long du trajet afin de ne pas l'égarer. Elle marche et avance, les yeux concentrés sur cette petite bourse de cuir. Elle arrive à la boulangerie, puis au moment de se faire servir, elle a complètement oublié ce qu'elle était venue chercher. Aussi, elle se doit de retourner à la maison demander de nouveau à sa maman ce qu'elle devait acheter comme pain. Sa mère lui dit alors qu'elle était bien trop concentrée sur le porte-monnaie. Elle lui conseille alors, de le placer au fond de sa poche, ainsi, elle sera moins préoccupée par celui-ci et pensera à demander un pain aux graines de sésame, tranché et un pain à la farine de blé complet. La jeune fille repart alors en direction de la boulangerie. Sur son chemin elle rencontre Tatie Jeanne qui lui demande comment vont maman et le petit frère. La jeune fille répond poliment tout en se répétant dans la tête, un pain au sésame tranché et un complet. Elle salue Tatie et poursuit son chemin. Devant la vitrine du marchand de couleurs, elle s'arrête un instant pour admirer une boîte de crayons qu'elle aimerait beaucoup avoir pour dessiner. Puis elle repart se répétant toujours dans sa tête, un pain au sésame et un complet.

Arrivée chez le boulanger, elle est heureuse de se souvenir de sa course. « Bonjour Madame, je voudrais un pain aux graines de sésame, tranché celui-ci et un autre à la farine de blé complet s'il vous plaît. » Elle est fière la petite mignonne. Elle plonge la main dans sa poche, en sort le porte-monnaie et paie le prix des deux pains. Elle s'en retourne alors vers son domicile, rencontre un camarade d'école, accompagné de sa grande sœur. Elle est heureuse d'exposer la sérieuse mission que lui a confiée sa maman. Puis elle repart et rentre en sautant, en courant et en chantant. Elle est contente d'avoir réussi l'examen de confiance. Elle tend alors les deux pains à sa maman et plonge la main dans sa poche pour lui restituer le porte-monnaie. Soudain, elle est très inquiète, rien dans la poche droite, rien dans la poche gauche. Elle est malheureuse et ne sait que dire comme excuse à sa mère. Celle-ci comprend que la petite fille n'a pas perdu volontairement ce porte-monnaie. Il était vieux et contenait guère plus que la somme nécessaire à l'achat du pain. Mais la mission de responsabilité et de confiance qu'elle avait confiée à sa fille était pour lui enseigner le fait d'être attentive à tout ce qui l'entoure. Si elle avait perdu l'argent à l'aller, elle serait revenue à la maison sans le pain. Aussi dit-elle à sa fille : Le secret de ton attention réside dans tout ce qui se passe autour de toi, mais tu gardes toujours à l'esprit là où tu vas et ce que tu cherches. Ne te laisse pas détourner de la charge qui t'est confiée, ne perds jamais de vue le but. Tu peux être interpellée sur ton chemin, voire stoppée, mais garde en tête l'objectif. Quel que soit le chemin que tu empreintes dans la vie, n'oublie jamais pour autant d'où tu viens.

9
La Crédencial

Lilwenn repense à la révélation de Merlin sur sa destination. Elle en profite pour glisser au fond de son sac un petit dictionnaire d'espagnol, *on ne sait jamais, cela peut servir,* se dit-elle. Puis, elle dresse rapidement un bilan de ses préparatifs et se repasse en mémoire, la liste des choses essentielles à conserver avec elle. Demain matin, en prenant la direction de l'Espagne elle s'arrêtera à Vannes, rue Guillaume le Bartz, à la salle des associations. Elle profitera également de ce moment, pour faire le point et recueillir quelques recommandations auprès de la personne qu'elle rencontrera à l'accueil. Puis elle y retirera la fameuse « Crédencial ou Carnet du Pèlerin ». C'est un sésame, une sorte de passeport qui lui sera demandé à chaque étape, afin d'être tamponné. Il est obligatoire en Espagne pour avoir accès aux refuges. En France, il est recommandé aussi, pour accéder aux gîtes réservés aux pèlerins. Ce document permet également d'obtenir le Certificat de pèlerinage appelé Compostela, lors de son arrivée à Saint Jacques de Compostelle. La possession de ce document engage aussi aux respects de certaines règles en rapport avec « l'Esprit du Chemin ». La jeune Lilwenn est maintenant fin prête, motivée par cette aventure. Le monde semble lui appartenir.

La jeune fille ne peut pas dire à ses parents l'envergure de son projet. Lilwenn connaît trop bien sa mère. *Ce n'est pas la peine d'ouvrir le débat avec elle, si c'est pour s'en prendre plein la tête, autant commencer par une esquive. Et puis, ne rien dire, ce n'est pas mentir, n'est-ce pas ! De toute manière, elle ne pourrait pas comprendre, elle est trop loin de tout cela. Mon père,* pense-t-elle, *pourrait éventuellement me comprendre, mais il faudrait bien lui expliquer. À quoi bon,* se dit Lilwenn. *Je sais de toute façon que demain, quand ma mère aura lu le mot que je vais lui laisser sur le coin de la table, c'est mon père qui va encore jouer le rôle d'amortisseur, il se fera bien enguirlander. Ma mère va lui prendre la tête, ça, c'est sûr ! Elle sera persuadée qu'il était au courant, lui, le complice de sa fille. Mais non, pas cette fois-ci ! Il tournera alors les talons sans rien dire et ira jardiner à l'extérieur pour se vider la tête. Je pense qu'à ce moment-là, il comprendra, il sera de mon côté et qui sait peut-être un peu jaloux de ne pas partir avec sa fille, l'accompagner.*

Le soir venu, au cours du repas, la mère de Lilwenn lui demande comment elle va. Elle lui semble un peu bizarre, perturbée, comme absente. Lilwenn a toujours quelque chose à raconter en temps normal, mais ce soir-là, elle ne dit mot. Lilwenn est perdue dans ses pensées et lui répond machinalement que tout va très bien, en lui retournant sa question :

- Et toi, comment tu vas ? dit-elle, retournant la question à sa mère, dans l'objectif de détourner l'attention et éviter de répondre.

Le dîner, tire à sa fin et la jeune fille, prétextant une grosse fatigue part se réfugier dans sa chambre. Elle commence par caler son réveil sur 5 heures du matin, car il est hors de question de rater ce départ, de plus, elle veut se rendre à l'association pour l'ouverture. Elle prend une bonne douche bien chaude, enfile son pyjama douillet et se glisse sous les draps. Lilwenn passe en revue tous les éléments qui ont bouleversé sa vie au cours de ces dernières quarante-huit heures. Elle qui pensait avoir un avenir bien tracé en poursuivant ses études financières à Quimper en alternance avec son emploi au sein de la Compagnie. Elle était partie pour voir Diego jouer au foot. Sur un banc de touche, elle a fait une improbable rencontre, celle d'un vieux monsieur assit là, un mage, un magicien prénommé Merlin.

Maintenant elle est persuadée qu'elle est en train de vivre un rêve éveillé. Personne ne voudrait la croire si elle racontait cela. On finirait même par se moquer d'elle en la croyant un peu mythomane. Pourtant, elle a bien rencontré Merlin, elle en est certaine, il lui a indiqué la direction à suivre pour trouver sa voie, ce qu'elle est et qui elle est, pour donner un sens à sa vie sur cette Terre. Elle a vendu sa voiture, et donné dix pour cent du produit de la vente à ce Mage. Celui-là même qui lui a révélé le lieu, un peu éloigné certes, de près de mille quatre cents kilomètres de chez elle. La fin de la Terre, là où se trouve une soi-disant boîte dans laquelle se cache le soi-disant livre des secrets de sa vie, comme une réponse à sa raison d'être. Et ce soir, elle va s'endormir dans son lit pour la dernière fois, avant longtemps. Il faut être un brin fonceur, un peu zinzin, fêlé de la « cabeza » (la tête), pour se remettre en cause à l'âge de dix-huit ans sur un simple coup de tête. *L'avenir sourit aux audacieuses*, se dit-elle. Lilwenn parcourt une dernière fois les murs de sa chambre, quand son regard croise une photo de Johnny Hallyday. Les paroles de sa chanson « Je te promets » lui viennent soudainement à l'esprit : « Je te promets la clé des secrets de mon âme, je te promets la vie de mes rires à mes larmes… ». Elle éteint la lumière et ferme les yeux, elle sait que les promesses n'engagent que ceux qui les croient. *Quelle journée !* Se dit-elle en éclatant de rire, *j'espère que le sommeil ne va pas tarder à me rendre visite.*

La nuit lui a paru bien courte, et le radio réveil qui lui indique l'heure, sur une chanson du groupe de pop « Chagrin d'Amour : 5 heures du mat, j'ai des frisons, je claque de dents et je monte le son… Chacun fait c'qui lui plaît… ». *Tout un programme*, se dit-elle, *encore une synchronicité, ça commence bien !* Elle ferme le clapet de Grégory Ken, le chanteur, car elle ne tient pas particulièrement à réveiller la maisonnée, surtout que personne ne comprendrait ce qui lui arrive et ce qu'elle fait debout de si bonne heure le matin ! Ce n'est vraiment pas le créneau horaire de Lilwenn en temps normal. Mais là, c'est pour la bonne cause, une grande aventure qui débute ici et maintenant et comme toute aventure, elle commence par une sérieuse remise en question. Elle se glisse dans de chauds et confortables vêtements pour marcher, elle fait son lit et descend l'escalier de bois, son sac sur le dos et ses chaussures de marche à la main. *Bizarre*, se dit-elle, *l'escalier qui grince en temps ordinaire n'a pas bronché ce matin, il est resté discret comme un complice.* Elle traverse doucement la maison endormie, marche sur la pointe des pieds, passe par la cuisine et chipe au passage les trois paquets de gâteaux en stock dans le placard. Puis Lilwenn dépose machinalement sur la table, le petit mot qu'elle a rédigé la veille au soir dans sa chambre :

« Mes chers parents, je pars, je vous aime, mais je pars, vous n'aurez plus d'enfant ce soir… Je ne m'enfuis pas je vole… » Pour reprendre les paroles d'une chanson de Sardou, le chanteur préféré de sa mère. Puis Lilwenn poursuit son message ainsi… « Je ne veux pas me retourner, je m'éloigne un peu, je veux juste avancer. Je veux seulement croire dans les promesses et voir tout ce qui m'est promis. Je cours sur le chemin de ma vie. Je pars à ma recherche et je reviendrai que lorsque je me serai trouvée, lorsque mes réponses conviendront à mes questions. Ne m'attendez pas avant un long moment ». Signé Lily.

Elle n'en revient pas ! Waouh ! Elle a eu ce courage et surtout l'audace de faire ça ! Partir à l'aventure, ne rien dire à personne, juste à Diego. Oui, partir, sortir de son cercle familial, de cet environnement qui ne lui convient plus. Oui, Lilwenn est bien plus forte qu'elle ne le pense. Maintenant, elle va refermer la porte délicatement derrière elle, sans se retourner, va déposer sur ses épaules, le sac à dos qui contient son essentiel, réduit au strict nécessaire et qui l'accompagnera tout au long de son périple. Elle visse sur sa tête sa casquette fétiche et voilà cette jeune fille métamorphosée. Elle part en direction de Vannes sur le *« Henchou Sant Jakez e Breizh »*, le chemin de Saint-Jacques Breton, puis elle va suivre la voie jacquaire. Mais avant tout, elle doit impérativement passer à l'association pour y récupérer sa Crédencial. Elle en profitera pour s'acheter une carte et demander quelques conseils. *La carte IGNrando lui sera fort utile pour se repérer,* pense-t-elle. Lilwenn sait qu'elle ne doit jamais perdre le nord. L'orientation comme la maîtrise des points cardinaux n'a jamais été son point fort. Rien de mieux qu'un itinéraire bien tracé sur une carte pour arriver à ses fins.

Il fait nuit, il fait froid, mais Lilwenn est bien couverte. Elle doit descendre sur Vannes. Il est trop tôt ce matin pour le premier bus alors c'est une bonne occasion de poursuivre le rodage des chaussures de marche. Lilwenn contrôle sa montre, il est déjà 7 heures lorsqu'elle entre au cœur de la vieille ville. Comme elle n'a pas pris de petit-déjeuner, elle décide de faire un crochet par la place des Lices pour s'offrir une dernière fois une grosse part de far breton aux pruneaux. Oui, Lilwenn aime le far aux pruneaux, c'est comme ça ! Certains vous soutiendront qu'à l'origine le far était nature. Lilwenn vous dirait même, qu'à l'origine au XVIIIe siècle, le far, appelé en Breton « farz » était une bouillie salée de sarrasin, couramment appelé blé noir, comme la recette de l'actuelle « kig ar farz » cuit dans un linge et servi émiettée avec du lard ou de la viande. La version sucrée interviendra au XIXe siècle. La recette est simple, du sucre, des œufs, du beurre salé (Of course, nous sommes en Bretagne), et du lait, le tout cuit au four. Les pruneaux arrivent quand les marins bretons commercent avec le port de Bordeaux. Ils importent en Bretagne ces fruits séchés qui prennent place dans cette préparation. Le rhum viendra en faciliter la conservation, principalement pour les campagnes de pêche au long court.

Notre belle gourmande, sa part de far à la main, va s'installer à quelques pas de là, au bistro de Jeanne pour y prendre un bon chocolat chaud, auquel elle demande souvent d'y ajouter un chapeau de chantilly. Le samedi matin, c'est jour de marché. Les primeurs tout comme les camelots s'affairent déjà sur cette place. La mise en place de leurs marchandises est un spectacle grandiose. Ce marché draine des milliers de visiteurs. En été, il est même parfois difficile de s'y frayer un passage. Mais Lilwenn n'est pas ici en spectatrice. Elle vient d'engloutir sa part de far et de finir son « chocolat vannois », (une sorte de chocolat viennois à la mode Lilwenn). Partie de bonne heure, cette pause gourmande était la bienvenue. Elle constate avoir parcouru ses huit premiers kilomètres en une heure et demie, ce qui lui permet déjà d'extrapoler son rendement journalier, mais pas de compétition, a dit Merlin. Maintenant qu'elle a repris des forces, il ne faut pas traîner. Elle se lève, règle sa consommation, traverse la place où déjà quelques badauds sont à l'affût des beaux produits et des bonnes affaires, puis elle file à son rendez-vous pris la veille auprès de l'association. *Écoute bien les conseils qui te seront donnés,* se dit-elle.

La délégation départementale du Morbihan de l'Association Bretonne des Amis de Saint-Jacques-de-Compostelle assure une permanence dans la ville de Vannes. Ce matin, c'est Gérard, un ancien pèlerin, qui est venu spécialement pour accueillir Lilwenn.

- Bonjour Lilwenn, fidèle au rendez-vous, lui dit Gérard.
- Bonjour, Monsieur, merci beaucoup d'avoir accepté de me recevoir ce matin en dehors de vos heures de permanence. Il est vrai que ma décision a été prise rapidement, aussi je vous suis reconnaissante d'être là pour moi.

Gérard lui fait comprendre que pour lui, c'est toujours un plaisir que d'accueillir un nouveau pèlerin et d'échanger avec une jeune femme qui se lance dans une telle aventure à son âge.

- Dix-huit ans, quel bel âge pour une expédition comme celle-ci, relève-t-il ! Quel gain de temps sur la vie qui t'attend !

Gérard en profite pour insister au passage sur tous les enseignements que cela apporte de se retrouver seul face à soi-même. Il l'informe également qu'elle fera sur le chemin de très belles rencontres. Elle en fera certainement de bien plus difficiles, ce qu'il ne le lui souhaite pas. Mais le chemin est ainsi fait et chacun fera ses propres expériences qui lui seront autant de leçons de vie. Les contraintes, les contrariétés, les joies et les peines, autant d'obstacles qu'il lui faudra surmonter, mais ce sont ceux qui font aussi grandir. Puis Gérard conseille Lilwenn sur son itinéraire, lui fournit la liste des hébergements pour ses étapes en lui indiquant bien entendu, ceux qu'elle pourrait accessoirement éviter. Gérard lui indique aussi qu'après avoir franchi les portes de l'Espagne, elle sera confrontée à un choix. Deux possibilités vont s'offrir à elle, les deux chemins principaux. Elle aura alors le choix entre le « Camino Francés » que l'on surnomme également la « Ruta Intérior ». C'est le chemin mythique, celui qui remonterait au Xe siècle. Voilà aussi pourquoi on le dit plus prestigieux. C'est le plus connu et le plus fréquenté, aussi il n'est pas rare d'y faire des rencontres de personnes venues du monde entier. C'est le plus cosmopolite, alors les échanges y sont peut-être plus riches et les émotions plus fortes.

Le « Camino Norte », quant à lui, est la seconde voie, l'autre voie jacquaire qui longe une grande partie de la côte nord de l'Espagne. Ce chemin traverse des régions plus montagneuses entre le Pays Basque et jusqu'à la Galice. Si Lilwenn s'engage sur cette voie, elle longera de magnifiques falaises, traversera des rias et des criques à la flore et la faune de toute beauté. Mais ce chemin-là est plus sportif, plus sauvage et bien moins fréquenté que le « Camino Francés ». L'engagement physique y est certain, mais les bons marcheurs sont largement récompensés par un calme qui favorise l'introspection et le dépassement de soi.

- Réfléchis Lilwenn, tu es une ravissante jeune fille et le choix du chemin peut aider à ta sécurité. Maintenant, veux-tu que nous regardions ensemble le contenu de ton sac à dos ?
- Oui bien entendu, j'ai eu le temps de regarder sur internet et comprendre que le poids pouvait être un handicap sérieux. Aussi, je veux bien l'aide de votre œil avisé.

Lilwenn ouvre son sac et montre le contenu de celui-ci à Gérard. Question d'amour-propre, la jeune fille a pris ses précautions pour les petits désagréments féminins. Mais aussi, pour le respect de son hygiène corporelle. Elle n'a pas oublié le papier toilette, indispensable quand on part en vadrouille, car les arbres n'ont pas encore beaucoup de feuilles. Gérard approuve ses choix, comme celui d'un savon, moins lourd qu'une bouteille de liquide, qui évite les fuites dans le sac. Elle a même prévu du dentifrice en poudre. Lilwenn est bien lucide pour ses dix-huit ans, mais elle est aussi respectueuse de son environnement. C'est par ailleurs un point qu'elle partage avec Diego. Continuant l'inventaire de ce sac, elle indique avoir prévu le minimum de linge, mais fait remarquer qu'elle n'a pas oublié le petit génie, une vieille lessive réputée pour le camping. Elle permet de laver rapidement, même à l'eau froide, très important lorsque l'on a peu de temps lors d'une étape. Elle a acheté sa protection contre la pluie, la fameuse pèlerine, autant pour se protéger des intempéries, que pour couvrir le sac et son contenu, au cas où elle ne trouverait pas d'abri. Elle a un sac de couchage hyper léger, moins d'un kilo et bien chaud avec du duvet, elle n'a pas lésiné sur le prix, il est même adapté en cas de nuit à la belle étoile, car Lilwenn est plutôt du genre frileux.

- Je vois que tu n'as pas oublié une petite trousse à pharmacie, lui dit Gérard, car en cas de piqûre ou de petits bobos, il faut pouvoir désinfecter. Tu as ta lampe frontale, ton canif, un briquet, un carnet et un crayon pour prendre des notes. Tu as aussi un petit appareil photo pour immortaliser quelques instants. Voici une carte IGN que je t'offre, ta Crédencial qui te servira de passeport en qualité de pèlerin et la fameuse coquille, que tu vas pouvoir accrocher à ton sac. Je vois que pour tes papiers personnels, tu as fait des copies que tu as cachées au fond de ton sac, tout comme ton argent que tu caches très intelligemment. Avec ta carte bancaire, tu peux aussi retirer facilement des espèces dans les grandes villes au besoin. Te voilà fin prête, ma belle Lilwenn. Sans te connaître, je dis bravo ! Je suis très fière de toi.
- Merci beaucoup Gérard pour tous vos bons conseils et pour la gentillesse que vous avez eue de m'accueillir ce matin.
- Ha, encore une petite chose, Lilwenn, donne-moi ton sac que je le pèse.

Gérard dépose le sac de Lilwenn sur une balance présente à l'association et réservée à cet effet. Le poids affiché est de sept kilos et six cent dix-sept grammes.

- C'est une très belle performance, lui confie Gérard, doublement fier de toi. Tu ne souffriras pas trop, tu es grande et musclée, cela devrait bien se passer. Bien, maintenant tu n'as plus de frein, tu peux te lancer sur le chemin et je te souhaite, comme on le dit entre pèlerins « Buen Camino ». Une façon de saluer un autre pèlerin pour lui souhaiter « une bonne route ».

Puis Gérard prend tendrement Lilwenn entre ses bras, comme le ferait un papa et lui fait un gros bisou. *Il aurait presque la larme à l'œil notre Gérard,* pense la jeune fille, qui, elle aussi, sent l'émotion la gagner. Cela lui rappelle de merveilleux souvenirs et il n'en faudrait pas beaucoup pour qu'il l'accompagne sur le chemin de Saint-Jacques. Juste une petite partie de ce chemin qu'il connaît sur la pointe de ses pieds. Alors Lilwenn sent qu'il est temps pour elle de prendre congé avant que ne coulent des larmes de nostalgie, elle charge son barda sur le dos et se met en route. Elle franchit la porte de l'association, non sans faire un geste sympathique en direction de Gérard, un cœur avec ses mains. Puis elle lance :

- Kenavo, Hepdale, mon Gérard.

Ce qui signifie au revoir, à bientôt.

Lilwenn réalise maintenant que son intuition était bien au rendez-vous lorsqu'elle a décidé d'opter pour ce sac, ses chaussures et tout ce petit équipement qui fait d'elle maintenant une véritable pèlerine. Terme attesté en 1210 pour celle qui, par piété, fait un voyage vers un lieu de dévotion.

10
Un départ du bon pied

Partir du bon pied, cela semble une évidence. Mais au fait ! Lequel est le bon pied, le droit ou le gauche ? Ha ! En voilà une bonne question ! Celle qui taraude, mais ne doit pas nous bloquer, sinon on a vite fait de finir en flamand rose, sur une patte. Un phénomène qui soutient une hypothèse thermique qui permettrait au flamand rose de ne pas se refroidir quand il dort. Une autre hypothèse consiste à dire qu'en cas d'agression surprise durant son sommeil, sa position favoriserait son envol. Lilwenn n'a de point commun avec le flamand, que le rose de ses joues. Dormir d'un œil, sur une jambe, voilà tout un programme. En attendant, il faut partir, alors comme les corsaires, barre à droite et « Marche tout droit, cette fille-là, fait celui qui ne la voit pas… » chantait Claude François. C'est une belle journée qui attend la jeune fille. Le soleil est présent malgré un léger vent frisquet. *Pas de pluie pour ce premier jour, cela me semble le signe d'un bon présage,* se dit Lilwenn.

La jeune fille a décidé de partir directement de son fief, la Bretagne. Elle avait aussi l'option de prendre le train jusqu'à Irún, puis traverser à pied, le Pays basque, la Cantabrie, les Asturies puis la Galice jusqu'à Saint Jacques de Compostelle. Ceci est d'ailleurs l'option la plus courtisée par les pèlerins limités dans le temps. Raccourcir la distance pour mieux la mesurer. Lilwenn s'en moque bien, elle relève le défi, celui-ci est très personnel et elle compte bien le mener à bien, coûte que coûte. Puisqu'elle n'a pas réfléchi très longtemps avant son départ, elle a tout simplement fait confiance en son intime conviction.

Maintenant, l'heure n'est plus à se poser de questions, elle est partie chercher des réponses. Pour le chemin, c'est pareil, elle trace sa route et laissera venir à elle au moment opportun les correctifs qu'elle jugera nécessaires. Surtout ceux qui concerneront sa sécurité ou son confort, elle ne doit jamais perdre de vue le but : sa mission de vie personnelle, la boîte à secret. Alors quelle voie jacquaire doit-elle emprunter ? La réponse est identique. La jeune fille avisera le moment venu. « *C'est au pied du mur que l'on voit le mieux le mur* » dit un vieux proverbe chinois, enfin paraît-il !

Avant de sortir de Vannes, direction le sud, Lilwenn fait un dernier crochet dans un lieu mythique situé juste à quelques pas de là. Devant ses yeux, la majestueuse cathédrale de Vannes, un véritable joyau d'architecture renaissance que Lilwenn connaît très bien. Son histoire est très ancienne, car elle est dédiée à Saint-Pierre, le chef des Apôtres et aussi le premier pape. Elle fut reconstruite en 1020 par le Duc de Bretagne dans le style roman. Elle sera réédifiée au cours des siècles entre le XIIe et XIIIe siècle, puis reconstruite et agrandie au XVe siècle dans un style gothique. La cathédrale Saint-Pierre de Vannes est affiliée à la basilique Saint-Pierre du Vatican, depuis 1870, cela lui confère le titre de basilique mineure. Dans une petite alcôve, Lilwenn se recueille quelque instant avant d'entamer son long périple. Elle allume un petit cierge et demande la protection du créateur. Elle fait une petite prière en faveur de Diego, afin qu'il trouve la patience de l'attendre. Elle en profite pour adresser un petit message en direction de son nouveau guide, Merlin, afin qu'il ne la laisse pas tomber au cours de cette expédition.

- Parce que je te le rappelle que c'est toi, mon cher Merlin, qui m'as un peu forcé la main. C'est toi qui m'as poussée à entreprendre ce voyage initiatique. Alors maintenant tu ne vas pas te défiler, je t'en conjure, dit-elle à voix basse, tu m'accompagnes jusqu'au bout, c'est bien entendu !

Lilwenn fait son signe de croix en remerciant, se relève, recharge son sac sur le dos, dépose au passage une pièce dans le tronc prévu à cet effet et franchit la lourde porte de bois sculptée. Cette fois, c'est parti pour de bon, plus de temps à perdre, il faut allonger la foulée, si elle veut dormir ce soir dans la chambre qu'elle a réservé à Muzillac. Elle a eu au téléphone un certain Fañch. Ce monsieur un peu âgé loue des chambres pour les marcheurs. Cette réservation, Lilwenn l'a faite un peu au hasard, la veille. Elle se dit qu'elle verra bien, si ça craint, elle ira à l'hôtel. Ils doivent bien avoir de la place à cette période de l'année. Au pire, elle avisera. Un peu d'imprévu n'est pas pour lui déplaire.

Comme pour une grande promenade, Lilwenn sort de la ville et s'engage sur les chemins de campagne. Il n'est pas question pour la jeune fille de manger de l'asphalte à longueur de journée. Et bien que les routes droites semblent être le chemin le plus court qui mène d'un point à un autre, les traversées bucoliques lui semblent mieux appropriées à la méditation, le fait de marcher en conscience. La route nationale à quatre voies qui traverse Vannes et va jusqu'à Nantes n'est pas adaptée à ce genre de pérégrination, c'est aussi une question de sécurité. Sans compter sur le fait que la couleur du bitume finit par être monotone. À la sortie de Vannes, Lilwenn passe devant l'entreprise des parents de Diego et profite au passage pour faire un petit coucou de la main que personne ne remarque et c'est tant mieux.

C'est la première fois de sa vie qu'elle se lance un tel défi. Lilwenn aime bien faire de la randonnée. Avec ses copines ou avec le groupe de copains, ils prennent souvent le sac à dos et le pique-nique et font de grandes balades autour du Golfe du Morbihan. Les paysages y sont magnifiques et les chemins très bien balisés. Des randonnées de 15 à 20 kilomètres, elle en a souvent fait, mais là, il va lui falloir trouver le rythme et ne pas être pressée d'arriver, car ce sera randonnée tous les jours. Pour le moment, la belle jeune fille est en terrain conquis, car elle maîtrise son environnement. *Les premiers huit kilomètres ont été parcourus en une heure et trente minutes,* se dit Lilwenn, *alors à ce rythme-là, je dois arriver sur Muzillac entre dix-sept et dix-huit heures au plus tard.* Pour le moment, le chemin ne montre pas trop de signes de difficultés. Les dénivelés semblent inexistants compte tenu de la topographie du terrain. Lilwenn arrive en vue de la première halte, il est temps de marquer une pause pour lui permettre de reprendre quelques forces.

Elle pense entrer dans le supermarché pour y faire quelques emplettes. Au moment où elle franchit les portes automatiques, elle se dit que ce n'est pas un bon plan. En effet, dans son sac à dos se trouve déjà, un bon nombre de produits. Elle ne veut pas avoir droit à quelques réflexions ni se faire ouvrir son sac pour une fouille en règle par le vigile en sortant. *Gérer, c'est prévoir,* se dit la belle, *évitons les ennuis dès le départ*. Quelques mètres plus haut, une boulangerie propose tout un snacking gourmand. Les propriétaires ont installé des tables hautes avec des sièges en extérieur pour la clientèle. Il n'en faut pas plus à la jeune fille pour se détendre. Pour le moment, elle ne ressent pas encore de dépaysement, c'est juste une aventure qui débute doucement sur des bases connues. Dans la boutique, elle n'a pas craqué sur une part de far, elle préfère rester sur celle qu'elle a dévorée ce matin, trop bonne ! Ici, elle va se laisse tenter par un Kouign-Amann individuel de belle taille. Beurré et sucré à souhait, les calories considérables attribuées à ce célèbre gâteau de boulangerie emblématique de la pâtisserie bretonne, originaire de la région du Finistère, seront vite brûlées avec les quelque quinze kilomètres restants. Après tout, ce n'est que de la pâte feuilletée, du beurre salé, à discrétion, et du sucre, le tout caramélisé au four. Ça suinte, ça dégouline, c'est grassouillet à souhait, mais c'est tellement bon.

Comment vont mes pieds ? pense Lilwenn. Histoire de détourner sa conversation mentale en ingurgitant goulûment sa pâtisserie hypercalorique. *Bon, ceux-ci ne semblent pas encore me faire souffrir. J'ai fait le bon choix pour les chaussures et les conseils avisés du vendeur étaient très judicieux. J'en profite pour envoyer mentalement un petit message de remerciement au vendeur. Certes, elles étaient un peu hors budget,* se dit Lilwenn, *mais aucun regret, les arguments du vendeur étaient, semble-t-il, tout à fait justes. Il va être temps de poursuivre le chemin, car je ne suis pas encore arrivée à la fin de cette première étape.*

11
Chansons d'enfance

« *Les chansons françaises chantent dans nos cœurs tout au long de notre vie…* », Lilwenn écoute la chanson de la Bande à Basile. Oui, ces chansons nous racontent des histoires, car elles ont bercé notre enfance, elles nous ont accompagnés dans des moments de bonheur et de joie, mais aussi dans nos moments de tristesse. Nous avons toujours tous un petit air qui nous rappelle celle ou celui que l'on a embrassé pour la première fois, les chansons qui ont aussi marqué nos ruptures. Ces chansons sur lesquelles nous avons tant pleuré sont gravées dans nos mémoires à tout jamais. Il y a aussi celles qui nous accompagneront dans notre dernier voyage. Qui n'a pas en son répertoire le souvenir de ces balades qui jalonnent le chemin qu'emprunte la jeune Lilwenn.

Elle chantonne, elle fredonne, son baladeur en poche et son casque collé aux oreilles, elle est sur le chemin de sa vie. « … *Il y a toujours un coin qui me rappelle, sur la route de Louviers dans le département de l'Eure jusqu'au pont d'Avignon. Qu'il soit cantonnier ou travailleur immigré, qu'on le croise sur la route des vacances, comme un beau roman ou une belle histoire, l'un rentrera chez lui là-haut dans le brouillard, tandis que l'autre redescendra vers le midi. Peut-être lui dira-t-il qu'il a eu de la chance de trouver l'amour en France, qu'auprès de ma blonde il fait bon dormir. Les chansons françaises, on les chante en cœur, que ce soit pour réveiller le frère Jacques qui dort, peut-être avec la blonde. L'histoire des petits bateaux qui vont sur l'eau, normal jusque-là, mais pourquoi alors auraient-ils des jambes ? Si le petit navire n'avait ja-ja-jamais navigué Ohé ! Ohé ! Bonnes questions. Surtout après avoir bu un petit coup, c'est doux, j'ai descendu dans mon jardin, cela ne sonne pas très français, ne dit-on pas : je suis descendu… ? Et pour y cueillir du romarin, ha ! Le gentil coquelicot. Voyez-vous, les chansons françaises chantent dans nos cœurs, même pour Jeannette, afin qu'elle ne pleure pas la, la, la, la, nous la marierons. Voilà pourquoi, sur le pont de Nantes un bal y est donné…* »

Nous avons tous été bercés par ces chansons de notre enfance. Dans la petite enfance, la chanson est le moment d'échange intime entre le parent et l'enfant, ce moment particulier où la chaleur des mots mélangés à une certaine mélodie distille le réconfort nécessaire qui conduit au pays des songes. La berceuse, n'est-elle pas la première chanson d'amour ? Celle qui enveloppe l'enfant dans un voile de sécurité, celui dont il a besoin. Cette paix et cette sérénité qui calment ses tensions avant de le plonger dans le monde du repos. Nostalgie, quand tu nous tiens ! Lilwenn deviendrait-elle poétesse à cette heure, verserait-elle dans la mélancolie en se remémorant son enfance ? Cette période charnière de notre vie qui nous laisse de merveilleux souvenirs, comme elle peut parfois aussi en laisser de douloureux. Normalement, c'est une période d'innocence et de douceur où tout est prévu, où le petit enfant ne s'occupe de rien. Même pas besoin de réfléchir, tout est harmonisé, rythmé au long de la journée. *Pourquoi je pense à tout cela,* se dit Lilwenn, *je marche seule, et mon esprit est traversé par toutes sortes de pensées.*

Les écouteurs fixés sur ses oreilles, les enregistrements de chansons dans son baladeur l'empêchent de trop ruminer. Chaque fois qu'elle entonne un air qui a bercé un moment de sa vie, les souvenirs refont surface, les chansons d'enfance en étant la confirmation. Désormais, c'est au rythme de la musique, au rythme de ses pas, que ses pensées vagabondent. Le but de ce voyage, elle le connaît, aussi, il n'est pas nécessaire de commencer à trop réfléchir à ce qu'elle trouvera sur place. Pour l'heure, elle doit faire la paix en elle, se centrer et se connecter à son environnement. Afin d'être attentive aux signes, ce que Merlin lui a recommandé d'observer au long de son parcours, mais aussi pour ne pas perdre de vue les consignes que Gérard lui a si gentiment demandé de suivre pour sa sécurité. La jeune fille a du cran, elle ne s'en laissera pas conter. Quand bien même, qu'elle soit partie au pied levé, la tête un tant soit peu dans les étoiles, elle n'est pas dupe et la vie n'a pas toujours été tendre avec elle du haut de ses dix-huit ans.

Elle chemine sur une petite route qui longe une voie rapide, la Route Nationale 165, qui relie Brest à Nantes sur une distance de 282 kilomètres. Lilwenn ne croise que très peu de monde. Quelques tracteurs qui s'en vont aux champs, parfois un cycliste à l'abri de la circulation. Néanmoins elle s'applique tout de même à bien marcher sur le côté gauche de la route afin de faire face aux véhicules qui circulent et mieux les apercevoir. La musique dans les oreilles et un manque d'attention pourraient s'avérer dangereux tant qu'elle ne se trouve pas sur un chemin de randonnée. C'est pourquoi, dès que le parcours lui propose cette opportunité, la jeune fille se presse à quitter cette voie parallèle pour emprunter un vrai chemin de randonnée bien plus sécurisant.

Lilwenn emprunte une portion du GR 349, un sentier de grande randonnée qui s'étend sur une distance longue de 296 kilomètres. Ce sentier est composé de deux grandes boucles qui forment un huit et se croisent à Muzillac, la ville étape qu'elle a choisie comme halte de repos. C'est la première nuit que la jeune fille passera en dehors de son foyer, la première nuit de sa longue aventure qui doit la conduire au fin fond de la Galice pour y trouver l'explication de sa mission de vie. Bien entendu, elle est exaltée à l'idée de percer le mystère de son chemin personnel, mais reste concentrée sur le parcours qui n'en est qu'à ses prémisses. En attendant ce soir, cette soirée étape, cette chambre chez l'habitant qu'elle a louée pour la nuit, notre belle blonde déambule sur ce chemin de très belle qualité, très bien entretenu. Un sentier qui la fait voyager et ressentir tous les contrastes de la presqu'île de Rhuys.

Côté Golfe du Morbihan au Sud-Ouest, elle observe une luminosité intense due à la mer, tandis qu'à l'Est, elle découvre l'étendue de la biodiversité d'un patrimoine naturel hors du commun. Après avoir traversé le petit bourg de Saint-Gourlais, Lilwenn arrive sur la commune de Muzillac en suivant les méandres de la rivière de Saint-Eloi. Un personnage réputé pour sa franchise, ce qui le place au même rang que la jeune fille. L'honnêteté de cet homme lui a permis de se voir accorder toute la confiance du bon roi Dagobert, qui fit appel à Saint-Eloi pour conduire la paix auprès du roi breton Judicaël. La Bretagne fait souvent référence à ce Saint-homme. Dagobert lui confia la direction des ateliers monétaires du Royaume Franc situés à Paris, quai des Orfèvres, près de l'actuelle rue de la monnaie. Il est le Saint-Patron des orfèvres et par extension de tous ceux qui travaillent le fer. Après avoir marché un petit kilomètre, Lilwenn passe devant le merveilleux moulin de Pen Mur, transformé au XXe siècle en moulin à papier. Lilwenn poursuit son périple pour se diriger vers son gîte d'étape. Contrôlant sa petite carte, elle s'aperçoit que l'adresse est située de l'autre côté de la ville. Cela semble positif pour le départ du lendemain, mais rallonge d'autant sa première étape. Lilwenn hâte le pas, car ses jambes commencent à se faire lourdes. Tandis qu'elle longe la rivière Saint-Éloi, elle contemple une dernière fois la beauté de la campagne Muzillacaise.

12
La première soirée étape

- Ouf, soupire la jeune fille épuisée, je suis enfin arrivée.

Au fond d'une longue impasse habillée de hautes herbes et de flaques boueuses, elle aperçoit une vieille bicoque. *Ce n'est pas vrai,* se dit-elle ! *Ce n'est pas ici que j'ai réservé ? Pour être calme, pas de problème, c'est conforme au descriptif, mais si la chambre ressemble au cliché du gourbi, je repars en courant.* Lilwenn contrôle à nouveau l'adresse sur son plan puis jette un œil sur les notes inscrites sur son papier de réservation, il n'y a pas d'erreur, elle en conclut être arrivée à bonne destination. Un long moment de solitude s'empare de la jeune fille. Les minutes s'empilent, repoussant d'autant le moment où son locataire lui ouvrira la porte. Notre belle blonde se demande vraiment sur quoi elle va tomber, mais refuse toutefois de faire demi-tour pour trouver une chambre d'hôtel en centre-ville. Tandis qu'elle se pose encore la question, à savoir si elle doit frapper ou non à cette porte, celle-ci s'ouvre et un homme apparaît. Lilwenn fait un pas en arrière. La vielle porte de bois, à peine entrouverte laisse déjà présager d'un intérieur laissé totalement à l'abandon. Une odeur âcre de sale, de tabac froid et d'alcool s'en échappe. Ce fumet vient lui chatouiller les narines, provoquant un haut-le-cœur et une forte nausée qui lui soulève l'estomac. Lilwenn fait de nouveau deux pas en arrière, jugeant cette agression inconcevable. Son champ de vision lui permet d'entrevoir l'image d'une pièce de vie, au sol jonché de cadavres de bouteilles vides, de vin et d'alcool bon marché. Sur une table en bois, dressées comme un rempart derrière lesquelles il doit se cacher, se trouvent de nombreuses boîtes de tabac empilées. Un véritable taudis nauséabond.

- Bonsoir, mademoiselle, je suppose que vous venez pour la réservation.

Lilwenn reste bouche bée, les bras ballants à la vision de ce tableau répugnant. Elle est sans voix, comme tétanisée, ne sachant quoi répondre. Et puis il y a cette odeur. *Pouah ! Qu'est-ce qu'il cocotte ce bonhomme ! C'est insalubre, je ne peux pas rester ici plus longtemps,* se dit Lilwenn. Sans se démonter et prenant sur elle, elle répond alors :

- Ce n'est pas possible monsieur, je ne rentre pas ici, chez vous, c'est trop sale ! dit la jeune fille après avoir pesé chacun de ses mots.
- Non ! dit le monsieur, ce n'est pas ici, c'est le petit gîte, juste à côté, vous allez voir, c'est tout propre.

La jeune fille tourne alors la tête et aperçoit en effet à une dizaine de mètres, une petite habitation qui semble au premier regard, mieux correspondre à son attente. La voilà quelque peu rassurée pour le moment, seulement elle attend toutefois de constater par elle-même la vérité des propos du bonhomme. Celui-ci la conduit alors jusqu'au petit cottage et lui ouvre la porte du gîte indépendant. Force est de constater qu'au premier regard, la vision sauve les apparences, car l'endroit ressemble en tout point à celui d'un habitat sain. *Ouf !* pense-t-elle, sentant alors le poids du regret s'éloigner. La grande pièce s'avère plutôt propre et semble exempte de toutes fragrances douteuses. Un petit coin cuisine à inspecter et un grand lit fait avec soin. *Comment peut-il être possible,* se dit Lilwenn, *que ce soit la même personne, qui vit à côté dans ce qui n'a pas de nom et celui qui loue et entretient ce petit logement ? C'est à peine croyable, il doit avoir un frère jumeau,* pense la jeune fille en elle-même.

- Je m'appelle Fañch, dit l'homme à Lilwenn, la clé se trouve sur la porte, je vous laisse maintenant le soin de vous installer. Regardez dans les placards, vous y trouverez certainement quelques produits laissés par les anciens occupants. Pour les vingt euros de la location, vous n'aurez qu'à les glisser dans la boîte à lettres. Si vous avez besoin de quoi que ce soit, n'hésitez pas, vous avez juste à frapper à ma porte.
- Attendez, je vais vous régler maintenant, les bons comptes font les bons amis, dit la jeune fille à Fañch avant que celui-ci ne s'éloigne et rejoigne son gourbi.

Elle sort alors de sa poche un billet de vingt euros qu'elle lui tend, celui-ci ne nécessitant pas de rendu de monnaie.

- Merci à vous, je vous souhaite une bonne installation, lui répondit Fañch.

Lilwenn referme soigneusement la porte derrière elle, enfin soulagée d'être arrivée à bon port, mais surtout apaisée de ne pas être obligé de poursuivre son chemin et trouver un autre abri pour la nuit. La jeune fille quelque peu indisposée par ce qu'elle vient de constater ne peut s'empêcher de ressasser l'inévitable question : *comment peut-on en arriver là ? Le pauvre homme, c'est une véritable épave, même à la casse, je ne suis pas certaine qu'il en voudrait !* pense-t-elle. L'éducation de Lilwenn a été assez rigoureuse, et jamais dans sa famille, il ne fut envisagé un certain laisser-aller. Avec de nombreux enfants, une maman qui se respecte impose un certain nombre de règles et de mesures hygiène, au risque d'être vite débordée et finir par passer pour la boniche à la maison.

Bon, maintenant passons tout de même à l'inspection des locaux. Il n'est pas question de dormir dans un lit sale. Notre belle blonde a beau être pourvue d'un sac de couchage de première facture, elle n'est pas ici pour l'inaugurer. Elle pousse une porte et découvre une petite salle d'eau. Les toilettes et la douche sont simples et classiques, mais propres. Notre jeune fille est maintenant paisible, elle va pouvoir envisager le premier acte de libération du pèlerin : retirer ses chaussures de marche. Lilwenn est surprise, car elle ne souffre pas des pieds, tout du moins pas encore. La chaleur en outre, ne l'a pas agressée sur le parcours, il faisait plutôt frais, par conséquent, elle n'a pas transpiré. Bien qu'ayant suivi scrupuleusement le faible chargement de son sac à dos, les bretelles de celui-ci ont toutefois marqué quelques petites douleurs sur ses épaules.

Place à la détente et commençons par une bonne douche bien chaude. Nécessaire après avoir parcouru la première étape de près de trente-cinq kilomètres. Avant de faire tomber ses premiers vêtements, Lilwenn prend garde de ne pas croiser à sa fenêtre le regard inconvenant de son logeur. Les rideaux tirés et la clé tournée dans la serrure, elle peut entamer en toute confiance l'effeuillage qui la conduira vers ce brin de toilette fort attendue. Le petit logis est bien chauffé, le propriétaire avait pris soin d'allumer le chauffage avant son arrivée. La petite salle d'eau est, du reste, confortable. Lilwenn est enfin sortie de sous la douche. Elle a bien cru qu'elle allait y rester dormir. Elle enfile ses claquettes pour laisser ses pieds à l'air libre puis revêt une tenue décente et décontractée.

Elle entame un petit inventaire de son sac pour préparer son repas du soir, puis ouvre les placards, et tombe nez à nez avec un paquet de nouilles pas encore entamé. Elle en contrôle la date de péremption et rassurée en conclut que cela fera son dîner du soir. *Des sucres lents et des céréales, c'est bon pour mes muscles,* se dit Lilwenn. Il n'est pas encore bien tard, mais elle compte bien sur une bonne nuit de sommeil réparatrice pour affronter l'étape du lendemain. Après avoir inspecté la literie, les draps s'avèrent propres, et ne sont pas froissés. Elle constate donc que personne n'a dormi dans ce lit avant elle. L'eau de la casserole commence à frémir, il est temps d'y verser une ration de pâtes. Lilwenn a vu un peu large sur la platée de macaroni, mais elle n'a que ça à manger et des gâteaux, les trois paquets qu'elle a chipés ce matin en partant. C'est le genre de voyage qui vous ramène à l'essentiel, une forme de dénuement. Elle aurait pu faire accessoirement quelques achats avant de se rendre au logis, mais les derniers kilomètres commençaient à lui peser. Elle saura se contenter du maigre butin que le placard lui fournit. Si le propriétaire était plus propre, elle lui aurait sûrement quémandé un morceau de beurre, mais pas dans les conditions observées. Heureusement, le sel et le poivre mis à disposition ne souffraient d'aucun reproche.

Après le repas, Lilwenn sort quelques instants et s'assoit sur le banc devant la porte. Elle souhaite digérer un peu et prendre une bouffée d'air frais avant de s'endormir. C'était sans compter sur la solitude prolongée de son bailleur social. Celui-ci sort à son tour et vient s'asseoir non loin d'elle. Comme il rencontre peu de monde, on comprend facilement qu'il cherche à papoter quelques instants. *Heureusement,* se dit Lilwenn, *il a laissé une distance de sécurité entre nous et la petite brise fraîche a décidé de souffler dans le bon sens. C'est bien ainsi,* se dit-elle.

- Vous allez loin comme cela avec tout ce barda sur votre dos ? lui demande Fañch
- Jusqu'où mes jambes voudront bien me porter ! répond-elle.

Toujours un peu sur sa défensive en pareil cas, elle anticipe sans trop savoir pourquoi, une forme de protection afin de mieux réagir, si la situation devenait critique.

Lilwenn n'est pas peureuse, et peut très bien se défendre en cas de danger. Elle a déjà pratiqué des sports de défense et comble de coïncidence, elle a participé, quelques mois auparavant, à un séminaire d'entreprise sur l'auto-défense. Cela concernait les mécanismes et les tactiques à appliquer en cas de violence verbale ou physique quand on est en contact avec le public et surtout savoir prévenir et gérer les situations conflictuelles en utilisant les mots appropriés. Était-ce un enseignement prémonitoire ? En tout cas, salutaire pour une belle et jolie jeune fille qui entreprend seule un tel voyage. Selon la leçon numéro une, garder une distance de sécurité dans tous ses sens.

- Moi, j'ai toujours rêvé de partir à l'aventure, comme vous le faites, sans objectif particulier, traverser l'Europe, rencontrer des tas de gens, parler plusieurs langues.
- Je ne suis pas partie à l'aventure, répond Lilwenn, j'ai un plan de route et une destination précise, un but à atteindre. Je fais un voyage précis comme une grande introspection, à la recherche de ma propre identité.

Pourquoi je lui raconte tout ça, pense soudainement la jolie blonde, *après tout, cela ne le regarde pas et je ne suis pas certaine qu'il comprenne tout ce que je dis.* Ce vieux Fañch semble avoir traversé inconsciemment son époque, comme un voyage de béotien. C'est un personnage sans âge pour la jeune fille comme s'il lui était impossible d'en définir ses contours. Lilwenn traduit les stigmates, laissés sur la peau de ses mains et de son visage, comme des vestiges, des traces relatives à un lourd passé, difficile à porter et à supporter. Ses mains semblent s'agiter lorsqu'il s'exprime comme pour l'aider à formuler son témoignage. Les abus qu'il fait de l'alcool et du tabac doivent servir de cachette, de masque, certainement pour anesthésier, ne serait-ce que temporairement, les douleurs qui le rongent de l'intérieur. Les dégâts produits par ses addictions à l'intérieur de ses chairs laissent apparaître ostensiblement une lecture extérieure du résultat. Ces dépendances ont tout de même eu raison du pauvre homme. Cela ne doit pas pour autant le dédouaner de toute responsabilité.

Le bonhomme qui a enfin quelqu'un à qui parler commence à raconter sa vie à la jeune fille. C'est vrai que Lilwenn est belle, elle rayonne d'un naturel qui ne peut laisser indifférent tant les hommes que les femmes. Parce que les uns ont pour certains la fâcheuse tendance à croire que la beauté d'une jeune fille se consomme comme un produit de « zinc » alors que les secondes voient en elles un potentiel de défi et de concurrence. Mais elle n'est pas ainsi, Lilwenn. Elle est simplement naturelle. C'est pourquoi elle peut facilement blesser son interlocuteur par de douces vérités. Des mots ou des phrases pensées, parce qu'elles lui semblent vraies, sans jamais avoir l'intention ni la volonté d'humilier. Voilà pourquoi il lui arrive parfois de se pincer les lèvres. Elle le sait, elle en est tout à fait consciente. Une de ses devises est que : « l'on ne dit bien que ce que l'on pense ». Alors elle préfère parfois ne rien dire, mais ce n'est pas toujours facile. Tandis que Fañch poursuit son monologue :

- J'étais un chef d'entreprise respecté, reprend le bonhomme, quand ma vie a tout à coup basculé. J'étais marié, j'avais des enfants, et je travaillais énormément pour apporter confort et bien-être à ma famille. C'est ma femme, cette foutue garce, qui m'a mis à la porte et m'a dépouillé de tout ce que je possédais. Je n'ai pas compris ce qu'elle pouvait bien me reprocher. Comme je travaillais beaucoup, je compensais un peu en buvant, mais pas beaucoup !
- Elle avait peut-être de bonnes raisons d'agir de la sorte, si vous ne contrôliez pas votre consommation de boisson. Peut-être était-elle inquiète pour vous et pour ses enfants et souhaitait certainement vous aider. N'avez-vous jamais essayé de parler avec elle, afin de comprendre ce qu'elle pouvait éprouver, et ce que vous cherchiez à combler avec cette dépendance entraînant votre conduite compulsive ? Elle ne supportait tout simplement pas quand vous aviez

trop bu, rétorque Lilwenn, qui cherche à écourter cette conversation.

- Mais non, je ne buvais pas, du moins pas beaucoup, et elle me tapait dessus, j'avais des bleus…

Tandis que le personnage continuait son monologue, Lilwenn ne l'écoutait déjà plus. *Dans quelques instants, si j'entre dans son jeu, je vais jouer le rôle de la psy,* se dit Lilwenn, *et je risque de pas dormir mon compte.* Elle comprend alors qu'elle a affaire à un énergumène comme Caliméro, le célèbre personnage qui se plein constamment d'être persécuté. Un éternel plaintif qui passe son temps à voir tout en noir. *Fañch a du mal à parler, il doit avoir une bonne charge,* se dit-elle. *Pourquoi le mensonge est-il aussi présent sur le chemin de l'alcoolisme ? Comme une forme de déni face à sa maladie. L'alcoolique minimise toujours sa consommation à tel point qu'il finit par y croire lui-même. Est-ce par culpabilité vis-à-vis de l'autre ? Fañch niera toujours, il préférera s'enfermer dans son mensonge par honte, par peur de l'abandon. Le mensonge est empirique chez ce genre d'individu, il ne peut plus faire marche arrière, il est même capable de justifier son comportement en prétextant la prise de médicaments. Le pauvre type,* pense Lilwenn, *il ne se rend pas compte de son état. Il n'accepte pas que son épouse ait été contrainte de se séparer de lui pour se protéger, alors que c'est compréhensible.*

- Le mensonge que l'on se fait à soi-même est le pire de tous les mensonges, dit Lilwenn au bonhomme, vous vous êtes totalement éloigné de votre être intérieur et vous refusez de planter la paix en vous. Regardez-vous dans un miroir et demandez-vous qui vous êtes ! Mettez-y de l'intention et réconciliez votre chair avec votre esprit. N'ayez pas de mépris pour vous, respectez votre corps, respectez-vous !

C'est un travail important et le chemin est long jusqu'à l'acceptation. Faites la paix au fond de vous, rentrez votre colère. Sachez que l'on est toujours responsable de ce qui nous arrive. Vous avez fait des erreurs, vous les avez payées. À vous maintenant d'en tirer les conclusions au lieu de vous morfondre sur votre sort, en pensant que vous êtes la victime de cette situation. En vous persuadant que vous êtes innocent, que vous n'êtes pas le point de départ ni la clé du problème. Il vous faut rebondir à présent, si vous persistez dans le déni et la surconsommation de produits toxiques, vous n'aurez pas d'issue. La vie vous abandonnera comme vous avez abandonné tout espoir de vous battre, de voir en vous la qualité de votre âme et d'en faire une force pour rebondir. Au lieu de cela, le tourbillon du désespoir vous incite à vous laisser couler au centre de votre dégoût intérieur. Puisez la force au plus profond de vous. Quand on touche le fond, il nous reste qu'une solution, donner une grande impulsion pour remonter à la surface. Vous en ressortirez juste un peu mouillé. La vie nous construit et nous apprend plus de nos échecs et de nos erreurs. Soyons grand et fort pour surmonter ces obstacles.

La jeune fille prend alors conscience de tout ce qu'elle vient de déballer à cet homme. *Je ne voulais pas le froisser*, pense-t-elle. *Son sac, à lui, doit être bien lourd à porter. Il n'ira pas bien loin s'il ne décide pas à le poser et à le vider*, pense Lilwenn. *Et puis je n'ai pas de leçon à donner. Après tout, il l'a bien cherché, je ne lui ai rien demandé*. Lilwenn se lève pour se retirer et prend congé.

- Sur ces bonnes paroles, je vous laisse monsieur, je tombe de fatigue. J'ai de nouveau une longue étape qui m'attend demain. Je vous souhaite une bonne nuit monsieur.

- Bonne nuit à vous également, répond Fañch, un peu dépité par ce qu'il vient d'entendre.

Cela faisait bien longtemps que l'on ne lui avait pas fait la leçon. Pour le coup c'était une jeune fille qui avait certainement l'âge de sa propre fille qui avait eu cette audace de lui parler franchement sans chercher à le juger.

- Je vous verrai peut-être demain matin avant votre départ.
- Sachez que je vais battre la campagne de bonne heure cher monsieur, alors si nos regards se croisent j'aurais grand plaisir à vous saluer.

Le bonhomme a l'air un peu sonné après tout ce qu'il vient d'entendre, surtout sortant de la bouche d'une jeune femme. Il n'est pas habitué à communiquer, car rencontre peu de monde. Les gens, dans leur majorité, sont souvent enclins à sortir des futilités, cherchant à trouver les mots simples pour ne pas entrer en contradiction avec l'interlocuteur. Voilà pourquoi ils abondent dans leur sens s'exerçant à l'empathie pour mieux se protéger soi-même et porter un regard complaisant afin de ne pas blesser. Dire les choses demande du courage que peu de gens se sentent capables d'exprimer. Certainement par confort personnel. Jean Cocteau affirmait dans un monologue pour son amoureux : « C'est si facile de dire la vérité. C'est un luxe de paresseux. On est sûr de ne pas se tromper après et de ne plus avoir d'embêtements ». Si dire la vérité peut être perçu dans notre société comme étant un acte salutaire et vertueux, de nombreux rouages socioculturels subsistent pour la dissimuler. La vérité fait peur, aussi certaines personnes vont refuser ce droit à d'autres au motif qu'ils n'auraient aucune légitimité pour les exprimer. Qui es-tu pour me dire cela ? Mais Lilwenn se défend bien de quelques arrière-pensées et joue d'une certaine crédulité liée à son jeune âge pour s'exprimer franchement. Parfois, la manière dont on dit ce que l'on pense prévaut sur l'art. L'éloquence viendra certainement avec le temps, en attendant Lilwenn ne recherche pas les détours du langage.

Sacré personnage tout de même que ce Fañch, pense intérieurement la jeune Lilwenn, puis elle se lève et laisse le bonhomme, planté là, assis sur son banc. Elle entre dans son petit logement, prend soin de bien refermer la porte à clé derrière elle. *Tu parles !* se dit-elle, *demain quand tu te lèveras mon petit bonhomme, je serais déjà loin d'ici.* Elle règle le réveil sur cinq heures, cette conversation n'a que trop duré et l'a épuisé. Ses jambes commencent à lui paraître bien lourdes. Lilwenn se glisse sous les draps, il fait bon dans ce petit logement. Elle ne tarde pas à plonger dans un profond sommeil.

Tout comme Lilwenn l'avait programmé la veille au soir, son petit radio-réveil résonne doucement dans la chambre, en fait, il chantonne. Il affiche fièrement les cinq heures tapantes du petit matin sur son cadran rétroéclairé. Une douce lumière verte colorie légèrement les murs de la pièce. C'est un petit compagnon de voyage, très pratique, léger et peu encombrant. Lilwenn a un peu de mal à émerger, mais la radio lui fredonne la chanson de Billy Swan « I Can Help ». Le titre se traduit par « je peux t'aider » et le premier couplet nous dit cela : « If you've got a problem, don't care what it is. If you need a hand, I can assure you this, I can help… ». Ce qui se traduit par : « si tu as un problème, peu importe ce que c'est. Si tu as besoin d'un coup de main, je peux t'assurer ceci, je peux t'aider ». Voilà de bon matin des paroles qui lui disent : rassure-toi, je t'accompagne. Sortir d'un lit encore chaud dans une pièce un peu fraîche est bien difficile. *Cinq heures du mat,* se dit-elle, *faut être un peu dingo tout de même, arrête Lily, sors ce corps du lit et file directement sous la douche. Tu dois sortir au plus vite de ta léthargie.*

Son petit-déjeuner, elle le prendra plus tard sur le chemin, quand elle aura déjà parcouru une certaine distance. Et puis elle a quelques petits gâteaux au fond de son sac pour combler une éventuelle fringale. Elle espère seulement qu'ils ne seront par réduits en poudre, c'est moins pratique à manger. Lilwenn a dormi profondément et pourtant le compte n'y est pas, mais il lui tarde de quitter ce lieu et de tracer sa route, toute la sainte journée, comme dit la chanson. Son itinéraire a été élaboré pour seulement quelques jours, elle ne veut pas trop se projeter dans un futur qu'elle ne maîtriserait pas. Il faut pouvoir être réactif, aussi elle connaît sa destination ainsi que le lieu qui va l'héberger en fin d'étape ce soir. Elle aspire simplement à un accueil plus qualitatif. Lilwenn referme soigneusement son sac après avoir rangé ses quelques affaires puis glisse ses pieds dans ses chaussures. Elle goûte une nouvelle fois au plaisir d'être bien chaussée.

Dehors, il ne pleut pas, le ciel est légèrement couvert, mais il semble ne pas faire bien chaud. Comme la veille, elle enfile sa doudoune en duvet, légère, chaude et confortable, revisse sur sa tête blonde sa casquette fétiche en prenant soin de bien rabattre une partie de ses jolis cheveux au-dessous. Elle desserre légèrement les sangles et endosse son sac à dos, puis l'ajuste sur ses épaules. Lilwenn franchit le seuil et referme la porte derrière elle sans faire de bruit. La clé est restée sur la serrure à l'intérieur comme l'a demandé Fañch. Elle regarde sa montre qui affiche

5h30, puis elle consulte sa boussole afin de repérer la direction de l'Est.

Dehors, il fait encore nuit, et le silence est agréable. Les écouteurs posés sur ses oreilles, elle a remis en marche son petit appareil qui lui diffuse de la musique. Elle avale les kilomètres sans s'en apercevoir. Elle consulte sa carte, et constate qu'elle est bien sur le bon chemin dans la bonne direction. Cela fait déjà sept kilomètres que Lilwenn marche lorsqu'elle aperçoit la Corne du Cerf, un relais routier, puis elle longe les jardins de Prahor, un espace naturel et écologique de toute beauté. La jeune fille se rapproche du barrage d'Arzal situé sur l'estuaire de la Vilaine et destiné à en réguler son débit. Lilwenn franchit le fleuve en direction du sud, alors elle pourra faire une halte au petit village de Camoël pour se restaurer avant de poursuivre son escapade. Les effluves d'une boulangerie-pâtisserie lui intiment l'ordre de stopper sa marche. Un merveilleux flan pâtissier artisanal aux couleurs blondes caresse son regard. Il ne lui en faudra pas plus pour qu'elle s'en offre deux parts. Le petit salon de thé lui permet d'accompagner cette gourmandise de son fameux chocolat vannois.

13
Une soirée de princesse

Cela fait maintenant dix jours que Lilwenn marche, elle se laisse glisser vers le sud au rythme de ses longues jambes à la recherche de son moi divin. La rencontre avec Merlin a eu un effet incroyable sur la jeune femme. Plongée entre le mythe et la réalité, elle a encore beaucoup de mal à croire à sa légende. Mais Lilwenn l'a pourtant bien vu, vu de ses yeux, il était assis, là à ses côtés, sur le banc, il lui a parlé, ce n'était pas un mirage. Comment pourrait-elle encore en douter ? Pourtant, elle a pris cette décision, celle d'aller jusqu'à Compostelle. Maintenant, après dix journées de marche, quand son esprit vagabonde, elle ressasse les images de la scène où elle partage avec Merlin le produit de la vente de sa voiture. Elle a touché les mains de Merlin, elle y a déposé cet argent, qu'il a rangé dans sa poche. Il était bien là, mais elle se dit qu'elle ne peut pas en parler, elle passerait pour une folle. Aussi, Lilwenn croit en elle, en sa bonne étoile.

Alors, elle poursuit son but en esquivant toutes les tentatives de déstabilisation de son pire ennemi : l'Ego. Â cet instant, la jeune fille aimerait bien que l'enchanteur lui fasse un signe, qu'il lui témoigne sa présence, cela la rassurerait. Pour l'heure elle ne semble toujours pas souffrir de ses pieds ni souffrir du syndrome de la solitude. Heureuse ! Oui ! Au fond elle l'est, surtout pour avoir suivi les précieux conseils de Gérard. Bien chaussée, bien portée par le chemin, mettre un pied devant l'autre et recommencer. Il paraît que cela use les souliers, mais ils sont neufs et n'ont seulement que quatre cents kilomètres dans les semelles. Elle a traversé le parc naturel régional de Brière, sans y croiser une âme, puis elle a sillonné les quelque trois cent cinquante hectares des célèbres marais salants de Guérande. Lilwenn a franchi la Loire au pont de Saint-Nazaire, pour parcourir les calmes paysages du Pays de Retz. Elle a longé les côtes de la Vendée pour arriver aux Charentes et traverser la ville de La Rochelle, ville chargée d'histoire et réputée pour son caractère rebelle envers le Royaume de France, ce qui n'est pas pour déplaire à notre belle amie. Qualifiée de « Porte Océane » ou encore de « Ville blanche » par nos voisins anglais, elle fut longtemps une place forte huguenote. Nos valeureux Mousquetaires, sous le commandement et la fougue de Charles de Bats de Castelmore, connu sous le patronyme de D'Artagnan, l'auront défendu becs et ongles. Mousquets et rapières en mains, pour soustraire cette citée des mains britanniques. Mais l'histoire de cette place forte et de ses fortifications d'exceptions sera réduite par une ordonnance royale de démolition.

Poursuivant son périple, Lilwenn traverse les vignes du pays de Cognac pour atteindre la citadelle de Blaye. Elle s'apprête maintenant à prendre le bac à l'embarcadère de Blaye. Elle va traverser l'estuaire de la Gironde et rejoindre l'autre rive à l'embarcadère de Lamarque et va découvrir les prestigieuses maisons et châteaux des emblématiques grands crus du Médoc mieux connus sous les appellations Margaux, Pauillac, Saint-julien ou encore Saint-Estèphe. Mais Lilwenn ne boit pas de vin rouge et très peu de vin blanc, tout du moins pour le moment, peut-être un jour en compagnie de Diego, saura-t-il l'initiée à l'œnologie ? Pour l'heure, elle aime sa bière bonde aromatisée aux fruits rouges. Tiens ! Rouges les fruits, est-ce là un signe prémonitoire ?

Sur le quai de l'embarcadère, Lilwenn attend le bac qui doit la déposer sur l'autre rive, quitter les Charentes et la Haute-Gironde pour relier la rive médocaine. Elle dépose son sac à ses pieds et s'assoit dans l'herbe. Le soleil chauffe doucement et la jeune fille a retiré sa veste légère et matelassée. Elle lui est précieuse chaque matin quand elle affronte l'aurore et lorsque les lueurs jaune dorée brillent et précèdent le lever du soleil. Après quelques minutes, elle aperçoit le bateau transbordeur de près de soixante mètres de long qui s'approche. C'est un véhicule marin de type amphidrome qui a la capacité particulière de se mouvoir indifféremment en avant et en arrière de la même manière. Ce navire qui assure la liaison entre les deux rives se nomme le Sébastien Vauban. Il peut accueillir jusqu'à trois cents passagers et quarante véhicules. L'estuaire est traversé chaque année par près d'un million et demi de passagers et plus de quatre cent cinquante mille véhicules de toutes sortes. Des engins agricoles, des cars, des voitures et même des convois exceptionnels, sans compter les cinquante mille vélos.

Lilwenn prend place maintenant sur le pont du bac pour une traversée qui n'excédera pas les trente minutes. Une pause avant de reprendre la marche en avant vers le Bassin d'Arcachon, agrémentée d'une vue imprenable sur les îles Bouchaud, Vasard de Beychevelle ou encore l'île de Patiras. Le soleil de ce début de printemps continue à chauffer les épaules légèrement découvertes de la belle blonde qui emmagasinent gracieusement la vitamine D. Elle fouille dans le fond de son sac pour en sortir les restes d'un paquet de gaufrettes au miel. Elle constate avec amusement que celui-ci a fait un stage prolongé sous le poids de la charge et que le miel a cherché à s'enfuir sans dépasser la frontière de l'enveloppe plastique. *Qu'importe,* se dit-elle, *le goût n'est pas altéré et la faim justifie les moyens*. Tout en étant attentive à son environnement, l'instinct prévaut, intelligence ou intuition, qui saurait le dire quand il s'agit de préserver son maigre patrimoine. Elle cale maintenant son sac entre ses jambes et ferme les yeux un instant, bercée par le bruit du moteur de ce bateau qui file sur l'eau.

Une petite sirène retentit annonçant l'accostage du Vauban sur le quai de l'embarcadère de Lamarque. Lilwenn charge son sac sur les épaules et descend du bateau. En levant les yeux, notre Bretonne aperçoit la crêperie du port. *En voilà une bonne idée,* se dit-elle, *l'heure est propice à retrouver quelques saveurs de mon pays.* Le service bat son plein, mais la crêperie est loin d'être complète en cette période de l'année, aussi elle est invitée à prendre place et à se restaurer. Lilwenn opte pour une formule afin de ne pas trop grever le budget, ce sera la formule « l'incontournable » composée d'une complète, une gaufre et une boisson. Les puristes, mangeurs de galettes connaissent parfaitement la complète composée des ingrédients « jambon, œuf, fromage », et si celle-ci est bonne, alors la crêperie a ses lettres de noblesse. Lilwenn sourit lorsque la serveuse lui amène son assiette.

- Et voici votre crêpe complète.
- Ce n'est pas une crêpe, mais une galette, lui répond la jeune fille.
- Crêpes ou galettes, c'est la même chose !
- Ah ! certainement pas ! Rétorque Lilwenn la Bretonne, sans aucune forme d'agression.
- Et quelle est la différence s'il vous plaît ?

Lilwenn qui maîtrise parfaitement son sujet ne se fait pas prier pour donner un cours à la jeune serveuse, d'autant plus qu'un grain de sympathie semble se lier entre les deux jeunes filles. Le service touche presque à sa fin et elles peuvent papoter un instant. Mais pas trop, la crêpe se mange chaude. Lilwenn lui explique alors que les différences entre les deux recettes sont essentiellement sémantiques et géographiques. Cela tient avant tout à la farine qui la compose, mais aussi à la région dans laquelle on la déguste.

- Pour faire court, conclut-elle, on parle de « galette » avec la farine de sarrasin ou de blé noir, c'est la même chose, pour les salées. De plus, elle est dépourvue de gluten, car elle n'a rien à voir avec du blé. La crêpe, en ce qui la concerne, est fabriquée avec de la farine de froment pour les recettes sucrées. Le froment, étant quant à lui une céréale, le blé tendre. Voilà pour faire court, dit Lilwenn.

- Vous avez l'air de bien connaître le sujet, ma chère, rétorque la serveuse.
- Je n'ai pas de mérite, dit Lilwenn, car je viens de là-bas et j'ai travaillé en extra dans une crêperie pour payer mes études.
- Je comprends mieux, et je vous laisse déguster, car elle va être froide, cette galette si l'on continue à discuter. Bon appétit !
- Merci, répond Lilwenn déjà armée de sa fourchette et de son couteau, prête à en découdre avec son assiette.

Affamée, elle se jette sur sa galette et prend un grand plaisir à déguster celle-ci, avalant au passage une gorgée de cidre. Elle poursuit ce festin avec la gaufre chocolat-chantilly, car il lui faut des calories pour affronter les quelque vingt kilomètres qui la séparent encore de sa soirée étape. Elle a réservé sa soirée dans un lieu insolite. Elle aura le gîte et le couvert. La personne qu'elle a eue au téléphone lors de sa réservation paraissait un peu bourgeoise, mais bien sympathique. Ce n'est que pour une nuit, mais c'est tout de même plus agréable surtout quand il s'agit d'une table d'hôte. Après avoir réglé sa note, Lilwenn prend congé et entame la seconde partie de son étape.

En sortant de la crêperie, la voie jacquaire se présente à elle et lui indique la direction à suivre, le soleil continue encore pour quelques heures son ascension, et les journées deviennent de plus en plus longues. Cela permet de poursuive les étapes sans presser le pas sur les derniers kilomètres, car ce sont souvent les plus longs, les jambes commencent à se faire lourdes et les pieds demandent à respirer. Le rythme de la jeune fille est plutôt élevé, conservera-t-elle cette cadence jusqu'à Saint-Jacques-de-

Compostelle ? Elle ne sait pas et ne se pose pas la question, tout comme elle ne fait pas encore de projection sur son arrivée. Que va-t-elle découvrir ? Que va-t-il se passer ? Elle laisse faire les choses, elle a confiance en sa bonne étoile, et puis si elle rencontre un problème, il y aura une solution. Elle appellera Merlin à son secours et tout se passera bien, car elle sait que garder la foi est essentiel pour avancer. Elle repense à ce que lui a dit Merlin : « sache que l'Univers conspire toujours pour t'apporter ce dont tu as besoin pour te permettre de réaliser ton objectif ». Elle sait, Lilwenn, que lorsque l'on est déterminé, rien ne peut barrer le chemin à la réalisation de nos projets, si ceux-ci sont de justes projets et qu'ils sont nécessaires à notre évolution. Tous nos sens sont en éveil pour canaliser autour de nous toutes les ressources disponibles qui contribueront à nous permettre d'accomplir notre destinée. Voilà pourquoi Lilwenn n'a pas peur, ce mot ne fait pas partie de son langage, il est trop négatif. *Rappelle-toi, Lilwenn, ta seule ennemie, c'est la peur.*

Elle a remis en marche son baladeur et la musique résonne dans ses oreilles, elle a envie de chanter, de crier qu'elle est heureuse et personne ne viendra lui couper la route. En pensant à cela, elle réagit lorsqu'un vélo lui rase le sac à dos en arrivant par derrière elle. Oui, peut-être marchait-elle un peu sur la piste cyclable, mais ce n'est pas une raison pour agir ainsi et puis, c'est une voie partagée à ce qu'indique le marquage au sol. Encore un individu qui porte son nombril au milieu de son front. *Ne relève pas Lily, ne dis rien, il est déjà loin avec son vélo électrique, en plus, il ne fait aucun effort pour pédaler, ce fainéant !* Alors, la musique la porte à nouveau, elle qui rêve d'un autre monde où la Terre serait ronde, où il n'y aurait que des blondes… Elle rigole Lilwenn, elle transforme la chanson de Téléphone, c'est bien connu, les hommes préfèrent les blondes, mais ils épousent les brunes.

Machinalement, elle accélère la cadence, la musique et le rythme semblent la porter, le dernier kilomètre qui la sépare de son point de chute est confortable, le chemin est plat et très soigné. Elle salue le travail remarquable d'entretien que font les équipes sur les axes de randonnées. *Je ne sais pas si tout le monde en est conscient,* se dit Lilwenn, *mais cela vaut bien le coup de le signaler, et quand je croiserai ces personnes, je me permettrai de les remercier.*

Un haut portail de fer forgé ouvert attend sûrement l'arrivée de Lilwenn. Un long chemin bordé de grands arbres cache la maison. Elle est surprise en entrant dans le domaine de constater que tout est bien taillé. Le grand parc héberge de magnifiques essences d'arbres et sur une pelouse tondue aux ciseaux, un prestigieux séquoia à feuille d'if trône en son centre. Il est majestueux, droit comme un « I » et doit certainement donner le ton sur l'attitude de la maîtresse des lieux. Lilwenn avait fait sa réservation par téléphone auprès d'une dame qui parlait un peu comme ça, voyez-vous, fort charmante en l'occurrence, mais à l'allure tout de même un peu autoritaire. Tandis qu'elle s'approche de l'imposante bâtisse, elle observe au-dessus de la porte d'entrée la date de l'année 1700. Elle gravit les quatre marches du perron donnant accès à la porte principale de cette magnifique demeure. Une large porte à doubles battants, de bois massif sculpté, ornée de superbes vitraux. Une chaînette pend sur le côté au bout de laquelle est attachée une petite cloche qui donne le « La », ce qui n'échappe pas à son oreille musicienne. C'est la note qui sert de référence pour accorder les instruments. *Ce doit être une maison de comptable,* se dit Lilwenn. Elle dépose son sac à ses pieds puis tire deux fois sur la petite chaînette. La cloche retentit, la note est exacte, et une voix féminine et puissante résonne derrière la lourde porte qui ne tarde pas à s'ouvrir.

- Lilwenn, je suppose ! dit la maîtresse de maison sur un ton enlevé chargé d'un accent qui ne trahit pas la région bordelaise.
- Mes respects, Madame, je suis charmée de faire votre connaissance.

Que se passe-t-il dans la tête de la jeune fille, elle a déjà pris le ton de circonstance et cherche à faire bonne figure dès les premières paroles prononcées. Elle est intelligente et sa réactivité se meut à l'instant en fonction de la situation. C'est un peu son côté manipulateur, mais qui le serait à moins quand il s'agit de s'adapter pour faire bonne impression. Bien que le chemin nécessite une tenue confortable, Lilwenn sait garder son élégance et le respect qu'elle se porte rejaillit sur sa personnalité. Du haut de son mètre soixante-dix, sa silhouette sportive et élancée, ses longs cheveux blonds cendrés et ses yeux vert clair font que l'on pose sur la jolie jeune fille un regard bienveillant à tout égard.

Après quelques politesses d'usage, l'hôtesse invite Lilwenn à entrer et lui propose de l'accompagner jusqu'à sa chambre. Ainsi, elle pourra y déposer ses affaires, s'y détendre un peu et faire un brin de toilette avant de rejoindre son hôtesse au salon avant le dîner. Lilwenn est invité à suivre l'hôtesse de maison. Elle traverse le grand hall de l'entrée qui mène à un escalier monumental en colimaçon tout de bois sculpté. Celui-ci débouche sur un impressionnant palier. Un couloir central distribue l'étage aux nombreuses portes. Au sol se trouve un très joli tapis couleur lie de vin, laissant apparaître sur les côtés un superbe parquet chevron d'époque. La bâtisse est très bien entretenue et Lilwenn ne doute pas un instant que cette famille possède tous les moyens nécessaires pour cela. Après être passée devant de nombreuses portes, la dame pousse celle sur laquelle, une jolie plaque en laiton doré est apposée. Il y est inscrit le prénom Arthur. La chambre est très spacieuse, le lit est grand et fort bien apprêté. L'hôtesse indique que la chambre bénéficie d'une salle de bain, celle-ci est très moderne et d'une propreté irréprochable. Puis elle prend congé, laissant la jeune fille prendre ses marques.

Lilwenn est impressionnée en constatant le confort de son étape, alors que sa réservation ne mentionnait qu'une chambre avec dîner pour un prix très respectable. Elle repense au nom de la chambre et se dit que Merlin lui a certainement réservé une belle surprise après ses dernières nuits peu confortables. Elle décide de prendre une bonne douche et s'aperçoit que tous les produits sont à sa disposition et de qualité biologique. C'est avec un bonheur infini qu'elle se prélasse quelques instants dans cet environnement de princesse. Ensuite, elle recherche dans son sac quelques vêtements peu froissés et élégants pour rejoindre la dame de maison au salon. Elle enfile ses claquettes confortables après la marche et fait le chemin à l'envers pour arriver dans le grand salon où Madame l'attend.

- Approchez jeune fille, lui dit la dame, je me présente, je me nomme Marie-Clémence de Boisnacieux, mais je vous en prie, appelez-moi Marie.
- Pardonnez mon accoutrement, chère Madame.
- Marie, je vous prie, reprend l'hôtesse.

- Oui ! Marie ! Mais vous savez peut-être que lorsque nous voyageons à pied, nos robes de soirée restent au dressing, dit-elle, avec son petit air coquin qu'elle affectionne et qui fait aussi son charme, afin de ne pas se laisser déstabiliser, quelles que soient les circonstances.
- Mais vous êtes fort bien apprêtée, Lilwenn, c'est bien ainsi que vous vous prénommez ? Je reçois souvent de jeunes personnes qui n'ont pas votre élégance.
- Merci pour vos compliments, Marie.
- Alors, dites-moi, Lilwenn, d'où êtes-vous partie ? Et où vous rendez-vous de ce pas ?
- Ho ! Chère Marie, je ne peux vous révéler qu'une petite partie de mes pérégrinations, car la distance qu'il me reste à parcourir est bien plus importante que celle déjà couverte. Néanmoins, je peux vous dire que je viens de Bretagne, du golfe du Morbihan, pour être plus précise et que je me dirige vers Saint-Jacques-de-Compostelle.
- Eh bien, c'est fort courageux de votre part, mais dites-moi, qu'allez-vous chercher sur le chemin de Saint-Jacques, car je crois savoir que lorsque nous faisons ce pèlerinage, deux chemins se croisent. Celui que nous arpentons sac au dos et celui que nous faisons intérieurement, comme un voyage introspectif.
- C'est tout à fait cela, Marie. Il y a l'appel du chemin qui nous oblige, et nous guide pour parcourir les voies, en écoutant les voix. Et pour ma part, je réalise ce voyage, ce pèlerinage comme il est d'usage de le nommer, afin de connaître et comprendre mieux qui je suis et ce que je suis venue faire sur cette Terre. Pour faire court, définir maintenant, pendant

que je suis encore très jeune, puisque je vais faire mes dix-neuf ans dans un mois, ce que doit être ma destinée. Je souhaite me tromper le moins possible sur mon métier, mon avenir, l'homme qui partagera ma vie. Cela pour éviter de me retrouver dans une vingtaine d'années à constater les échecs et être contrainte par des éléments extérieurs, à me reconvertir professionnellement, voire même à divorcer parce que le couple se délite et que l'amour s'en est allé. Jeter aux rebus toutes ces années de vie commune et s'écarter d'une profession ou d'un métier qui n'était qu'alimentaire et pour lequel je m'ennuyais à mourir.

- Je salue votre énergie, ma beauté et je vois que vous êtes déjà portée par une bien grande maturité. Ce n'est pas le cas de tout le monde, je vous l'assure.
- Merci encore pour vos compliments, cela fait bien longtemps que l'on m'en avait ainsi fait, je suis fort touchée.

C'était fait, Lilwenn était rentrée dans le personnage de circonstance et ne voulait surtout pas décevoir cette charmante dame qui l'accueillait en sa demeure avec tant de délicatesse.

- Mais dites-moi, ma belle, quel a été le point de départ de votre décision ? Qu'est-ce qui vous a amenée à partir ainsi à la recherche de votre chemin ou votre destinée, comme vous me l'avez évoqué ?

Je ne peux pas lui parler de ma rencontre avec l'enchanteur Merlin, bien qu'elle ait une certaine ouverture d'esprit, je ne veux pas qu'elle me prenne pour une demeurée. Surtout que pour le moment tout se passe agréablement, je ne souhaite pas par maladresse, créer un malentendu. Comment vais-je pouvoir lui expliquer la chose en restant vague ? se demande Lilwenn. Puis tout à coup, mettant sa main dans la poche de son pantalon, elle ressent la présence de ses deux petits dés que Merlin lui avait offerts, le Non et le Oui, l'un noir et l'autre blanc, et se concentre en demandant de l'aide à son guide. *S'il te plaît, aide-moi à me sortir de cette situation, la question est embarrassante ! Dis-moi Merlin, es-tu là près de moi ?* Lilwenn sort au hasard de sa poche un petit dé, celui-ci est blanc, puis le remet discrètement au fond de sa poche. À cet instant, le chat de la maison entre dans la pièce en miaulant puis se dirige vers Lilwenn et saute sur ses genoux.

- C'est incroyable, dit Marie, ce chat est sauvage à souhait, il est même désagréable avec les inconnus, et vous, cela fait moins de deux heures que vous avez franchi l'enceinte de cette propriété et voilà que ce Monsieur Gaius grimpe sur vos genoux et ronronne.

Lilwenn sourit, sa main vient machinalement donner un sens à cette présence et caresse doucement l'animal qui amplifie son ronronnement créant alors un véritable embarras chez la maîtresse de maison, qui ne sait comment réagir. *Elle doit bien se demander qui je suis. Peut-être une sorcière ! N'est-ce pas un juge zélé de Bordeaux, un certain Pierre de Lancre, qui au début du 17e siècle, a dirigé le fameux procès en sorcellerie au Pays Basque ? C'était encore considéré à la Renaissance, comme un crime. Cela a entraîné durant la période de l'inquisition une fabuleuse chasse aux sorcières, une véritable persécution dont un grand nombre a fini brûlées vives. En fait, c'était simplement pour leur voler la recette de leurs potions, les filtres d'amour et autres onguents.* Lilwenn se ressaisit et réfléchit soudain au nom que Marie a donné à son chat : Gaius ! *Est-ce bien vrai,* se dit-elle, *Gaius était le médecin à la Cour de Camelot au royaume des Terres d'Albion et fidèle au Roi Uther. Merlin s'est présenté chez Gaius sur la recommandation de sa mère Nunith, afin que celui-ci veille sur le jeune magicien, qu'il poursuive son éducation et l'aide à maîtriser ses pouvoirs. Il finira par le considérer comme son fils.*

- Alors Gaius, dit Lilwenn en s'adressant au chat, tu as quelque chose à me dire ?
- Miaou, miaou, miaou,
- Je comprends, lui répond Lilwenn.
- Et vous comprenez quoi ? Demande Marie.
- Simplement que nos énergies sont compatibles et que Gaius à trouver en moi une âme sœur.
- Voilà tout un programme, répond la maîtresse de maison, mais sachez que je suis vraiment la première surprise.
- Vous savez, j'adore les chats, ils le savent et me le rendent bien, donc peut-être que Gaius n'échappe pas à la règle.
- Bien, j'entends mon époux qui rentre du travail, nous n'allons pas tarder à passer à table.

Tandis que Pierre de Boisnacieux fait son entrée, Marie, son épouse, vient vers lui pour lui présenter Lilwenn.

- Bonsoir cher ami, je vous présente la jeune fille qui est notre invitée ce soir, elle fait le chemin de Compostelle à pied, elle a déjà amadoué Gaius et ravi la maîtresse de maison. Je pense qu'elle nous racontera tout cela au dîner.
- Oh ! C'est plutôt Gaius qui est venu me séduire, dit Lilwenn timidement.
- Je prends cinq minutes pour moi et je suis à vous, mesdames, dit Pierre en commençant à ôter sa cravate.
- Voulez-vous que je vous aide pour faire quelque chose, Marie ? demande Lilwenn, serviable et prête à être utile.
- Non, je crois que tout est déjà prêt, nous avons une personne qui nous assiste dans nos tâches ménagères. Elle est là, toute la journée et en fin d'après-midi, elle nous prépare le dîner

pour le soir. Comme elle savait que nous avions une invitée, elle a même préparé la table avant de partir. C'est une personne merveilleusement dévouée et nous la remercions à la hauteur de son dévouement.

- C'est généreux de votre part, dit Lilwenn et c'est aussi normal, j'ai été éduquée sur l'adage que la contribution vaut rétribution. Mais pardonnez-moi, peut-être que cela ne me regarde pas !
- Votre remarque est parfaitement fondée, vous avez tout à fait raison, chère Lilwenn, et j'apprécie particulièrement votre franchise.
- Merci, Marie, mais je ne voudrais pas être désobligeante avec une remarque inappropriée.
- Rassurez-vous, ici nous connaissons et faisons aussi usage des célèbres cinq lettres du mot prononcé à Waterloo par le général Cambronne. Quand trop c'est trop.

À ce moment, Pierre de Boisnacieux rejoint les dames dans une tenue plus décontractée. Tandis que chacun prend place autour de la table, Pierre attaque la conversation pour tout savoir de cette jolie tête blonde.

- Alors jeune fille, dites-moi tout, mais pour commencer, je n'ai pas bien enregistré votre prénom.
- Lilwenn, répond-elle face à son interlocuteur qui semble démarrer un véritable interrogatoire.
- Ah oui, c'est vrai ! Et que faites-vous dans la vie mis à part votre randonnée à travers la campagne ?

Une randonnée, mais il n'est pas bien celui-là, voilà maintenant que je bâts la campagne pour me dégourdir les jambes. Je t'en foutrais d'une randonnée. Bon Lily, calme-toi ! Si tout à l'heure, cela s'est bien passé avec Marie, sois polie avec Pierre et puis s'il s'égare un instant, remets-le, avec délicatesse dans le droit chemin.

- Cher monsieur, il y a des chemins qui mènent à la raison, d'autres qui sont des voyages d'introspection. Chaque matin, lorsque vous vous levez, deux choix s'offrent à vous. Soit, vous vous recouchez pour poursuivre votre rêve, soit vous vous levez pour le réaliser. J'ai, pour ma part, choisi la seconde option et quoique l'on puisse en penser, j'ai tout plaqué dans un premier temps pour suivre une quête, un but suprême, comme une recherche fondamentale de l'intemporalité. Vous savez, monsieur, le problème du temps, je veux dire par là, le temps vécu par l'homme et sa relation avec l'éternité. Le temps, Cronos lié à la planète Saturne, la personnification du temps, le fils de Gaïa (la Terre) et d'Ouranos (le Ciel), sont pour mémoire la principale composition du corps humain.

À ce moment, les yeux de Pierre sont grands ouverts ainsi que ceux de Marie. Ils sont à la fois dépassés par les propos que leur tient cette jeune fille, qu'ils écoutent par ailleurs avec la plus grande attention, en comprenant néanmoins parfaitement ce qu'elle exprime, mais cherchent également à savoir qui peut bien habiter dans la tête de cette jeune fille, pour avoir une telle culture.

- Oh, pardonnez-moi si je vous ennuie avec mes propos, car je n'ai pas répondu à votre question.
- Pas du tout, ce que vous dites là est fort intéressant.
- Alors je poursuis pour aller jusqu'au bout de ma parabole. Le temps demeure un éternel problème, tant moral que physique, car il est avant tout fuyant. Voilà pourquoi il suscite autant d'intérêt. C'est aussi un état de conscience qui

peut nous amener à nous interroger sur la variation du bonheur. L'absolu vers lequel nous souhaitons tendre, quelle est sa durée ? Sa longévité résiste-t-elle aux aléas de la vie ? Alors qu'est-ce que le temps ? Puisqu'il nous échappe toujours ! Le présent, s'il est vécu, c'est du passé, quelle relation avec l'avenir, son futur ? Voyez-vous, nous cherchons tous une forme d'éternité, sans savoir si nous devons la vivre à l'instant présent pour mieux la prolonger, ou bien si nous la déportons pour mieux la vivre après.

- Avec le temps va, tout s'en va, dit Pierre un instant rêveur.
- Voyez, Brel avait bien compris sa relation avec le temps, mais n'aura pas beaucoup profité de sa vie. Il est mort à 49 ans. Il a cherché à profiter des cinq dernières années de sa vie sur son bateau. Maigre compensation pour cet homme de cœur. En fait, pour revenir à votre première question, je travaille en alternance à la Compagnie pour être à terme contrôleur des finances et fondée de pouvoir, s'il m'en est donné l'opportunité. J'ai décidé du jour au lendemain de tout mettre entre parenthèses. Je fais ce voyage de réflexion, car je veux savoir si c'est vraiment le but que je dois poursuivre. Je souhaite surtout savoir qui je suis et ce que je suis. Quelle est ma place sur cette Terre, parce que mon âme s'est incarnée pour une raison précise ? Je suis têtue, je veux savoir ce que je fais là ! Plus nous nous dirigeons de bonne heure dans la bonne direction, plus nous aurons d'espace pour créer notre bonheur et nous accomplir pleinement d'un point de vue spirituel. J'ai compris que c'était l'unique objectif que nous avions en nous incarnant sur la Terre. C'est la loi du principe favorable où l'Univers nous apporte tout

ce qui est nécessaire à notre bonheur, pourvu que nous empruntions la voie du cœur. N'oublions pas au passage que nous sommes dotés du libre arbitre. Si l'on nourrit et que l'on expanse cette voie du cœur, l'essence de l'amour, alors elle s'accroît et la chance est à nos côtés, il faut en profiter, mais aussi l'aider. Nous rencontrons toujours des signes pour nous indiquer la bonne direction à suivre, cette voie que l'on nomme aussi le chemin.

- Voyez-vous, chère Lilwenn, il se trouve que je suis le Président de la Compagnie et j'aurais un grand plaisir à vous intégrer dans mon équipe, car je constate que vous bénéficiez d'un potentiel évolutif de grande qualité.

Lilwenn est stupéfaite, elle n'en croit pas ses oreilles. *Je suis assise à table, chez lui, face au Président de la Compagnie,* se dit-elle. *Je suis venu jusqu'ici pour lui raconter ma vie. Quelle surprise m'as-tu faite, Merlin ? Je réponds quoi maintenant ?* Très vite, elle se reprend après cette petite émotion.

- Je suis honorée par votre proposition, mais je me suis offert cette parenthèse enchantée qui doit me mener jusqu'à Santiago. La conscience et la force que j'ai puisée pour aller chercher et comprendre qui est Lilwenn sont très puissantes, et je veux en préciser le sens. Pour ma part, je vous l'ai exprimé avec conviction. Aussi, vous comprenez plus facilement que je ne suis pas en mesure d'accepter votre proposition.
- Sachez tout de même, Lilwenn, qu'à votre retour, si vous n'avez pas trouvé votre Graal, je vous réserverai un siège à la Compagnie.

Lilwenn accueille cette proposition comme un véritable compliment, et assure qu'elle donnera, à son retour des nouvelles pour apporter sa réponse qu'elle réserve pour l'heure, si cela lui est permis. Quoi qu'il en soit, elle est heureuse de cette rencontre et de l'accueil que lui ont réservé Monsieur et Madame de Boisnacieux. Avant de prendre congé pour aller se reposer, elle propose ses services à Marie pour débarrasser la table et participer à la vaisselle. Ce qui lui est refusé. Lilwenn est invitée à aller se reposer face à une nouvelle étape qui l'attend. Elle prend congé en remerciant chaleureusement ses hôtes pour leur hospitalité. En passant près de la petite commode du couloir, elle dépose discrètement la somme correspondante à son étape puis s'apprête à monter dans sa chambre lorsque Marie lui demande :

- À quelle heure souhaitez-vous déjeuner demain matin Lilwenn ?
- Je ne veux pas vous contraindre, je souhaite partir de bonne heure. Je dois rejoindre le Bassin.
- Dites toujours
- Vers six heures et demie, ce serait idéal, ainsi vers les sept heures je reprendrai le chemin.
- Très bien, cela me va, dit Marie, je vous attendrai ici demain matin, Bonne nuit, reposez-vous bien.

Après avoir remercié chaleureusement Marie et Pierre de leur hospitalité, Lilwenn regagne sa chambre. Elle s'arrête un instant devant la porte de la chambre. Elle remarque à nouveau qu'il est inscrit sur la petite plaque dorée le prénom Arthur. Elle ne sait pas s'il s'agit du prénom d'un des enfants du couple. Ils n'ont pas abordé la question de leurs enfants, mais elle ne peut s'empêcher de repenser au chat Gaius. *Peut-être est-ce la suite de mon histoire, et les signes de Merlin,* se dit-elle en poussant la porte. *Cela fait tout de même un certain nombre de synchronicités pour aujourd'hui et ceci ne m'étonnerait pas que Merlin soit grandement impliqué dans tout cela.* La jeune fille a rarement ressenti un tel bien-être ni une pareille légèreté. Le dîner était excellent et puis, si elle racontait à ses anciens collègues comment elle a été accueillie chez le Président de la Compagnie, il n'est pas certain qu'elle soit également prise très au sérieux, et pourtant ! La fatigue commence à gagner tout son corps, alors elle se glisse sous les draps. Avant d'éteindre la lumière, elle regarde le joli plafond décoré de cette chambre, entend quelques petits craquements dans les vieux parquets de la maison, sourit et dit merci à Merlin pour cette belle soirée de princesse, elle éteint la lumière et s'endort profondément.

14
Objectif Espagne

La nuit a été douce et le réveil affiche fièrement six heures, dehors il fait encore nuit, et cette heure supplémentaire n'est pas pour déplaire à la jeune fille. Elle se lève rapidement afin de faire sa toilette puis rassemble ses affaires pour recomposer son sac avec rigueur et équilibre. *Il faudra que je m'arrête à une laverie pour faire un peu de lessive,* se dit Lilwenn, *au pire une belle rivière limpide et le petit « génie sans bouillir » fera son miracle. Pour le moment, ne pas traîner, même si l'on se sent très bien dans cette demeure.* Elle a revêtu sa tenue de marche, défait les draps, qu'elle a pliés et déposés au pied du lit pour soulager la dame de chambre, puis franchit la porte en faisant un geste de la main à cet environnement en guise de merci. Elle descend le grand escalier de pierre, dépose son sac à côté de la porte, prête à partir puis arrive dans la salle où Marie est déjà présente. La table du petit-déjeuner est éblouissante, mélangeant le salé et le sucré, de quoi se restaurer plus que nécessaire.

- Bonjour, Lilwenn, as-tu bien dormi ? demande Marie
- Oui fort bien, je vous remercie, votre literie est exceptionnelle. *Elle m'a tutoyée si mon oreille ne me fait pas défaut.*
- Mon époux a pris l'avion très tôt ce matin pour se rendre à Paris, il m'a confié de te dire qu'il avait fort apprécié ta compagnie et a précisé de te rappeler qu'il maintenait son offre, en qualité de collaboratrice, à ton retour. Si bien entendu, tu souhaitais poursuivre ta carrière dans la finance et réintégrer la Compagnie. Ho ! Lilwenn, je m'aperçois que je me suis mise à te tutoyer, cela ne te dérange pas j'espère ?
- Non, au contraire, je considère cela comme une marque d'affection. Je suis également très honorée pour la proposition de votre époux et vous demande de lui rappeler combien je l'en remercie. Je ne manquerai pas d'y réfléchir lors de mes longues méditations sur le chemin. Avant de partir, je pourrai vous demander une carte afin de vous envoyer de mes nouvelles quand je serais à Santiago ?

La conversation se poursuit, mais le chemin reste la priorité, et même les bonnes choses ont une fin, paraît-il. Après des adieux émouvants, Lilwenn a déposé de nouveau son sac sur les épaules et franchit la lourde grille de cette magnifique propriété. Elle se souviendra longtemps de cette rencontre et comprend alors que notre comportement influe particulièrement sur notre entourage. Très important, l'image que l'on donne de soi ! Dans cette société de jugement, où tout un chacun devient tour à tour, juge, président, instituteur et même sélectionneur pour l'équipe nationale de football. Les gens ont des avis sur tout. Mais Lilwenn pense que les gens ont surtout des avis, bons ou mauvais, ils ne manquent pas de prendre la parole pour exprimer ce qu'il pense être bien, sans connaissance, sans compétence, sans même n'avoir jamais rien appris sur le sujet. Juste des vociférations proférant des paroles pour le moins incongrues à un public souvent inapte à distinguer le vrai du faux et dépourvu de tout discernement. En tout état de cause, la jeune fille se souviendra longtemps de sa superbe halte à Castelnau en Médoc.

La musique résonne de nouveau dans le petit casque posé sur ses oreilles. C'est ainsi qu'elle aime se laisser porter avec sa bonne humeur, sa joie de vivre et son envie de chanter, surtout : « Quand la musique est bonne. Quand la musique sonne. Quand elle guide mes pas… », dit la chanson de Goldman. À cet instant, elle est accompagnée par les paroles d'une chanson : « Si on devait mourir demain, qu'est-ce qu'on ferait de plus ? Qu'est-ce qu'on ferait de moins ? » En voilà une bonne question se dit Lilwenn en chantant à tue-tête, seul sur un chemin de sable qui traverse les vignes. Il paraît que Pascal Obispo n'habite pas très loin, avec son île aux oiseaux, tandis qu'elle se rend en direction du Bassin. Elle traverse le Devès en longeant une « craste » (un petit cours d'eau). *C'est bizarre,* se dit-elle, *je pensais que le mont Devès était un des reliefs du Velay dans le Massif central. Le Puy-en-Velay est la capitale européenne des chemins de Saint-Jacques-de-Compostelle et marque le point de départ historique du pèlerinage sur le mythique GR 65. Par conséquent je suis sur la bonne voie avec toutes ces synchronicités, et puis les distances sont presque identiques.* « En route, mauvaise troupe ! Partez, mes enfants perdus ! Ces loisirs vous étaient dus… » Comme l'écrit Paul Verlaine dans le prologue de son recueil de poèmes publié en 1884 : « Jadis et Naguère ».

Son objectif est de parcourir rapidement les quelque deux cents kilomètres qui la séparent encore de la frontière espagnole et ainsi changer d'environnement. Lilwenn sait qu'elle devra faire son choix, peu avant son arrivée. *Rappelle-toi ma fille ce que t'a dit Gérard. Deux choix s'offrent à toi ! Soit, tu empruntes le chemin du nord – El Camino d'el Norte –, soit, tu suis le chemin français – El Camino Francés –*. Lilwenn se remémore sa leçon. Le premier parcours longe la côte. Cet itinéraire est plus calme, car moins fréquenté, cependant il est plus ardu, plus sportif, mais ses paysages sont réputés envoûtants. Arrivé à Hendaye puis Irún au Pays Basque, on rejoindre San Sébastian, Zarautz, Deba, Bilbao et poursuit la première option vers la Cantabrie, les Asturies pour finir dans la capitale de la Galice. Cet itinéraire est un peu plus long, il suit en partie une ancienne voie romaine, la Via Agrippa.

La seconde voie est souvent choisie en raison de sa popularité, c'est la voie qui rassemble le plus de monde, près de 55 % des pèlerins l'empruntent. C'est le chemin où les infrastructures d'accueil sont les plus nombreuses, c'est aussi l'occasion de faire des rencontres inoubliables, avec des personnes venues du monde entier. Pour cela, à Bayonne, elle s'enfoncera dans les terres pour prendre la voie du Baztan en direction d'Ainhoa afin de rejoindre Pampelune Burgos et Léon en direction de la mythique cité des pèlerins. Lilwenn a réservé sa nuitée à Baiona, elle avisera alors en arrivant sur la capitale des fêtes en fonction des aléas du chemin. *Pour ma sécurité il n'est pas négligeable de l'envisager,* pense Lilwenn en se remémorant les bons conseils du Gégé à Vannes. Elle n'est pas à court d'idées, mais elle sait qu'il lui faut vraiment commencer à y réfléchir et consulte régulièrement sa carte en marquant sa position. Cela lui permet de mieux affiner les étapes qu'elle va parcourir dans les deux à trois jours et d'y effectuer ses réservations.

Lilwenn marche sans discontinuer depuis près de cinq heures sans ressentir pour autant une grande fatigue. Elle n'a pas déjeuné ce midi, le petit-déjeuner avec Marie était très copieux. Mais maintenant, elle commence à être un peu tiraillée par la faim et ressent une baisse soudaine d'énergie, il faut refaire le plein de protéines. Elle aperçoit une boulangerie salon de thé qui fera fort bien son affaire. Avant d'entrer, elle dépose sac à terre et cherche dans la poche avant de celui-ci, quelques pièces nécessaires pour se sustenter. En glissant sa main pour se saisir de son porte-monnaie, elle tombe sur la carte de Pierre et Marie avec leurs coordonnées, puis saisit un billet de cinquante euros, identique à celui qu'elle avait déposé la veille au soir sur la commode. Elle comprend alors que Marie lui a restitué l'argent de la soirée étape et qu'elle est devenue alors leur invitée. Elle est très touchée par ce geste symbolique et c'est une grande émotion qui la traverse à cet instant. Lors de la réservation, hormis la tonalité de voix un peu sèche de Marie, elle ne s'attendait pas à être reçue dans un tel cadre et pour une somme qui reste modeste au regard des prestations. Lilwenn vient d'un milieu plutôt modeste et a été éduquée avec une pensée assez arrêtée sur la bourgeoisie. Les clichés sont légion face à un monde qui nous échappe et dont nous ne connaissons rien. Les préjugés font partie malgré tout de notre société qui s'obstine constamment à nous opposer les uns aux autres et à renvoyer dos à dos des classes et des cultures qui ne sont que complémentaires.

Depuis qu'elle voyage au fond d'elle-même, Lilwenn est confrontée à toutes sortes de situations qui renversent ses certitudes, ses dogmes, voire ses catéchismes. *Il est temps pour moi de revoir sérieusement ma façon de penser, ne surtout jamais juger avant de savoir et même juger est un mot trop fort. Une simple opinion suffira, car on reçoit ce que l'on mérite et le hasard n'existe pas. Cette rencontre, cette étape sur mon chemin était bien une belle récompense,* se dit Lilwenn. Elle repense à ses cours de philosophie, et récite la réplique de Rodrigue dans le Cid de Pierre Corneille : « Je suis jeune, il est vrai ; mais aux âmes bien nées, la valeur n'attend pas le nombre des années ». *Je dois me convaincre sans prétention, avec confiance en soi, que le talent et les dons innés (bien que Lilwenn ne croit pas aux dons) n'ont nul besoin d'attendre la maturité pour totalement s'exprimer. Laissons de côté nos « a priori » non fondés et non étayés sur des faits.*

Après avoir refait le plein de carburant, protéines et glucides et s'être hydratée copieusement, Lilwenn reprend la route en direction du Bassin, puis la traversée des Landes. Le parc régional des Landes de Gascogne est composé de longues lignes droites, des circuits entre étangs et forêts, chemins sablonneux à travers le pays des asperges. Elle a choisi de longer la côte en suivant la voie littorale. La distance la plus courte entre deux points est la ligne droite et comme chacun le sait, la bonne taille pour les jambes, c'est quand les deux pieds touchent bien le sol, alors en avant. Une traversée qui après Arcachon et Mimizan, passe par les stations balnéaires landaises. Un chemin qui combine l'immensité océanique de la façade atlantique, avec ses lacs d'eau douce et son immense forêt de pins. La plus grande forêt artificielle d'Europe, d'une surface de près d'un million d'hectares plantée au XVIIIe siècle pour fixer les dunes sous la poussée des vents et de l'océan. À cette époque de l'année, cette voie est peu empruntée au regard de la saison estivale.

Lilwenn marche d'un bon pas, cela fait bien longtemps qu'elle n'a croisé âme qui vive, pourtant cette solitude ne lui pèse pas, du moins, elle n'y pense pas. La musique continue à rythmer ses foulées, elle est d'un usage distractif et a été introduite vers le XVIe siècle, pour entretenir le moral des soldats sur le front. Les écouteurs posés sur les oreilles ont parfois leurs désavantages, celui de se couper de son environnement. Perdue dans ses pensées, notre belle jeune fille ne semble pas en mesure d'évaluer les dangers qui l'environnent, au-delà de son intuition. Elle a bien vu sur sa droite, à quelques centaines de mètres, la présence d'un grand corps de ferme, mais sans y porter plus d'attention. Pourtant qui dit ferme, dit animaux et très souvent des chiens.

Tandis qu'elle arpente une longue ligne droite, elle ne voit pas survenir derrière elle, deux gros chiens molosses de race cane corso, qui courent dans sa direction en aboyant. Lilwenn sait que les agriculteurs possèdent par nécessité de nombreux chiens, dédiés à la protection des cheptels dans les champs, pour la chasse ou la défense de la ferme. Ces chiens sont aussi libres que l'air et affichent fièrement leur indépendance face aux conventions. Ils sont habitués à vivre en milieu semi-hostile et sont livrés pour certains à eux-mêmes sur les chemins. Il leur arrive même parfois de prendre un certain plaisir à effrayer au passage le moindre randonneur. Soudain, les deux chiens se rapprochent de la jeune fille sans cesser d'aboyer ce qui a pour effet de la surprendre et de la faire sursauter. Lilwenn comprend que le danger est imminent. Bien qu'elle n'ait d'ordinaire pas peur des chiens, ni des petits ni des gros, elle se retourne brusquement pour leur faire face. *La première chose,* se dit-elle, *est de rester calme, ne pas s'énerver, ne pas faire de gestes brusques pour ne pas aggraver la situation.* Les deux gros chiens qui continuent à aboyer fortement sont maintenus à distance par Lilwenn. Elle a appris les rudiments de l'éducation avec une amie qui amène son chien au dressage, et elle comprend que toute expérience a du bon. Surtout ne pas les regarder droit dans les yeux, elle se souvient de cela, car ils pourraient prendre cela pour une provocation. *Je reste calme, je ne crie pas, mais j'avoue, je n'en mène pas large. Pour le moment je reste immobile, surtout ne pas leur tourner le dos. Je ne peux pas m'enfuir, si je me mets à courir, je vais réveiller en eux, leur instinct de chasseur et ils vont se lancer à mes trousses. Je dois gérer le problème maintenant, toute seule. Il n'y a aucune issue, sauf Merlin, je peux peut-être l'appeler.* Elle remarque bien sur le bord du chemin un grand bâton qui peut éventuellement la protéger, mais elle sait que cela pourrait également accentuer leur côté menaçant. Tout à coup, elle croit entendre dans son oreille droite : N'aie pas peur ! Ainsi que le mot : « Territorialité ». *Oui,* se dit-elle, *ce doit être cela ! Puisque je passe non loin de leur propriété, ils exercent leur instinct de protection. Ce sont des chiens de garde, et c'est normal qu'ils défendent et protègent leur territoire face aux intrus qui le traversent.*

Ils ont cessé d'aboyer, et Lilwenn est restée calme, les chiens se rapprochent de la jeune fille pour la sentir. *Surtout tu ne les caresses pas,* se dit-elle dans la tête, *tu ne les connais pas et c'est réciproque.* Alors que tout semble pour le moins paisible, sur la gauche, à quelques mètres de Lilwenn, un petit lapin gris est sorti de nulle part. Il se met à fixer et à défier les chiens qui sont alors en arrêt, prêts à bondir. Puis le petit lapin se retourne et détale comme une fusée, poursuivi par les deux chiens qui ont en point de mire sa petite queue blanche. Le petit lapin a choisi la voie opposée à celle de Lilwenn, ce qui lui laisse maintenant une voie libre pour poursuivre son chemin. Les chiens se sont évanouis dans les bois en aboyant si fort que des nuées d'oiseaux se sont envolées. Après avoir parcouru une longue distance, à se retourner tous les dix mètres pour évaluer la situation, elle comprend qu'elle est enfin tirée d'affaire. Si cette expérience est la première sous cette forme, elle sait à présent que sans se prendre la tête, elle doit rester consciente et vigilante. *Sois plus attentive, ma petite fille,* se dit-elle, *recentre-toi.* Elle marche à nouveau quelques instants, les chiens ont vraiment disparu. Elle peut à présent, faire une petite pause en toute sécurité pour se soulager. C'est une réaction tout à fait naturelle après une phase de stress et d'anxiété. Lilwenn fait quelques pas sur le côté du chemin, pour entrer un peu dans la forêt. Au moment où elle s'apprête à se baisser, elle n'en croit pas ses yeux. Elle aperçoit le petit lapin gris qui la regarde, non pas pour admirer sa plastique, mais encore une fois pour lui témoigner son serment fait avant son départ : « Quoi qu'il arrive, je serai toujours là, près de toi, il te suffit de m'appeler ». Alors, le petit lapin tourne le dos à Lilwenn pour s'éloigner par petits bonds, et laisse une fois encore, cette petite queue blanche se faufiler dans le bois. Cela dessine un joli sourire sur le visage de notre belle blonde.

- Merci, mon ami Merlin, crie à haute voix Lilwenn, merci à toi, tu m'as préservée de ces molosses. Je t'aime, renchérit-elle, des mots qui sortent de son cœur et que toute la forêt peut entendre.

15
Merveilleuses rencontres

Les deux derniers jours de marche n'ont pas été très agréables. Le vent et la pluie ont été de la partie et ont ralenti considérablement sa marche. Malgré cela, Lilwenn la Bretonne ne s'est pas laissé décourager par ces quelques intempéries. Elle a tout de même progressé puisque Bayonne est en vue. *Mais maintenant il est temps de prendre une décision,* se dit Lilwenn. *Soit, je poursuis mon chemin vers l'intérieur des terres ou je suis la côte. Si je prends par l'intérieur, je vais par Ustaritz, je poursuis vers Souraïde et sa chapelle dédiée à Saint-Jacques. Je passe par Ainhoa puis après avoir traversé la frontière et les nombreuses « Venta Espagnol de Dancharia », je fonce vers ce petit village d'Urdax riche d'histoire. Son ancien hôpital des pèlerins est aujourd'hui transformé en auberge. C'est la fameuse voie du Baztan et c'est ici que s'ouvrent les portes du Royaume de Navarre. Un voyage entre nature, culture, traditions et gastronomie. Après je file vers Pamplona, tout droit jusqu'à Santiago. Au demeurant, si je veux une pointe de sportivité, il me faudra dérouler l'étape côtière. Après Bayonne en deux étapes je rejoins Guéthary, puis Hendaye et Irún. Passée la frontière au nord de l'Espagne, je traverserai la province du Gipuzkoa en Euskadi (Communauté autonome du Pays Basque) en direction de Donostia-San-Sébastian sa capitale. La langue basque est très compliquée à apprendre et ses origines sont mystérieuses, ce serait l'une des plus vieilles langues parlées au monde, car ses origines remonteraient aux populations paléolithiques selon une source de l'office du tourisme. Il est également dit qu'il faut près de dix années d'études pour la parler correctement. Alors je pense que je vais plutôt utiliser mes connaissances et parler la langue que je maîtrise, c'est-à-dire l'espagnol, pour me rendre à Compostelle. Pour l'heure concentrons-nous sur la cathédrale Sainte-Marie, car j'en aperçois déjà ses deux flèches de quatre-vingt-cinq mètres de haut. Dans tous les cas, je prends cette décision au plus tard demain matin en partant, car je n'ai pas encore réservé le coucher pour demain soir,* se dit Lilwenn. La jeune fille arrive de Boucau. La pluie a cessé de tomber et un pan de ciel bleu habillé de quelques nuages d'altitude permet de distinguer au loin les premiers contreforts des Pyrénées. Le mythique sommet du massif de la Rhune au cœur de nombreuses légendes et considéré ici comme montagne sacré, il est là devant ses yeux. L'Impératrice Eugénie de Montijo, épouse de Napoléon III, lança la mode de son ascension, une excursion très chère à l'esprit de la noblesse biarrote. Depuis, un obélisque de granit commémore cet événement. Lilwenn entre dans le vieux Bayonne, contourne la citadelle, traverse le quartier populaire de Saint-Esprit situé sur la rive droite de l'Adour puis franchit le pont du même nom. Juste en face, c'est l'autre

Bayonne, car le quartier Saint-Esprit constituait jusqu'en 1857 une seigneurie, une juridiction indépendante.

Elle traverse maintenant la Nive qui se jette dans le fleuve Adour à cet embranchement, laisse la mairie sur sa droite et remonte le quai jusqu'au quartier des halles. En levant les yeux, elle voit toutes ces maisons à colombages, aux façades blanches, aux volets colorés le plus souvent de rouge, couleur caractéristique de toute cette région. C'est un spectacle grandiose qui défile devant ses yeux. Lilwenn ne connaît pas ce coin de France, mais se jure un jour d'y revenir. Pour l'heure, elle doit rejoindre « le Refuge » au cœur du vieux Bayonne derrière les halles et proche de la cathédrale. Elle remonte la rue Poissonnerie en direction de la cathédrale puis bifurque dans la rue Gosse. Elle se présente face au numéro sept « le Refuge Saint-Jacques ». Avec sa très jolie façade aux couleurs locales, c'est une halte jacquaire discrète. Le lieu est refait à neuf. Elle y a réservé une place pour son étape. L'ancien garage de l'évêché a été réhabilité pour accueillir les pèlerins du monde entier. Le refuge est composé d'un dortoir de douze lits, une salle de bains et une cuisine pour préparer son repas. Le tout pour dix euros la soirée étape, petit-déjeuner inclus. Que du bonheur ! Lilwenn espère pouvoir y rencontrer d'autres pèlerins et pouvoir échanger sur leur expérience.

L'accueil très chaleureux de Maritxu est un véritable réconfort après cette longue étape. Le refuge semble très confortable. Lilwenn est dirigée vers un dortoir pour y déposer ses affaires. Une grande salle d'eau et des sanitaires sont disponibles et d'une propreté sans reproche. Pour une somme modique, la jeune fille peut faire sa toilette, se restaurer et dormir. Notre belle blonde rassemble ses affaires et fait sécher son petit linge qu'elle vient de laver. Tandis que Lilwenn finit de s'installer, deux jeunes femmes font leur entrée dans le dortoir. Elles sont parties toutes les deux du Puy-en-Velay voilà plus de trente jours. Elles se sont croisées sur le chemin de Saint-Jacques et depuis voyagent ensemble. Deux profils et deux horizons différents. On devine qu'une grande amitié semble être née entre les deux femmes. Lilwenn qui « … marche seule, sans témoin, sans personne, que ses pas qui résonnent, elle marche seule… » comme le dit la chanson, tient sa langue depuis vingt-deux jours. Elle va certainement se défouler ce soir et il est fort à parier que les deux jeunes femmes auront la plus grande difficulté à placer un mot. Lilwenn se présente :

- Bonsoir, je m'appelle Lilwenn, tout le monde m'appelle Lily, je viens de Vannes dans le Morbihan.
- Moi c'est Alice, je viens de Strasbourg et j'ai vingt-deux ans.

Alice est assez grande, pareille à Lilwenn et elle est précisément très musclée, certainement une grande sportive.

- Moi c'est Josy, dit la seconde avec sa petite voix toute timide. Je viens de Feyzin au sud de Lyon. J'ai trente-huit ans.

Josy est un petit bout de femme frêle, une très jolie brune avec de grands yeux bleus et un très agréable sourire. Elle mesure un mètre quarante-neuf et cela se remarque vraiment lorsqu'elle se positionne entre Alice et Lilwenn avec leur mètre soixante-dix.

- Ah ! J'ai oublié dit Lilwenn, j'ai dix-huit ans, enfin je triche, car j'aurai dix-neuf dans quelques jours.

Les présentations faites, les deux jeunes femmes, qui ont également fait une longue étape, ne pensent qu'à une chose, ôter leurs chaussures et marcher nus pieds. Tandis qu'elles aspirent également à prendre une bonne douche, Lilwenn décide d'écrire une lettre à Diego. Elle n'a pas encore donné de ses nouvelles, elle pense beaucoup à eux deux et à ce qu'il pourrait construire ensemble. Lilwenn profite de ce moment de tranquillité pour rédiger sa lettre.

Mon cher ami, mon cher Diego,

Voilà maintenant plus de vingt jours que je ne t'ai pas donné de mes nouvelles. D'ailleurs, personne n'en a. Tout va bien, rassure-toi, j'avais besoin de cette période de solitude et de silence pour combattre mes peurs, mes angoisses et mes doutes. Je cherche une réponse au travers de multiples questions. Je dois absolument dépasser le stade de ces questions. Je t'ai dit que quelque chose de magique m'était arrivé dans ma vie au-delà de t'avoir rencontré. Je dois connaître ma destinée sur cette Terre, cette mission personnelle qui fera de moi la femme libre et heureuse que je veux être. C'est la seule et unique obligation pour tout un chacun sur cette Terre. À chaque personne de bien vouloir l'entendre. Nous devons emprunter le chemin du cœur pour nous nourrir et pour grandir intérieurement. Je devais saisir ma chance pour franchir mes propres limites. Aujourd'hui, je suis à Bayonne et presque à mi-parcours de mon voyage. Je sais que je vais trouver la réponse qui m'élèvera vers la réalisation complète de mon « je suis ». Si tu es mon soutien, mon épaule de secours, ma victoire et ma compréhension, alors pas de doute nous prolongerons notre chemin de vie ensemble. Si tu en es d'accord et si tu partages cette vision, cet espoir qui transcende ce que nous devons être, nous serons : « Un et Indivisible ». Si l'on veut obtenir quelque chose que l'on n'a jamais eu, alors il nous faut tenter quelque chose que nous n'avons jamais fait. N'attendons pas d'atteindre la perfection pour débuter quelque chose de bien. Je savais que c'était presque impossible, alors je n'ai pas réfléchi, je l'ai fait. Nous nous retrouverons dans quelque temps et envisagerons ensemble une suite favorable à notre rêve.

Je t'embrasse amoureusement,

Lily

Au moment même où Alice et Josy reviennent de leur toilette, Lilwenn a fini son courrier et cachette son enveloppe. Elle colle le timbre et glisse l'enveloppe dans la poche droite de son sac à dos. Demain matin, elle trouvera bien sur le chemin une boîte jaune, pour y glisser son message à destination de Diego. Puis Lilwenn s'adresse aux deux jeunes femmes :

- Comment ça va les filles ? Je vous propose que nous allions reprendre des forces, nous en profiterons pour papoter entre filles. Avez-vous prévu quelques victuailles, ou souhaitez-vous aller dîner en ville ?

La réponse se fait catégorique.

- Non, reprennent-elles ensemble, on en a plein les pattes, et nous souhaitons nous coucher pas trop tard pour repartir tôt demain matin.
- Au fait, à quelle heure souhaitez-vous décoller demain matin, car j'aimerais bien faire un bout de chemin avec vous, si vous m'acceptez pour quelque temps auprès de vous ?
- Bien sûr Lily, tu es la bienvenue, car plus nous sommes et moins nous avons peur.

- Peur de quoi ? dit Lilwenn étonnée, j'ai marché durant vingt-deux jours, toute seule et mis à part deux gros chiens que mon petit lapin a mis en déroute, je n'ai croisé aucune difficulté !
- Ton petit lapin ! ? dit Josy !
- Oui c'est mon expression, car voyez-vous...

Et Lilwenn part dans une explication pour le moins scabreuse d'un petit animal qui s'est interposé entre elle et deux gros chiens effrayants.

- Finalement, cela s'est assez bien fini, pour tout le monde, précise-t-elle.

Je ne vais surtout pas leur raconter qu'en me baissant pour faire pipi, mon petit lapin était face à moi, elles se moqueraient bien. Et que penseraient-elles du petit lapin ?

Les deux femmes éclatent de rire sans chercher à en connaître davantage sur l'origine du petit animal. Les filles quittent le dortoir pour se rendre à la cuisine. Tout y est à disposition pour que chacun puisse y préparer ou réchauffer sa nourriture. Lilwenn qui avait fait un arrêt à l'épicerie Bio proche du refuge a acheté un mélange de poulet et de céréales, des galettes végétales et d'autres produits énergétiques. Les sucres lents et les protéines animales et végétales sont très importants lors de ces longues randonnées. Lilwenn qui a le cœur sur la main est toujours prête à partager, c'est pour cela qu'elle en a acheté un peu plus. Sans oublier le gâteau, qu'elle a acheté à la boulangerie Raux. Le traditionnel gâteau basque a le fourrage à la crème pâtissière dans la recette officielle. Les Basques ont tendance à préférer la crème, alors que les voyageurs de passage privilégient le fourrage à la cerise. Lilwenn en a pris un grand en pensant qu'elle ne serait pas seule pour l'affronter. Elle aime le partage, mais ce ne serait pas une épreuve pour cette gourmande.

La conversation va bon train. Pour le moment elle est dirigée sur les vicissitudes du chemin, des rencontres et de diverses expériences. Très vite, Lilwenn ne peut s'empêcher de leur demander, quelle est la raison qui les a poussés à se lancer dans cette aventure.

- Qu'est-ce qui vous a incité à vous lancer dans cette aventure ? On ne part pas sur le chemin sans un objectif ! Eh ! Racontez-moi votre rencontre. Toi, Josy, dis-moi juste ce que tu as envie de dire, on a le droit d'avoir un jardin secret.

Josy est assez timide, elle baisse un peu les yeux, comme si elle voulait cacher quelque chose, et puis se reprend et relate sa rencontre avec Alice.

- C'est ma fille qui m'a conduit de Lyon au Puy-en-Velay en voiture. Elle m'a déposée, j'ai dormi une nuit puis je me suis lancée sur le chemin. J'ai eu un divorce difficile, j'ai été harcelée par mon ex-mari durant une longue période. Nous avons travaillé ensemble dans le même cabinet durant quinze ans. À l'âge de dix-huit ans – on s'est connus très jeunes – je suis tombée enceinte. J'ai dû finir mes études d'avocate avec mon bébé. C'est lorsque nous nous sommes mariés et que nous avons ouvert ensemble notre cabinet, car il est aussi avocat, que tout a commencé. De brimades en reproches j'étais en permanence rabaissée, surtout en public et je n'avais pas la force de répondre. Puis c'était de plus en plus compliqué de vivre avec ce pervers. C'est ma fille qui m'a décidé de partir. Elle est jeune, mais elle est forte et sait tenir tête à son père. Elle a été ma délivrance. C'est fou, ce devrait être l'inverse, je suis sa mère. Mais voilà, jusque-là, je n'avais pas le courage et c'est après ma tentative de suicide…

Après un moment de silence pour calmer cette soudaine émotion, Josy poursuit son récit :

- Et là, c'est encore ma fille qui m'a sauvée, je vous passe les détails. J'ai décidé de faire quelque chose pour moi, et j'ai choisi de rencontrer un thérapeute. Il m'a ouvert les yeux et après une période de soins et avec quelques séances d'hypnose, j'ai compris que je ne devais plus être une victime. Il fallait que je me reconstruise. Il m'a proposé de faire ce travail sur moi en marchant. Je me suis renseigné, je suis partie, et j'ai croisé la route d'Alice. Et voilà ! Ah oui, comment on s'est rencontrées avec Alice ? Elle va te le raconter, dit-elle en rigolant avec un visage plus lumineux, comme si un poids venait de s'envoler.
- Merci, Josy, pour ton témoignage touchant et surtout pour le courage que tu viens d'exprimer.
- En faisant ce pèlerinage, je rends surtout hommage à ma fille, Adèle. C'est grâce à elle que je me libère peu à peu.
- Et toi Alice, tu viens de Strasbourg, j'ai cru comprendre ! Comment as-tu rejoint Le Puy-en-Velay, à pied ou en voiture ?
- Non, j'ai pris le train pour me rendre au Puy, le point de départ de référence pour de nombreux pèlerins en direction de Compostelle. Mon histoire est délicate, mais il est vrai que l'appel du chemin correspond souvent à un référentiel de départ, un peu comme une horloge qui sonnerait l'heure.

Je vais faire court, car nous aurons certainement l'occasion d'y revenir, et puis nous pourrions y passer la nuit. J'étais sportive de haut niveau et une championne d'Europe, de France, bref de nombreux titres et même sélectionnée pour les Jeux olympiques. Un soir après l'entraînement, dans les vestiaires féminins, je précise, prête à me doucher, quatre garçons sont entrés, dont un qui était mon ancien petit ami. J'étais déjà toute nue. Ils m'ont attrapée à quatre et avaient fermement l'intention d'abuser de moi. Comme tu peux le constater, je suis assez musclée, alors je me suis défendue, coups de poing, coups de pied bien placés et j'ai crié très fort : « Au viol ». Mis à part leurs mains, mon corps n'a pas été visité. Mon entraîneur, qui n'était pas encore parti heureusement, a accouru entendant tout ce boucan que je faisais. Il est entré dans le vestiaire et a dégagé les quatre gars qui se sont tirés. Mais j'avais bien repéré leur tête, je les connaissais. Deux jours plus tard, je suis revenue à l'entraînement, mais là, j'étais accompagnée. J'ai chipé le flingue de mon oncle qui travaille dans la police, car j'avais bien l'intention de descendre ces salauds. Je vous jure, ils n'en menaient pas large, ils étaient verts de trouille ! Je les ai fait mettre à genoux pour présenter leurs excuses et leur faire admettre que ce qu'ils avaient fait, c'était lâche et dégueu. J'aurais pu leur coller une balle à chacun, mais cela ne me ressemble pas du tout, je suis une pacifique, comme l'océan, dit-elle en rigolant. Après, les flics sont venus pour m'arrêter, car ils avaient porté plainte contre moi. Mais j'avais fait de même de mon côté. Tu parles, la Fédé a tout fait pour écraser l'affaire, le fils d'un homme politique important était dans la bande des quatre. Ils ont dit que c'était ma parole contre la leur, malgré le témoignage de mon entraîneur. J'ai rendu le pistolet à mon oncle avec mes plates excuses, car il risquait gros de son côté. Vous savez ce qu'il m'a dit ?

- Bah Non ! répondent Lilwenn et Josy en cœur, avec une envie folle de connaître la suite.
- Eh bien lui, il m'a répondu, qu'il leur aurait fait sauter les rotules, à ces champions ! De mon côté, j'ai tout même passé presque deux jours en garde à vue.

Alice, morte de rire en repensant à tout cela, elle pourrait écrire un livre. Elle poursuit en expliquant avoir subi une grosse pression. Tout le monde a retiré sa plainte, et pour faire court, l'affaire a été classée sans suite. Cerise sur le gâteau, aucune inscription au casier judiciaire, cela n'a pas de prix après une telle bêtise.

- Il faut être un peu dingue pour réagir de la sorte. Quand je revois leur tête avec le flingue sous leur nez, je suis morte de rire, conclut Alice.
- Toi alors, il ne faut pas te chauffer les oreilles, sinon tu vois rouge ! rétorque Lilwenn

Elles se regardent toutes les trois et partent dans un énorme éclat de rire communicatif. Il faut avouer qu'Alice n'a pas sa pareille pour raconter ses histoires, en plus, elle a le sens de la formule et manie la langue argotique sans vulgarité. Elle a vécu des moments difficiles, des sacrifices et des privations pour en arriver au plus haut niveau. Vivre en internat, le plus souvent avec des garçons, chatouillés par une puberté précoce, stimulée par les stéroïdes et les hormones de croissance, n'est pas chose facile. Surtout que ses anabolisants, naturels ou non, favorisent le développement musculaire et permettent de gagner en puissance. Cette énergie entraîne une accélération de la testostérone et une suractivité des gonades. Il faut bien évacuer le trop-plein à un moment ou à un autre. Tocqueville disait à ce sujet : « Il faut bien que jeunesse se passe ». Ok sur le fond, mais jamais au détriment d'autrui, surtout sans son consentement libre et éclairé.

- J'avoue que depuis je suis complètement perdue, reprend Alice. Je me cherche. C'est certainement cela qui m'a incitée à prendre un peu de recul, du temps pour moi. Pour comprendre ce que je dois faire de cette expérience, la meilleure façon de sortir de cette impasse était de partir prendre l'air. Mes parents m'ont conseillé de faire une sorte de pèlerinage et Compostelle était la première chose qui m'est venue à l'esprit, sans réfléchir. Alors je me suis dit, fais confiance, vas-y fonce. Mes parents ont été super chouettes dans cette affaire, ils m'ont protégée et accompagnée. Mon papa était prêt à faire un scandale médiatique, mais je lui ai dit que je gérais seule cette épreuve. Je n'ai pas été violée, juste un peu tripotée, mais celui qui s'est pris mon pied dans les parties n'est pas près d'être papa. Depuis je rumine. Vais-je passer un BAFA d'entraîneuse ou de coach sportif ? Comme mon casier judiciaire est nickel, je peux postuler pour faire professeur de sport. Je dois sérieusement y réfléchir et cette période de reconstruction est importante et propice pour m'aider à trouver les réponses. Quelle est la route à suivre ! En plus, j'ai une chance énorme de vous avoir rencontrées, c'est vraiment trop génial. Hé ! je suis bavarde !

- Je suis battue, dit Lilwenn.
- Tu es forte ! reprend Josy, quoi que tu fasses, si tu y mets ton énergie et ton cœur tu réussiras et tu seras heureuse. Mais toi Lily, dis-nous à ton tour ce qui t'est arrivé et ce qui t'a décidé à partir sur le chemin.

Lilwenn regarde ses amies de chemin et comprend pourquoi nous avons tous autant de difficultés à trouver notre voie. Puis elle reprend la parole pour tenter de reformuler le sens de sa présence ici et pour quelle quête. Car elle constate que ses deux amies viennent de traverser des épreuves largement plus compliquées et tourmentées que son improbable rencontre avec le plus mystérieux et le plus célèbre des magiciens, des mages, des alchimistes.

- Il m'est arrivé quelque chose d'incroyable. Et quand je dis incroyable, les filles, c'est bien parce que c'est impossible à croire.

Lilwenn commence son récit, avec une grande prudence dans le choix de ses détails, pour ne pas se discréditer. Elle en occulte volontairement certains passages et en vient rapidement à sa recherche fondamentale, donner un véritable sens à sa vie, savoir qui elle est. Elle ne veut pas passer à côté de cela. Elle leur explique que selon le principe favorable, la chance est toujours de notre côté. Il ne faut pas avoir peur de réaliser ses plus grands rêves, tout simplement parce que nous le méritons. Alors nous y arriverons. La peur d'avoir mal est pire que le mal lui-même. Nous n'avons jamais ressenti de la douleur dans la joie et le bonheur. Dans nos moments heureux, nos souffrances disparaissent. Puis Lily continue :

- Si vous souhaitez vraiment une chose, sachez que tout l'Univers va conspirer pour vous permettre d'atteindre vos objectifs. C'est la force positive qui est en vous qui agit pour vous. Suivez le chemin comme si vous étiez à la recherche d'un trésor que vous deviez absolument trouver, arrivez à destination. Pour cela, soyez observatrice, les filles, soyez curieuses et concentrées. Voyez les signes déposés sur votre chemin et comprenez-les. Tant que vous serez convaincues de ce qui est bien pour vous, votre cœur vous avertira chaque fois que vous vous éloignerez de votre objectif. Celui qui connaît sa mission de vie comprend son essentiel. La seule chose qui puisse t'éloigner de ton rêve, c'est de t'arrêter d'avancer par peur ou par lassitude. De baisser les bras et toucher le fond. Chaque moment qui passe et qui nous améliore transforme le monde qui nous entoure. Il faut accepter le changement comme une chance gouvernée par notre destin, faites confiance.

  Souvenez-vous des Gaulois qui le soir venu, avaient peur que le ciel ne leur tombe sur la tête, et le jour revenu festoyaient et reprenaient confiance, enfin c'est ce qui est dit dans Astérix. Chaque personne est unique, alors chaque chemin est unique. Nous devons faire attention à ne pas nous confier trop facilement. Nous devons garder notre jardin secret sur nos projets de vie. Cela évitera à certaines personnes, par jalousie, ou par protection de nous en dissuader et de nous détourner de nos rêves. Si l'on veut rester fortes, les filles, nous devons rester concentrées sur nos objectifs.

- L'heure tourne, dit Josy de sa petite voix et il serait bien que nous allions nous reposer. Demain petit-déjeuner à sept heures, puis direction Guéthary et après-demain Hendaye. Le chemin est plat et superbe, selon mes notes.

Comme une grande sœur, Josy vient de donner le ton, aucune contestation ne vint remettre en cause sa parole. Alice qui comme Lilwenn commence à bâiller, signe de fatigue annoncée, ne demande pas mieux que de rejoindre Morphée, la divinité mineure des rêves, le fils d'Hypnos. Le lit est confortable, d'autres randonneurs ont déjà rejoint les profondeurs et quelques ronrons tintaient çà et là. La chambrée n'est pas complète, la fatigue va très vite supprimer toute difficulté à s'endormir. Lilwenn comprend alors que le destin vient de choisir pour elle, la suite du chemin, ce sera par la côte pour le moment, ensuite elle avisera.

16
La Chambre d'Amour

Lilwenn avait réglé son réveil sur six heures trente et réduit légèrement le son afin de ne pas réveiller la chambrée. Josy émerge lentement, tandis qu'Alice semble encore écrasée sous le sommeil. Lilwenn vient délicatement susurrer à son oreille qu'il est temps de refaire surface pour décoller à l'heure.

- C'est toi, dit Alice, encore tout engourdie de sommeil.
- Oui, lève-toi, on va prendre notre douche avant tout le monde pour être tranquilles.

C'est avec difficulté qu'Alice extrait sa carcasse de son lit. Elle prend sa trousse de toilette et suit Josy en traînant un peu les tongs. À cette heure, elles sont certaines d'avoir de l'eau chaude et nos trois nymphes en profitent. Tout à coup, la porte de la grande douche s'ouvre « Oh pardon ! » et se referme rapidement. Pas le temps de voir sa tête, en tout cas, ce n'est pas un obsédé. Quelques instants plus tard, les trois Grâces sont attablées au petit-déjeuner lorsqu'un charmant garçon vient à son tour s'asseoir à leurs côtés à la grande table du réfectoire. Un bonjour timide sur un sourire tendu, les filles répondent à son salut, puis se regardent et éclatent de rire. Lily dit alors à voix basse : « il aurait bien pu rester avec nous, on lui aurait frotté le dos ». Le jeune homme n'a pas entendu ce que les filles disaient, mais il a bien compris que les rires lui étaient destinés. Quant aux messes basses, ainsi que les trois jolies paires d'yeux malicieux tournés vers lui, cela ne pouvait lui faire penser autrement qu'il était devenu l'objet de toute leur attention.

Une heure après le réveil, nos trois jeunes femmes sont déjà en route. Elles prennent la direction de Guéthary pour une nouvelle étape qui renforcera encore leur amitié. En attendant, elles ont décidé de faire route ensemble dans la joie et la bonne humeur. Josy parle un peu de son métier d'avocate et raconte quelques anecdotes pour le moins croustillantes et pimentées.

- Un jour j'ai eu à défendre une jeune femme contre le harcèlement dans son entreprise. La confrontation avait lieu entre femmes, par vice et jalousie. L'une d'entre elles était la maîtresse du patron et prenait un malin plaisir à s'ébattre dessus comme dessous le bureau de celui-ci. Presque à la vue de toutes et de tous, car parfois ils laissaient délibérément la porte entrouverte, comme pour faire monter l'orgasme. Le souci, c'est qu'elle n'était qu'une secrétaire au même titre que ses collègues, et médiocre en plus, mais se prenait pour une chef. Elle passait son temps à « baver » sur ses acolytes et colporter de fausses informations à leur sujet. Jusqu'au jour où elle a fait licencier ma cliente sans ménagement, sans préavis, sans indemnité pour un motif imaginaire, car il n'y avait pas de motif. Le patron lui a dit un jour : « Tu prends tes affaires et tu te tires, je ne veux plus voir ta tête ». Gonflé le mec, mais voilà, ça existe ! Elle ne pouvait plus travailler, même pas percevoir au chômage, et n'avait plus aucun revenu. J'ai pris en main son dossier et sans tarder le couperet de la justice est tombé. Ça a coûté très cher à la boîte, je peux vous le dire.

Tandis que les kilomètres s'allongent, « les Drôles de Dames » - qui ont laissé Charlie au refuge - traversent d'un bon pas, ce qui semble rassurer chacune, la belle commune d'Anglet. Elles arrivent sur le magistral front de mer avec sa très belle plage des Sables d'Or. Bientôt, elles abordent le mystère de la célèbre grotte de la « Chambre d'Amour ». Cette crypte, en effet, doit son nom à une légende des temps lointains qui raconte la romance de deux jeunes amoureux.

« *Laorens un jeune et bel orphelin était épris de la très belle Saubade fille d'un riche cultivateur. En dépit de l'opposition farouche des parents à cette idylle, les deux jeunes tourtereaux se retrouvaient régulièrement dans cette grotte, leur petit nid d'amour, face aux vagues de l'océan, pour échanger leurs longs et tendres baisers à l'abri des regards indiscrets. Ils s'aimaient tellement qu'ils s'étaient juré de s'aimer jusqu'à la mort. Mais un jour, un puissant orage déclencha une forte tempête plus féroce qu'à l'accoutumée dans le golfe de Gascogne. La mer, poussée par des vents violents venus du large, monta si vite qu'elle envahit la grotte, prenant au piège les jeunes amants. On retrouva le lendemain les amoureux enlacés, dans les bras l'un de l'autre. La mer avait eu raison de leur amour* ». Voilà comment une crypte se transforme en sépulcre. En mémoire à cette histoire, la grotte fut appelée la Chambre d'Amour. « Les belles âmes ne sont pas faites pour la Terre », disait Honoré de Balzac. Cette histoire fait écho à Josy, elle qui a tellement aimé cet homme, qui l'a fait tant souffrir.

Les kilomètres continuent à défiler en silence, la mer bouge beaucoup sur cette côte, c'est aussi pour cela que l'on peut observer autant de surfeurs glisser sur l'eau, été comme hiver. *Ils sont fous,* pense Lilwenn, elle qui aime les douches chaudes. Cependant qu'Alice semble perdue dans ses pensées Lilwenn lui demande si elle réfléchit à ce qu'elle souhaite pour la suite.

- Je réfléchis surtout à faire un CAPEPS, pour être prof d'éducation physique et sportive et un master STAPS sur 5 ans pour être entraîneuse en fédération. C'est à voir.
- Dis-nous Alice, reprend Lilwenn, toi qui as fréquenté le sport à très haut niveau, peux-tu nous parler de la place que prennent toutes ces substances douteuses dans la fabrique de champions ?
- C'est un sujet très délicat, répond Alice, et c'est très secret. C'est aussi opaque que le trafic de drogue, si vous voyez ce que je veux dire. Dès que tu es diagnostiqué par un staff, haut potentiel sportif et si toi aussi tu kiffes à mort ce que tu fais, c'est parti. Si en plus, tes parents te poussent dans cette voie. Vous savez les filles, le syndrome de frustration, c'est valable aussi bien dans le sport, que dans les arts ou pour l'école. Les parents veulent absolument que leur progéniture réussisse là où eux-mêmes ont échoué. Souvent, tu les vois dans les tribunes, ils sont fous, presque hystériques. Donc, tu pars en sport-études, ce sont des écoles aménagées où tu fais plus de sport que de cours, tu es en internat et puis on commence à s'occuper de toi. On te prend

en mains, parfois on te prend tout court, dit-elle en rigolant, car le sexe et le sport font bon ménage. Bref ! À partir de là, on booste tes potentiels. On te file des médocs, des trucs appelés poliment des compléments alimentaires et non pas du Médoc. Un gros éclat de rire des filles !

- Oh oui ! Un Château Margaux, dit Josy qui semble bien connaître.
- Ça te booste vraiment, reprend Alice, et les effets sont plutôt rapides. Tout le monde est gagnant. Même toi indirectement, car les bons chronos t'apportent de la satisfaction. Mais tu es aussi la victime. Tu es « tantôt pile, tantôt face » de la même pièce. Rapidement tu deviens une petite la star. Les médias t'encensent, les personnalités politiques locales saluent tes exploits, et ta famille est fière de porter ce nom. Mais pour endosser ce rôle, il te faut aussi avoir les épaules taillées pour cela. Vous avez vu les miennes ! (Rire) Il faut aussi que la tête suive. Si en plus, tu es belle, facile à manipuler, tu peux vite décoller, mais si tu lâches tes propres commandes, tu es perdue, alors on reformate ton cerveau. Des cachetons, tu en prends et surtout tu fermes ta gu… En cas de contrôle, tu es toujours bien, parfois borderline, alors on te dit : « Tu vois, ce n'est pas de la drogue ! » Toi, la petite pépée, tes nénés ralentissent, tes cycles changent et tu déchires tout, tu défonces les chronos. Jusqu'au jour où ton cœur commence à te dire « attention ». À mon âge, on devient plus prudente et l'on avale surtout des vitamines. Par contre, c'est surtout pour tous ces gamins, ces jeunes filles ou garçons, que j'ai envie de me battre. Je veux les défendre, car si leurs parents

ne contrôlent rien, ça peut très vite déraper. Au premier viol, soit tu gères, soit tu pètes un câble. Mais ce n'est pas vraiment un viol, car en fait tu es d'accord, c'est juste que tu ne comprends pas, parce que tu leur as fait confiance. C'est la version perverse malicieuse, tu es consentante, sans vraiment le savoir. C'est juste ton corps qui résiste ou qui lâche, après tu oublies, jusqu'au jour… Vous savez, ce que l'on appelle l'amnésie traumatique. Peut-être que pour moi, c'est mieux comme ça. Je vais faire ce que je dois faire et cela me rendra heureuse. Le chemin de vie, tu m'en parleras toi, de tes choix, Lilwenn, peut-être pourras-tu aussi me donner des pistes à suivre ?

Les trois jeunes femmes sont arrivées à Biarritz et passent devant le Rocher de la Vierge puis continue vers la Plage de la Côte des Basques où elles pourront se restaurer grâce à quelques Food-Truck. La douceur du climat favorise amplement ces moments d'indolence. Les sacs posés à terre, elles dégustent une planche de jambon et de fromage de brebis pour ouvrir l'appétit, le tout à l'abri d'un petit vent. Il fait vraiment chaud et les filles ont fait tomber les couches supérieures et c'est en tee-shirt que le repas se poursuit, agrémenté de la généreuse vitamine D naturelle, distillée gratuitement par le soleil. La conversation devient plus légère et tourne autour des trucs de filles, mêlée à quelques beaux éclats de rire. C'est comme si ce trio avait été fait pour se retrouver et faire ce bout de chemin ensemble. Qui pourra parler après de hasard ? Tout le monde le sait : « Il n'y a pas de hasard, il n'y a que des rendez-vous », aurait dit Paul Eluard.

Tandis qu'elles terminent leur agréable pause déjeuner, les jeunes femmes profitent du spectacle des surfeurs glissants sur les vagues, courant après les chevaux de la mer. Comme Josy et Alice ont fini de boire leur café, Lilwenn qui n'en boit pas, se lève et déclame à ses amies.

- Vamos, les filles, adélante ! Sur un petit air chantant, invitant à reprendre le chemin. Vous ne pouvez pas savoir combien je suis impatiente d'atteindre l'autre côté, l'ambiance tapas. Mais ici on dit plutôt pintxos, c'est moins gros, mais plus gourmand. Ça va être une nouvelle aventure. D'ailleurs, poursuit Lilwenn, un jour, je viendrai vivre ici.
- Je suis d'accord avec toi ! dit Josy
- Moi aussi, dit Alice, alors vamos !

Sitôt dit, sitôt repartie, la charmante équipe bat la campagne en direction de la plage Milady. L'étape du jour n'a rien de difficile. Celle-ci ne comporte pas plus de dix-huit kilomètres. Ce serait même une journée de repos s'il n'y avait pas le sac à porter, mis à part quelques grands escaliers, comme ceux qui invitent à sortir de la côte des basques. Il permet de rejoindre la rue des Falaises Beaurivage avec sa vue à couper le souffle sur l'océan. Ensuite, elles se dirigent sur la rue de Madrid en direction de la citée de l'océan. C'est un endroit merveilleux, les paysages y sont reposants. Nos trois jeunes femmes continuent d'arpenter ce chemin, décontractées en profitant de la douce chaleur du soleil.

- Dis-moi Josy, ce matin à la Chambre d'Amour quand nous avons pris connaissance du lieu et de son histoire, j'ai ressenti une grande émotion et j'ai remarqué cette larme que tu n'as pu retenir.

- Ho, ne m'en parle pas ! dit Josy. J'y ai vraiment cru, à notre histoire d'amour avec mon homme. Il était beau, il sentait bon le sable chaud, le salaud… Nous nous sommes connus, j'avais seize ans, il en avait dix-huit. Un véritable coup de foudre. À dix-sept ans et demi, je me suis retrouvée enceinte. J'ai tout de même suivi mes études, obtenu une licence de droit et le CAPA, le certificat d'avocat. Mes parents m'ont super soutenue et nous nous sommes mariés. Nous avons ouvert notre cabinet associé, car lui exerçait déjà depuis deux ans. C'était une belle aventure. Mais voilà tout a commencé à ce moment, il n'était plus le même, ou est-ce parce que nous étions toujours ensemble ? Quand la personne à qui l'on a donné notre amour le plus profond nous maltraite et nous fait autant souffrir, on se sent coupable. Qu'ai-je donc fait qui puisse le contrarier à ce point ? On a vraiment tendance à penser que tout est de notre faute. Pour celle qui pense qu'elle s'en sortira, en guérir toute seule, c'est impossible. C'est grâce à ma fille et la mère d'une de ses amies, Cloé que je ne remercierai jamais assez. J'ai réussi à surmonter le problème et surtout à quitter mon mari. J'ai mis du temps à demander le divorce. Cela a été le plus difficile, car au fond de moi, je l'aime toujours.
- Je comprends, répond Lilwenn, cette thérapeute a identifié les blessures de ton ego et elle t'a accompagnée pour que tu trouves les solutions. Car le pervers narcissique s'appuie toujours sur les failles de sa victime. Les personnes toxiques s'acharnent sur ce qui te fait mal, comme ton besoin d'être reconnue, d'être aimée et te sentir désirable. Ils créent la dépendance affective par la soumission et la dissociation. Tu

vis avec la tête à l'envers. Tu as perdu tes repères et toute ta confiance, tu l'as lui a confiée. À la fin de l'emprise, au moment de la rupture, il faut te reconstruire, voilà pourquoi il est important de se faire aider. La thérapeute ne peut pas te guérir, elle t'apportera de la bienveillance, du soin et de l'écoute, et surtout elle t'accompagne pour que tu ailles chercher au fond de toi l'antidote, la solution pour que tu puisses te guérir toi-même. Il n'y a que toi qui as cette capacité, cette force pour transcender tes maux et tes souffrances. Pour sortir de ce canevas, il faut impérativement stopper le processus de victimisation. Tu dois te dire qu'il faut guérir, te reconstruire, retrouver ton identité. Tu es belle, tu es jeune avec tes trente-huit ans. Tu as le droit d'être aimée pour qui tu es, d'exister, de vivre. Tu dois redevenir « Toi ». Écoute ton cœur, fais-toi confiance, ne fais plus ce que tu n'as pas envie de faire. Cela n'effacera en rien ton passé, une mémoire ne s'efface pas, par contre tu peux en supprimer tous les effets, tous les liens, toutes les parties obscures. Tu vas alors transcender toute cette négativité et faire jaillir la lumière qui est en toi, qui fait que tu es belle. Terminés les reproches, la soumission, la dépréciation. Tu reprends le pouvoir, tu relèves la tête et dans ton travail, chaque fois que tu seras dans le vrai, dans le juste, tu gagneras. Inutile de te venger, pardonne. Pardonne-lui et surtout pardonne-toi. Même, dis-toi merci ! Aussi difficile que cela puisse paraître. Car sans tout cela peut-être, n'aurais-tu jamais rencontré cette superbe personne que tu es ? Sois heureuse, ma belle, conclut Lilwenn.

Nos trois belles princesses sont tout à coup submergées par une grande vague d'émotion et ne peuvent retenir ces perles de bonheur qui coulent sur leurs joues. Josy, très touchée par ces belles paroles reste sans voix dans un long sanglot. Alice a aussi quelques difficultés à cacher son extrême sensibilité, mais son passé de sportive de haut niveau lui permet tout de même de maîtriser cet instant, et d'un revers de main, sèche rapidement ses larmes en fixant Lilwenn d'un regard attendri.

- Mais qui es-tu Lilwenn pour connaître déjà tout cela à ton âge ? Tu me stupéfies, toi tu devrais être thérapeute et aider les gens à traverser les moments difficiles.
- Vous savez, les filles, dit Lilwenn, le chemin, c'est aussi la liquidation de nos certitudes, remettre en cause nos acquis, un peu comme une grande mue et redécouvrir la vraie personne que nous sommes. Est-ce que l'on part sur le chemin pour fuir quelque chose ? Est-ce que l'on part pour partager quelque chose de nous ? Ou bien, est-ce que l'on part pour une bonne raison ou pour une mauvaise raison ? C'est-à-dire, est-ce que l'on part à la recherche d'une réponse tant spirituelle que matérielle ? Ou bien est-ce que l'on part simplement par dépit, pour fuir, disparaître un peu, par ras-le-bol, pour échapper à la douleur ? Comme après une fatigue de longue durée en se disant : « on verra bien ».

Le chemin guide les filles. Elles arrivent à Guéthary par les plages de Bidart avec pour compas un superbe soleil couchant sur la droite qui se glisse sous les draps de l'océan. Le Refuge GEO à Guéthary est bientôt en vue. Pour vingt euros, il offre le petit-déjeuner, une cuisine à disposition ainsi que des sanitaires et un séjour. Un vrai nid de princesses.

17
La vision des choses

La soirée a été superbe, pleine de belles attentions, un bon moment de détente, ponctué de nouvelles anecdotes et d'intervalles de fous rires. Le charmant gîte du refuge a la capacité d'accueillir six personnes avec ses trois lits superposés. Notre trio s'est retrouvé ce soir, les seules pensionnaires de l'endroit. Inutile de narrer l'ambiance et la bonne humeur à table comme dans le dortoir de ces trois pipelettes avec leurs histoires de nanas. La prochaine étape les emportera de Guéthary à Irún.

- Eh les filles ! Demain, nous dormons en Espagne, dit Alice.
- En plus, ajoute Josy, nous n'aurons pas de sacs à porter sur cette étape, car nous avons pris l'option de la navette. Légères et libres comme l'air. Vous voyez bien, votre compagnie me prodigue déjà un soin.

- C'est normal, nous sommes là pour lâcher, alors imagine quand tu vas arriver à Santiago, tu seras à poil, lui répond Lilwenn en pouffant de rire.

Encore une belle partie de zygomatiques, vous savez, cette anatomie de la joue, les célèbres muscles du rire comme ils sont décrits dans le dictionnaire. Eh bien voilà, c'est aussi cela, la thérapie par le rire, et ce n'est que du bonheur. La lumière s'éteint et très vite, la plaisante rigolade a laissé sa place à de petits ronflements qui indiquent alors que le marchand de sable est passé sans tarder.

Ce matin, les filles ont eu droit à une grasse matinée et c'est une chose assez rare chez les pèlerins. Mis à part, quand on s'autorise une journée de relâche sur le chemin dans un lieu propice au repos et à la méditation. Mais aujourd'hui, la raison est tout autre. Les filles se sont délestées de leur sac pour cette dernière étape sur le territoire français. Elles ont combiné le confort et le plaisir en optant pour le transfert de leurs bagages par la navette. Celle-ci déposera pour la modique somme de dix euros, leurs sacs à dos à l'adresse de leur refuge du soir. Le transbordement se faisait à partir de huit heures, aussi chacune n'a gardé qu'un petit nécessaire pour le confort du chemin. Après un superbe petit-déjeuner, notre trio infernal, reprend le chemin direction Irún à l'allure d'escargot. Ce soir, elles dorment en Espagne. Aujourd'hui, ce sera une de ces magnifiques journées ensoleillées, comme la côte basque sait en réserver à ses hôtes. Chouchoutées par les circonstances, nos randonneuses vont passer une journée pleine de découvertes en toute décontraction.

Elles longent le bord de mer pour éviter le trafic des grands axes, même si à cette période de l'année, la circulation est bien moindre. Elles passent par le vieux port et découvrent au détour d'un magnifique chemin ces falaises qui surplombent la plage de Cénitz. C'est un havre de paix pour les amoureux de la nature et de la tranquillité. Mais c'est aussi un célèbre spot de surf de la côte basque. Ce repaire idyllique et abrité se trouve caché entre deux valons. Un lieu magique agrémenté d'un « Bel Endroit » pour une pause gourmande. Lilwenn a remis un peu de musique avec son baladeur en mode haut-parleur. Les filles chantent, elles n'ont jamais été aussi heureuses. La conversation reprend et Alice ne peut éluder cette question :

- Lilwenn, parle-nous de tes choix de vie pour ce qui te concerne. Dis-nous ce que tu envisages de faire quand tu retourneras dans ta Bretagne ? Et Diego, dans quel état penses-tu le retrouver ?
- Voyez-vous les filles ? souligne Lilwenn. Je vais tenter de répondre à vos questions, en essayant de construire des hypothèses. Je suis confrontée à des éventualités et des circonstances que je ne maîtrise pas pour le moment. Je fais face à bon nombre d'incertitudes. Alors mon futur se résume dans ce chemin, une mission d'âme que je dois suivre pour connaître le bonheur. Mais je ne le comprendrai seulement quand j'aurai atteint mon but et que je découvrirai ma boîte à secret. Je pense un peu savoir où se situe cette fameuse boîte que mon guide a évoquée. Peut-être en grande partie dans mon cœur ! Mon retour sera certainement bien différent de l'aller, même si je rentre rapidement par le train. Car j'ai appris que le chemin inverse se faisait à pied dans les temps anciens. L'objectif était d'intégrer et de digérer toutes les bonnes résolutions qui étaient sorties des

méditations pédestres prises sur le chemin. Une fois atteint Compostelle et embrasser la sainte relique de Saint-Jacques de Zébédée dit le Majeur, les pèlerins pensaient alors être touchés par la grâce de Dieu et spontanément remplis de Sa volonté Divine. Raison pour laquelle ils s'étaient mis en chemin. Le retour était alors, une autre phase, celle d'intégration et de la digestion de ces bienfaits. Un peu comme une mutation majeure. Un cheminement externe et interne pour rentrer. Une forme d'atterrissage en douceur dans la vie « normale » !

Aujourd'hui, nous mettons parfois des mois à y aller, mais nous expédions le retour. En un claquement de doigts, qu'il soit en avion, en train ou en voiture, l'étape du retour passe quelque peu à la trappe. Tout le monde ne réagit pas si négativement au retour. C'est vrai ! Certains rentrent sans problème en étant même plutôt heureux. Alors que d'autres vivent très mal leur retour. De manière générale, intégrer consciemment ou inconsciemment une phase de retour à son voyage aide à mieux le gérer. C'est laisser une place spirituelle à notre retour. Si notre tête a un peu de mal à reprendre ses esprits une fois rentré, il est nécessaire d'attendre que notre esprit rejoigne notre corps. Contre les coups de blues, la nostalgie et les petites dépressions, il n'y a rien à faire. Juste accepter cet instant comme un passage obligé. Certes, ce n'est pas très marrant, mais il faut tenir le coup et s'occuper en attendant que l'orage passe. Il existe une pierre à Santiago, que l'on nomme l'Alpha et l'Oméga inversé. Cela signifie : « La fin n'est que le commencement… » Un peu comme une prière pour les morts « De profundis ». Ce qui est mort en toi doit laisser la place pour ce qui est à renaître. C'est faire le deuil de ce que tu abandonnes, ce que tu laisses sur le bord du chemin tout en avançant, et arrivé au bout du bout, ce que tu déposes et que tu brûles selon la coutume. Le saviez-vous les filles ?

- On brûle quoi, une fois arrivé à Saint-Jacques ? répètent en cœur Josy et Alice.
- Sachez que la cathédrale est l'ultime étape du pèlerinage, il faut mettre son pied au « Kilomètre 0 » situé au milieu de la Place Del Obradoiro, juste en face de la cathédrale. Il symbolise la fin du pèlerinage et le point d'arrivée de tous les chemins. Ensuite, tu entres dans la cathédrale, pour te recueillir sur la châsse en argent qui contient les reliques du Saint-homme. Puis tu assistes à la messe des pèlerins qui a lieu tous les jours à midi. Si tu peux assister à la grande messe dominicale, tu assistes au spectacle du Botifumerro. En gros, tu te fais enfumer par un immense encensoir qui se balance au-dessus des têtes à toute vitesse, actionné par six « marmules » en chasubles (tiré de l'argot breton, une marmule désigne une personne massive.). Initialement c'était pour désinfecter les pèlerins et répandre des odeurs d'encens, car les pèlerins cocottaient pas mal, arrivés à Santiago. Mais c'était aussi pour expurger tous les miasmes qu'ils traînaient derrière eux, leurs mauvaises pensées, voire les mauvais comportements qu'ils avaient pu avoir. Car à cette période, c'était parfois sanguinolent, on avait vite fait de te trucider pour quelques pistoles. Mais pour revenir à notre barbecue, les initiés poursuivaient un itinéraire après Compostelle, qui se déroulait en trois étapes « Le Camino de

Fisterra ». Ainsi, ils atteignaient le Cap Finisterre, la fin de la Terre, ou le bout du monde, là où le soleil se couche, car il était de coutume à l'époque, mais c'est encore le cas de nos jours d'y achever son pèlerinage, face à l'océan. Souvent, de ce que j'ai lu, tu retrouves des amis pèlerins que tu as croisés à différentes étapes du chemin et c'est ensemble que tu marches jusqu'à l'océan et tu dors en bivouac le long du chemin.

Les pèlerins avaient pour coutume et tradition au Moyen-Âge de brûler leurs vêtements et leurs chaussures usés par plusieurs mois de marche. Cette cérémonie se déroulait sur la plage du Cabo Fisterra comme le symbole d'un profond changement vers une nouvelle vie. Mais aujourd'hui les pèlerins sont trop nombreux, et pour des raisons évidentes de sécurité et environnementales, cette pratique n'est plus autorisée. Il est également de coutume de monter en haut du phare à Fisterra, et l'on admire le coucher de soleil sur l'océan. D'autres encore après Fisterra, poursuivent jusqu'à Murcia, c'est la route Jacobée qui a pour point de chute le sanctuaire de « La Vierge da Barca de Murcia ». Un dicton populaire dit que « tout meurt à Finisterre, tout renaît à Murcia ». On peut aussi faire le trajet à pied ou s'y rendre en bus. On raconte que la Vierge Marie, guidée par des anges est arrivée en barque sur le promontoire rocheux de Murcia. Mais je ne sais pas encore si j'irai jusque-là ou si je m'arrête à Fisterra.

Tandis que ça papote sec autour des us et des coutumes, les kilomètres défilent, nos trois copines arrivent à Saint-Jean-de-Luz sur la place Louis XIV. Elles décident de se rendre tout près de là, rue Gambetta, dans la célèbre église Saint-Jean-Baptiste qui a vu le mariage de Louis XIV à l'infante Marie-Thérèse d'Espagne en 1660. L'autel de cette église est majestueux. Lilwenn qui a gardé quelques réflexes pieux invite ses amis à allumer une bougie et faire un vœu pour la suite de leur voyage. Bien qu'il faille profiter de chaque instant, le temps passe si vite et la montre tourne. Nos trois jolies jeunes femmes ont décidé de déjeuner au Fort de Socoa situé de l'autre côté de la baie face à la chapelle Sainte-Barbe qui en protège l'entrée, ainsi elles seront à mi-parcours de leur étape. Elles reprennent le chemin et traversent le port de pêche de Saint-Jean-de-Luz. La cité corsaire a abrité depuis le XIe siècle de grands pêcheurs, qui jouaient un rôle essentiel dans l'économie grâce à la richesse du plateau sous-marin du golfe de Gascogne. De nos jours la réputation n'est plus à faire avec la pêche à la ligne, du thon, du merlu et des petits poissons bleus comme les sardines, les anchois et les maquereaux. On peut apercevoir, tout le long de la Côte Basque, de grosses maisons aux volets rouges, et cela jusqu'à Gaztelugatxe. Toutes plus belles les unes que les autres, elles rivalisent et exposent la réussite de leur propriétaire. Elles appartenaient à de riches familles d'armateurs. Les trois filles longent maintenant la Baie de Saint-Jean-de-Luz sur la commune de Ciboure, d'où elles aperçoivent la digue construite en 1864 par Napoléon III pour protéger la ville, ravagée suite à un terrible ouragan. Elles découvrent alors le fort remanié par Vauban, qui avait surtout pour vocation d'assurer la protection de la baie de Saint-Jean et la sécurité de ses habitants.

Nos trois jolies jeunes femmes viennent d'engloutir de copieux sandwichs et partagent un délicieux gâteau basque à la cerise de la Maison Pariés, célèbre depuis 1895. Elles reprennent le chemin d'Irún en s'attaquant à la corniche, ce site naturel unique entre Ciboure et Hendaye. Les falaises sont hautes de quarante-cinq mètres et elles offrent un point de vue exceptionnel sur l'océan. C'est souvent d'ici que l'on embrasse les embruns de cette vague géante, Belharra, mondialement connue de tous les surfeurs professionnels. Elle peut atteindre les vingt mètres de haut et elle se présente régulièrement, chaque année entre le mois de novembre et celui de février. Les falaises sont maintenant fort attaquées par les assauts du temps. La corniche vit peut-être ses derniers moments d'accessibilité, si les pouvoirs publics n'endiguent pas son érosion rapidement. En poursuivant leur chemin, elles quittent la corniche pour entrer sur le territoire de la commune d'Hendaye. Toujours aussi légères, car délestées du poids de leurs sacs, elles sont bercées, en cet après-midi, par le généreux soleil qui chauffe et colore leurs épaules découvertes. Cette douceur typique des premiers jours de printemps leur offre un confort particulier, ou le bien-être est à son comble pour engranger de merveilleux souvenirs.

La musique continue de bercer les pas de nos randonneuses quand soudain, les paroles de la chanson « Il y a » interprété par Vanessa Paradis résonne dans les têtes : « Il y a là, les fissures, fermées les serrures, comme envolés les cerfs-volants, il y a là, la littérature, le manque d'élan, l'inertie le mouvement. Parfois on regarde les choses telles qu'elles sont en se demandant pourquoi. Parfois on les regarde telle qu'elles pourraient être en se disant pourquoi pas... ». Lilwenn, en chantant en cœur avec Alice et Josy, regarde cette dernière forte inspirée par ces paroles.

- Cela te parle, dit Lilwenn en s'adressant à Josy, constatant un léger trouble.
- Plus que ça ! Tu sais, parfois quand j'ai des pensées vagabondes et que je me pose des questions, je reçois une réponse au travers d'une chanson. En écoutant cette chanson, je repense à cette phrase dont l'auteur est Robert Kennedy, qui a dit exactement : « Certains voient les choses telles qu'elles sont et se demandent pourquoi elles sont ainsi. Moi, je vois des choses qui n'ont jamais existé et je me dis, pourquoi pas ! Et cela me fait aussi dire que certains voient les choses comme elles sont, mais ne se posent surtout aucune question. Je peux vous livrer les filles que j'ai eues à défendre parfois des dossiers dans lesquels les victimes étaient vraiment déshonorées, dégradées, estropiées. Aussi bien moralement que physiquement. Elles étaient traitées pires que des animaux, et Dieu sait le respect que j'ai pour nos amis les bêtes. J'en ai encore des frissons quand j'en parle. Imaginez le travail que ces personnes doivent accomplir pour se reconstruire. Qui peut les aider ? C'est aussi facile de leur rejeter la faute, quand vous êtes prises dans les griffes d'un pervers, d'un manipulateur.

D'ailleurs je tiens à signaler par expérience que l'on a vite tendance à parler de pervers narcissique dès qu'une personne a un comportement toxique. Cela démocratise trop le terme et en fait perdre son véritable sens. Surtout qu'il n'existe pas de réalité psychiatrique. Néanmoins, je pense qu'il faut s'attarder sur le profil du manipulateur. Il a pour objectif d'exercer une véritable emprise sur sa victime. Dans la plupart des cas observés, il s'agit d'un homme qui exerce sa perversion sur sa compagne. Plus la relation va durer, plus il sera difficile de sortir de cette emprise. Tant d'un point de vue matériel que psychologique. Lui, le pervers ne se rend pas compte de son état, car c'est toujours les autres qui lui font du mal. Il demande beaucoup d'attention, il est énergivore tant sexuellement que socialement. Il fait douter sa victime, c'est un subtil séducteur qui flatte et attire sa victime dans ses griffes. Ensuite, il isole sa victime pour la faire souffrir et la culpabiliser, il est dénué de tout principe moral. Il n'est attiré que par le pouvoir, le succès et l'argent. Imaginez les filles, que nous ayons demain un Président de la République qui afficherait tous ces critères, bonjour l'angoisse ! Le double discours permanent entre la prétention d'afficher des valeurs et son manque total d'empathie. Et de surcroît, un comportement violent, soit physique, soit verbal. Ou pire encore, les deux. L'état dépressif de la victime est provoqué par l'anxiété et le stress dû au chantage affectif. La victime à force d'être brutalisée est recluse et culpabilise. Elle perd totalement toute estime d'elle-même, elle est dissociée. Elle finit par être foncièrement détruite. Et je peux vous confirmer que je sais de quoi je parle, j'ai mis près de vingt années à m'en détacher. Je dis un grand merci à ma fille qui avait un grand discernement.

- Tu as réussi à t'en sortir, reprend Alice, parce que tu es forte et en parler ainsi est bien la preuve d'un travail de fond.
- Oui, tu as raison Alice, lui dit Josy, ma thérapeute me disait la chose suivante : « Certains disent qu'ils n'ont pas trouvé

leur vrai moi. Mais le moi n'est pas quelque chose que l'on trouve, c'est quelque chose que l'on installe en soi ».

- Comme disait Cicéron, « c'est point carré » ! dit Lilwenn en éclatant d'un rire communicatif partagé par ses deux jumelles de cœur, (allusion à Raymond Poincaré président de la République en 1913). Puis elle poursuit, Cicéron disait surtout que : « Certains signes précèdent certains événements ». On peut en déduire qu'il n'y a pas de fumée sans feu.
- Rien ne vient sans rien, reprend Josy, toute situation ou événement a une origine, même si elle n'est pas toujours évidente à établir.
- Oui les filles. Je vais vous donner ma définition de l'acceptation, renchérit Lilwenn. C'est le fait de reconnaître que, quoi qu'il nous arrive et quelle que soit notre réaction, cela est précisément ce dont nous avions besoin pour notre plus grand bien et notre plus grande sagesse.
- C'est certain que ce n'est pas facile à digérer, encore moins à comprendre surtout quand la personne continue à se cantonner dans son rôle de victime. Il faut faire preuve d'une grande abnégation. Il est vrai que l'on ne grandit que par nos échecs. Ce sont nos expériences difficiles, parfois très douloureuses qui nous poussent à sortir de nos retranchements. Va expliquer à quelqu'un qui vient de subir un gros chagrin ou même pire un accident, que « c'est bien fait pour lui ». Dans le sens où les choses sont bien faites pour nous obliger à comprendre. Il n'accepterait pas cette réflexion et te sauterait à la gorge ! Cependant, tu souhaitais simplement lui dire que les choses qui arrivent sont souvent

bien faites. Elles arrivent pour nous faire prendre conscience que nous n'étions pas dans la bonne direction ou avec la bonne personne. Je peux même ajouter que nous avons souvent observé des signes précurseurs. J'en parle ouvertement et sans tabous, dit Josy en marquant un temps, comme pour mieux continuer après une bonne respiration. Il ne faut pas hésiter à se faire accompagner, car il existe des personnes exceptionnelles dotées d'une lecture et d'une intelligence supraconsciente. Elles sont capables de décrypter l'origine du problème et d'amener le patient à dénouer ou détisser lui-même la toile dans laquelle il était pris. Et là, je peux dire, c'est magique, car c'est un lourd poids à porter. Puis quand il disparaît comme par enchantement et c'est une véritable guérison. Je suis maintenant une nouvelle personne, encore un peu en convalescence, mais je suis partie à la cherche de ma nouvelle vie et de mon nouveau bonheur. Vous faites aussi partie de cette réussite mes amies, conclut Josy avec une belle pointe d'émotion.

- Oui, tu es bien au fait des lois de l'Univers. Je pense que c'est lors de tes compréhensions que tu as eu ces révélations. Il ne faut pas attendre de se mettre la tête dans le mur pour réagir.
- Merci de ton compliment, dit Alice qui, voyageant avec Josy depuis déjà plus d'un mois, a appris progressivement à la connaître.
- Merci beaucoup, je suis également touchée, dit Lilwenn qui poursuit, si tu veux connaître ton bonheur, alors tu dois le considérer comme une récompense. Et surtout pas, comme un objectif à atteindre. Parce que, pour ce qui est de ton

avenir, nul besoin de le prévoir, juste le rendre possible. Alors, vide ta tête de tous tes tracas qui l'encombrent, fais de la place. Comble cet espace de toutes ces pensées qui te rendent heureuse. Le bonheur est quelque chose de naturel, alors prenons-le comme il vient.

- Merci Lilwenn, dit Josy, tu es trop belle ! Tu as raison, le bonheur n'est pas simplement un but en soi. C'est quelque chose que l'on expanse en permanence tout autour de soi. Du simple parfum d'une fleur à un joli sourire sur le visage des gens. Il y a aussi des moments comme celui-ci, que nous partageons ! Je vais me mettre à pleurer, dit Josy ne pouvant contenir davantage ses larmes de joie.

« … Il est où le bonheur, il est où, il est où, il est là le bonheur, il est là… » Lilwenn en a profité pour programmer la chanson de Christophe Maé que les trois filles reprennent à tue-tête sur la magnifique plage de sable fin d'Hendaye longue de ses trois kilomètres.

La parole est libératrice, et les trois jeunes femmes en font le constat à chaque instant de leurs échanges. Elles se nourrissent les unes les autres, de leurs connaissances et de leurs expériences réciproques. Josy est la plus âgée du groupe. Du haut de ses trente-huit ans, son passé lourd de conséquences lui permet désormais de faire preuve de courage et de sagesse dans ce trio. Elle en est d'autant plus respectée pour cela. Tandis que sur cette grande plage, quelques surfeurs glissent sur les vagues en courant après les chevaux de la mer, le charmant trio chemine en direction de « l'Albergue de Peregrinos ». Elle contourne le port habillé de ses jolis voiliers qui font résonner le tintement des haubans et jouent leur mélodie des cliquetis en direction de la mer. Elles aperçoivent déjà la grande gare et le terminal ferroviaire d'Hendaye. Josy ne peut s'empêcher de leur raconter cette histoire.

- Quand j'étais jeune, chaque fois que je prenais le train à la gare de Paris-Montparnasse, je voyais s'afficher sur les panneaux, la destination d'Hendaye ou Irún. Je me disais alors, un jour, j'irai là-bas. Aujourd'hui j'y suis, c'est dingue comment on peut penser très fort certaines choses à un moment, et s'apercevoir que cela se réalise. Peut-être parce qu'on les pense avec son cœur, et que l'on y met l'intention. Et hop ! La chose se réalise. Bon je le conçois, cela m'a pris de nombreuses années, mais tant qu'il y a de l'espoir, il y a de la vie.

Après ces belles paroles, elle se trouve maintenant face au pont qui enjambe la Bidassoa, ce fleuve qui sépare la France de l'Espagne. Le pont se nomme « Puente de Santiago », c'est leur porte ouverte vers l'Espagne. Bien qu'ici un peu chauvins, d'un côté comme de l'autre, les gens sont Basques, avant d'être Français ou Espagnols. Elles s'arrêtent quelques instants. Les trois jeunes femmes ont chacune leur raison. Tandis que Josy semble vraiment heureuse d'être arrivée jusqu'ici, poursuivre le chemin ne présente désormais à ses yeux plus aucune difficulté. D'autant que ses énergies semblent à leur plus haut niveau après avoir partagé tant de bons moments et de merveilleux échanges. Pour Alice, c'est tout aussi fort, bien qu'elle présente une force de sportive et un mental puissant, au-dedans la petite fille n'a pas eu le temps de s'épanouir et le bouton de rose est resté fermé, elle n'a pas eu de jeunesse. Il lui reste à présent à l'ouvrir et elle comprend maintenant toute la puissance de ses pas sur le chemin et la profondeur des paroles de Lilwenn.

Quant à notre superbe blonde venue de Vannes, elle est tout d'abord étonnée d'être arrivée ici sans vraiment s'en être rendu compte. Elle regarde ce pont, pense très fort à son guide et se met à pleurer. Une très forte émotion l'envahit, une sensation de picotement parcourt son corps et traverse sa poitrine. Sa gorge se noue, plus un son ne sort. Sur l'autre rive, au bout du pont, elle aperçoit Merlin. Il se tient là ! L'attend-il, ou bien est-il juste ici à ce moment pour la complimenter, la rassurer, lui confirmer qu'elle est sur le bon chemin ? Elle plonge machinalement sa main droite au fond de sa poche, fait tourner les dés entre ses doigts avant d'en ressortir un qu'elle regarde discrètement. Il est blanc, oui c'est toi Merlin, tu es venu m'accueillir à ce passage et je t'en remercie. Les trois filles se regardent et se sourient. Elles ont les yeux rouges et humides, mais pas une ne dit mot. Bras dessus, bras dessous, elles empruntent ce pont qui enjambe la rivière et passe la frontière. En un cri du cœur, à l'unisson elles disent à haute voix la même phrase : « Saint-Jacques, nous voilà ! » Elles se regardent avec un nouvel étonnement puis éclatent spontanément d'un rire naturel, rien n'a été préparé ni prémédité, c'est un joli moment de complicité embelli par des rires francs et sincères.

18
Viva España, por favor

Les yeux de Lilwenn n'arrivent pas à se détacher de la silhouette de l'homme au chapeau pointu et à la belle barbe blanche. Appuyé sur son grand bâton, il est bien là. Il semble observer fixement les trois jeunes femmes qui traversent ce grand pont Saint-Jacques. Elles ne peuvent pas se tromper, à l'entrée du pont, côté français, se trouve un vieux panneau en céramique, incrusté de la célèbre coquille. En avançant un peu, à mi-parcours du pont, un autre panneau métallique marque la frontière entre les deux pays. Celui-ci affiche en langue basque le mot « Gipuzkoa ». C'est le nom de l'une des quatre provinces de la communauté autonome du Pays Basque, au nord de l'Espagne et sa belle capitale, Donostia. Connue davantage pour les non-initiés sous le vocable de Saint-Sébastien. Plus Lilwenn avance et plus elle voit distinctement Merlin. C'est la même personne qui était à ses côtés sur le banc. Il porte le même long manteau gris, et personne ne semble le remarquer, sauf Lilwenn. Tandis que les trois filles poursuivent la traversée du pont, Lilwenn se tourne vers Josy et lui demande :

- Est-ce que tu vois cet homme au bout du pont qui semble nous attendre ?
- Qui ? Où ça ? Je ne vois personne ! répond Josy.

Alors que Lilwenn concentre à nouveau son regard vers la fin du pont, en une fraction de seconde, Merlin a disparu. Elle sourit, *il me joue encore un tour,* se dit la jolie blonde dans sa tête.

- Merci Josy, j'hallucinais, je pensais voir quelqu'un, tu me rassures dit Lilwenn d'un ton assez léger.

Mais au fond d'elle, Lilwenn sait très bien ce qu'elle a vu et comprend que c'était uniquement destiné pour elle. Un nouveau clin d'œil de ce merveilleux magicien qui peut être partout à la fois. Comme elles arrivent de l'autre côté du pont, elles franchissent le panneau Irún, signe qu'il sera nécessaire maintenant de s'exprimer dans la langue de Miguel de Cervantès, le père de Don Quichotte. Livre publié en 1605 et vendu depuis à travers le monde à plus de cinq cents millions d'exemplaires. Le Graal absolu pour un auteur. Cependant que nos trois aventurières se dirigent vers le refuge, Lilwenn entend le doux chant mélodieux du merle. Il se montre, là, posé sur la branche d'un mûrier. Alors, Josy et Alice remarque également ce bel oiseau avec sa tête légèrement en arrière, son bec jaune et son caractère un peu provocateur. Notre persifleur a l'air de ne chanter que pour les filles, une manière de transporter celles qui l'écoutent. Lilwenn entend encore les recommandations du magicien délivrées juste avant son départ :

« Je serai toujours proche de toi, peut-être me rencontreras-tu sous une autre forme le long de ton parcours… N'oublie jamais le langage des signes et surtout va jusqu'au bout de ta mission personnelle… »

- Vous voyez, les filles, dit Lilwenn, vous rencontrerez sur votre chemin des signes comme celui-ci. Ils vous seront destinés et vous porteront une information. Soit il s'agira d'une mise en garde par l'importance du signe, soit il confirmera que vous êtes sur la bonne voie. Surtout, soyez attentives aux signes, vos guides vous diraient la même chose.

Histoire de rassurer tout le monde et de parcourir avec entrain les derniers kilomètres, Lilwenn a redémarré le petit appareil nomade pour diffuser à nouveau de la musique. Les mélodies rythment leurs pas et c'est la chanson de Dave qui résonne en un clin d'œil avec sa musicalité doucereuse : « Tant qu'il y aura des oiseaux pour faire chanter les arbres. Tant qu'il y aura des ruisseaux d'eau claire et des cascades. Tant qu'il y aura un printemps qui met dans nos cœurs, un peu de bleu, un peu de vert, il fera bon, vivre sur Terre ».

- J'adore cette chanson Lily, dit Alice, elle est magnifique et puis c'est bizarre, elle parle d'oiseaux qui chantent dans les arbres, et nous avons eu droit à ce merveilleux Monsieur le Merle dans cet arbre à quelques mètres de nous. Ce doit être un signe.

Lily explique alors :

- Cet oiseau, ces chansons qui répondent à vos questions, tout comme ce pèlerinage avec ses rencontres, ne sont que des étapes successives dans un processus d'évolution et de connaissance de Soi. Et savez-vous, gentes dames, que le Pays basque est une terre de guérison ? Ses contours forment un cœur vu du ciel. Pas étonnant que tant de pèlerins s'évertuent à traverser ses magnifiques terres, comme un voyage prenant la forme d'un soin. C'est un beau nettoyage éthérique du corps, dans le but de se délester de nos miasmes. Ainsi, toutes nos blessures tant physiques qu'émotionnelles se trouvent refermées et cicatrisées. Finis nos pertes d'énergie et notre moral en berne. Ainsi nettoyées, purifiées, nous pouvons reprendre sereinement la pleine fonctionnalité de notre corps avec un haut niveau vibratoire. Si j'y repense, leur dit Lily, je vous expliquerai ma version de ce qu'est l'énergie, la vibration et la matière. Celle-ci n'est qu'une vue de l'esprit réduite au point d'être visible, selon mon ami Albert, il n'y a pas de matière.

Comme elles arrivent devant le refuge, un grand bâtiment de briques rouges sur lequel un panneau indique Albergue de Peregrinos Jakobi avec sa jolie coquille. Pas de doute, c'est bien ici. Josy demande alors à Lilwenn :

- Albert qui ?
- Bah tiens, Einstein bien sûr, c'est mon livre de chevet.

C'est avec un nouvel éclat de rire général qu'elles entrent au refuge. Près de neuf mille pèlerins passent chaque année par ce refuge. Si un peu plus d'un quart sont d'origine française, les autres pèlerins viennent de tous les horizons. Ils sont Allemands, Belges, Néerlandais, Autrichiens, Italiens, Polonais venus à pied ou à bicyclette. Ils sont également Canadiens, Américains, Brésiliens, Japonais ou venus d'autres contrées, en avion, en bateau ou en train. Tous ont le même objectif : Décrocher la célèbre « Compostela ou credencial ». Également désignée comme le passeport du pèlerin, elle est obligatoire pour y entrer dans ces gîtes d'étapes, appelés les albergues. Les filles possèdent ce document, qu'elles ont présenté à chacune de leur étape. Le document possède déjà de nombreux coups de tampon. Un jeune homme brun s'exprime en anglais avec un pèlerin, puis en espagnol avec le suivant. Quand vient le tour des jolies voyageuses, Lilwenn s'apprête à lui dévoiler sa parfaite maîtrise de la langue espagnole. Ne lui en laissant guère le temps, celui-ci interpelle le groupe dans un français plus que parfait en leur demandant, avec néanmoins un petit accent mi-soleil mi-espagnol.

- Avez-vous fait un bon chemin, mesdames ? Vos sacs sont ici, juste derrière le comptoir, j'en ai pris grand soin, ils vous attendent sagement.

Les filles sont surprises, mais elles sont tout compte fait, qu'à un ou deux kilomètres de la frontière française. Et ce bel hidalgo doit avoir fait de cet espace situé sur l'autre rive, un joli terrain de chasse. Surprises, elles ne peuvent répondre que dans la langue de Molière.

- Merci beaucoup d'avoir pris soin de nos effets. Voici nos passeports, moi c'est Lily.
- Moi c'est Alice.
- Et moi, je suis Josy, dit-elle avec un sourire timide de coquine.

Les jeunes femmes présentent leur passeport afin d'y recevoir un nouveau tampon d'étape.

- Je suis enchanté, mesdames, Iban, pour vous servir, dit-il, restituant maintenant les trois crédenciales tamponnées. Chaque tampon est unique, il représente le sceau du refuge, ainsi que la fecha, la date du passage, ici à Irún.

Après s'être concertées, les filles concluent qu'elles ont particulièrement apprécié cette étape légère comme le vent. Elles décident de profiter à nouveau des services de la navette. Elles feront acheminer leurs sacs à destination de l'étape suivante. Celle qui les conduira demain d'Irún à Donostia.

- Cher Iban, dit Josy, totalement charmée par le sex-appeal du bel hidalgo, serait-il possible de réserver trois petites places dans la navette de demain matin, pour porter nos modestes besaces à destination du refuge : « Alberte Ondarreta la Sirena à Donostia, por favor Iban » ? Le charme de la belle avocate fait briller les yeux d'Iban.
- Excellent choix, il en sera fait selon vos désirs, mesdames, répond avec grâce et élégance le jeune homme.

Comme d'autres pèlerins attendent leur tour pour se faire enregistrer, nos trois jolies jeunes femmes ne peuvent monopoliser plus longtemps, pour leur petit plaisir contemplatif, les services d'Iban.

- Au premier étage, à droite se trouve votre dortoir, bonne installation, mesdames.

Irún est également le point de départ pour de nombreux pèlerins qui relient Saint-Jacques, de ce fait on y croise une population multiculturelle et les conversations chantent dans de nombreuses langues. On peut tout de même constater que les langues les plus parlées restent l'espagnol, l'anglais et le français.

Nos trois super nanas ont décidé de sortir un peu en ville pour profiter de cette belle soirée. La nuit tombe encore vite, car le printemps vient juste de s'installer. L'ambiance qui règne entre les trois frangines de cœur est merveilleuse à voir. Ce sera soirée « Pintxos » dans un petit bar sympa de la vieille ville non loin du refuge, car celui-ci ferme ses portes à vingt-deux heures. Souvent confondu avec son faux jumeau le « Tapas », véritable tradition que l'on retrouve dans toute l'Espagne, le « Pintxo » est une institution du Pays Basque. Ce qui diffère les deux appellations, c'est que l'un, le « Pintxo », se mange en une ou deux bouchées, un petit pic de bois qui maintient plusieurs ingrédients assemblés ensemble, ou déposés sur une petite tranche de pain ; le second, le « Tapa », plus volumineux, nécessite souvent une assiette et une fourchette pour le déguster. Dans les deux cas, il s'accompagne d'un verre de vin* ou d'une bière* à la pression (* l'abus d'alcool est dangereux pour la santé). Il existe aussi les rations de calamar, de tortilla ou de poulpe grillé. On mange souvent debout face à un comptoir ou sur une table haute, car les quelques places assises sont vite prises d'assaut. Ici, les vendredis et les samedis soir, c'est bondé, car les Français de Biarritz à Saint-Jean-de-Luz et Hendaye passent la frontière entre amis pour de bons moments conviviaux. En semaine, c'est tout de même plus calme. Elles ont fait leur choix au comptoir, puis ont réussi à dénicher un petit coin pour s'asseoir. Leur papotage repart de plus belle, quand Alice parle de ce qu'elle ressent :

- Je passe un moment merveilleux avec vous et cela me rend légère. On ne peut s'empêcher de réfléchir durant nos longs moments de silence quand nous marchons. Sinon, les gens vont croire que nous sommes de véritables pipelettes. Je fais référence à ce que tu disais Lily, sur le fait que le bonheur ne doit pas être un objectif à atteindre. Il faut simplement le vivre au moment présent. Il faut avancer pour se libérer de tous ces fardeaux qui nous pèsent et freinent notre évolution. Le fait de transborder notre sac avec la navette m'a permis de comprendre cette liberté. Demain, si je repose le sac sur mes épaules, il ne sera plus un poids pour moi, mais juste quelques effets personnels que j'emporte avec moi. On doit apprendre à vivre pleinement l'instant présent en arrêtant de se retourner sans cesse sur son passé. Ce n'est pas facile, c'est certain après ce que nous avons vécu, Josy et moi. Mais c'est nécessaire, voire indispensable pour ne pas rester figé dans son passé. Tant que l'on fait de gros efforts pour accéder au bonheur, celui-ci nous échappe. C'est pareil dans le sport pour ce que l'on appelle la perfection : elle n'existe pas ! Plus on fait d'efforts pour s'en approcher, plus elle s'éloigne. C'est toujours plus de travail pour augmenter le niveau, atteindre des paliers supplémentaires, être un cran au-dessus, toujours plus d'entraînement pour gratter quelques millièmes de seconde, toujours plus de sacrifices. Et si l'on atteint le fameux niveau, c'est encore et encore du travail et des sacrifices pour y demeurer. Cela ne coûte qu'à toi, car la gloire en définitive, elle est pour les autres. Tout le staff et l'entourage qui gravite autour, bref tout le cocorico ! Et toi dans tout cela !

Soyons simples, il faut abandonner certains efforts, surtout ne pas se forcer à faire ce que l'on n'a pas envie. Il faut être vrai, c'est ma vérité ! Il faut accepter notre présent, arrêter de tout programmer dans le futur. Il peut changer à chaque instant, à chaque décision que nous allons prendre. Un peu comme le chemin. Si tu prends telle ou telle voie, les paysages changent, les rencontres changent. Si nous étions passées par Saint-Jean-Pied-de-Port avec Josy au lieu de prendre par Bayonne, hé bien nous ne t'aurions pas rencontrée, ma chère Lilwenn. Et nous serions passées à côté de cette belle personne que tu es. C'est notre mental qui nous entraîne souvent sur une autre voie, parfois une voie parallèle, un chemin chaotique et tortueux, mais c'est aussi à nous de tout faire pour revenir sur le bon chemin, celui qui nous convient, celui qui mêle confort et sécurité pour notre bien-être. Vivre le moment présent, c'est aussi accepter ce qui nous entoure, tel que cela se présente. Regarder les choses avec le cœur, avec les yeux de l'amour. Ne dit-on pas que : « Les gens qui savent pleurer ont les plus beaux yeux du monde, les yeux qui n'ont pas encore pleuré ne voient rien ! »

- Vous souvenez-vous, ce que l'on disait à propos de la chanson, « Parfois on regarde les choses… etc. » ? Alors il ne s'agit que d'un simple angle de vue, dit Josy. Certains ne relèvent que des obstacles, quand d'autres transforment les problèmes en solutions, en opportunités, voire même en chance, n'est-ce pas Lily ?
- Ah oui ! Diego a même une phrase qu'il a reprise à son père, j'essaie de m'en souvenir, oui, elle dit cela : « Si tu viens me voir avec un problème en espérant trouver auprès de moi la solution, pose-toi d'abord la question, si ce n'est pas toi qui es le cœur du problème ! »
- C'est beau, dit Alice, profitons de l'instant présent, savourons notre bonheur de s'être rencontrées, et si demain c'est différent, nous trouverons encore quelque chose pour nous rendre heureuses. J'aime beaucoup la chanson de Pierre Perret quand il dit : « N'existe-t-il pas cet amour qui dure ? Le bonheur est-il bref comme un orage en ciel d'été ?

Celui qui sait tout ça est homme plus heureux que moi. Le bonheur, c'est toujours pour demain… »

- S'aimer, ce n'est pas se regarder dans le blanc des yeux les filles, mais regarder ensemble dans la même direction ! Et pour ce qui est de la direction, précise Lilwenn, je la connais, nous y allons ensemble, c'est Santiago. Regardez l'heure qu'il est ! Moi, je n'ai pas envie de dormir sur le pas de la porte.
- Il n'est pas encore vingt-deux heures, et puis Iban va nous attendre, dit Josy, on est juste à côté.
- Eh, tu ne serais pas un peu en train de le kiffer, le bel Iban ? répond Alice d'un air mutin.
- On lui fait une place dans le dortoir ? reprend Josy
- Je n'ai pas envie de vous voir traîner tout le long du chemin les filles, demain, l'étape fait près de trente kilomètres avec un peu de dénivelé.

Arrivées au refuge, les filles sont rassurées, il y a de la lumière. Et surprise, c'est le bel Iban qui est à l'accueil ce soir, il doit faire la fermeture.

- Bonsoir mesdames, dit Iban en les voyant entrer.
- Bonsoir Iban, répondent-elles de concert, avec ce petit sourire qui cache, un peu embarrassé, les quelques grivoiseries qu'elles ont échangées juste avant.

Puis elles prennent l'escalier qui les mène au dortoir.

- Je lui aurais bien proposé de lui faire une petite place sous ma couette, dit Josy
- Tu fais ce que tu veux ma chérie, mais on ne veut pas t'entendre crier cette nuit, dit Lilwenn.
- Ah la cougar ! dit Alice, Iban a tout au plus vingt-cinq ans.

- Cougar, c'est exagéré les filles, je n'ai que trente-huit ans, et je ne suis pas non plus une laideronne !
- C'est vrai, tu es superbe, en plus tu fais gamine, mais tu ne cries pas, promis ?
- Vous êtes bêtes les filles, répond simplement Josy avec un beau sourire.

La lumière s'éteint, la nuit est tombée et les autres randonneurs sont tous rentrés. Une profonde nuit de sommeil attend notre trio infernal.

19
Donostia et sa Concha

La nuit a été douce, Josy n'a pas crié, tout du moins, les filles n'ont rien entendu. Par ailleurs, elles ne savent pas si elle a réellement rejoint le bel Iban ou bien l'inverse. De toute manière, cela ne les regarde pas ! Le petit-déjeuner a été englouti assez rapidement et la navette a chargé les sacs à dos des filles. Elles jettent un coup d'œil en passant devant la camionnette qui fait la navette jusqu'à San-Sebastian et constatent avec ravissement le contenu du coffre. En définitive, elles ne sont pas les seules à profiter de ce confort, car ce service soulage un grand nombre de pèlerins du poids de leurs charges. Est-ce bien ou est-ce mal que ne pas porter sa charge ? Lilwenn s'est déjà posé la question, à savoir si cela avait une réelle incidence sur son travail intérieur. Elle a recherché la signification, que représente le chargement du pèlerin, le poids de son sac sur le dos. Elle se souvient des bons conseils que lui a prodigués Gérard à Vannes, quand il insistait sur l'importance de voyager léger, un peu comme une forme de dénuement. Peut-être que cela a une étroite relation avec la charge mentale que certains pèlerins portent comme un fardeau, le poids de leurs soucis et de leurs peines. Lilwenn a remarqué que les sacs sont parfois surchargés. Les pèlerins croulent sous leur poids. Pourquoi faut-il souffrir ? La distance parcourue par la plupart des hadjis avoisine les mille kilomètres, uniquement pour la partie espagnole du chemin de Compostelle en venant de France. N'est-ce pas là, déjà un sacré effort en soi ? Faire face à l'adversité, n'est-ce pas en premier lieu de décider de partir ? « Un voyage de mille milles commence par le premier pas » dit le sage chinois Lao Tseu [-604 -531]. Le but de l'adversité c'est tout de même de faire éclore ses potentiels, de repousser ses limites, de faire sortir quelque chose de soi, du plus profond de soi, de se surpasser ! C'est une épreuve qui nous permet de mieux juger de notre valeur, et sur le chemin, c'est avant tout de tenir la distance. Conserver une constance dans l'effort, garder la tête vide, trimbaler un sac le plus léger possible, permet de surmonter plus facilement ce défi auquel l'on s'astreint. « Quand on chemine, la pensée s'éclaire ».

La formule du transbordement des sacs à dos convient parfaitement à Lilwenn. Elle ne sait pas encore si elle optera pour cette formule jusqu'à destination, car cela a un coût, mais pour l'heure, notre belle blonde exulte. Elle s'est mise à développer la théorie du moindre effort et commence à en ressentir tous les bienfaits. Elle a déjà lu plusieurs livres sur le sujet. Elle s'est rendu compte qu'en contemplant la nature, celle-ci fonde son action sur la non-résistance. La nature a toujours fonctionné sans effort avec intelligence, spontanément et dans l'insouciance. La nature est intuitive, l'herbe pousse, les plantes cherchent le soleil. Être en harmonie avec la nature, c'est fonctionner sur la connaissance du Soi. Appliquer la théorie du moindre effort, c'est laisser agir son intuition. Il faut accepter les gens comme ils sont, ne pas se battre sur des préjugés. *Si certains pèlerins veulent porter leur maison sur le dos, cela devient leur problème et non le mien !* Pense Lilwenn.

De bonne heure ce matin, des bruits se sont fait entendre dans les couloirs, tandis que de temps à autre, on pouvait percevoir des chuchotements : « Silence, il y a des gens qui dorment ». Quelques randonneurs avaient fait le choix de se lever aux aurores pour prendre la clé des champs. Sans complexe, ils tentaient de partager leur départ avec les assoupis. Peut-être des visages que les filles croiseront à un moment sur le chemin. Régler sa cadence avec le reste de la troupe est primordial. Car soit vous en perdez en route, soit cela vous casse les jambes. C'est justement ce que Josy a enseigné à Alice sur la première partie du chemin. Apprendre à prendre son temps, régler sa cadence sur celle de l'autre. Alice avec ses grandes jambes avait tendance au départ à faire de grandes foulées, et Josy devait presque galoper pour la suivre. Alors Alice a appris à ménager ses efforts et ralentir un peu son rythme pour le caler sur celui de Josy et grand bien lui a procuré cet effort, car plus douces étaient les premières étapes. Qui veut voyager loin ménage sa monture, dit le proverbe, alors nos randonneuses ont décidé de ménager leurs jambes afin d'affronter la distance dans les meilleures conditions.

Cette première étape sur le sol basco-espagnol en direction de San-Sebastian est l'exemple même d'une bonne condition physique et d'une mise en jambe solide pour affronter les dénivelés caractéristiques des futures étapes qui mènent à Bilbao. Mais Lilwenn a déjà prévu son prochain itinéraire, elle l'abordera lors de la prochaine étape pour ne pas déstabiliser le groupe. Pour l'heure, elle poursuit le chemin et le premier défi se présente lorsque nos trois mignonnes se confrontent avec la chaîne rocheuse du Mont Jaizkibel. Un petit sentier bordé de magnifiques platanes les conduit à passer devant l'Ermita de Santiago, offrant à la fois une vue magnifique sur les terres intérieures et sur l'océan Atlantique. Ce parcours est semé de belles découvertes et de divers monuments qui transforment cette étape en villégiature touristique. Les places fortes, les tours et les sanctuaires se succèdent et sont d'autant rapprochés que ce passage se fait en traînant un peu les pieds, car chaque monument incite à un arrêt contemplatif. Peu de mots s'échangent à ce moment entre les trois filles. C'est certainement la sérénité des lieux qui les invite à une forme de marche méditative, centrée sur leur conscience individuelle, leur moi profond. Quoi qu'il en soit, elles poursuivent leur « petite bonne femme de chemin », la version féministe du « petit bonhomme de chemin ».

Tandis que nos trois jolies princesses poursuivent leur ascension du mont Jaizkibel, elles arrivent au sanctuaire de la Vierge de Guadalupe également nommée Notre-Dame de Guadalupe, patronne de la ville de Fontarabie ou d'Hondarribia en version basque. Selon un document daté de 1526, cet ermitage a été érigé suite à l'apparition de la Vierge dans un halo de lumière. Ce site offre du belvédère un point de vue d'exception à ne surtout pas rater. Les filles profitent de cette vision panoramique sur la ria de la Bidassoa, jusqu'aux contours de la ville d'Hendaye. Un soleil radieux et une lumière vive semblent confondre le bleu du ciel avec le bleu de la mer. S'il n'y avait pas quelques bateaux de pêche et quelques voiliers qui flottaient de-ci, de-là sur le Golfe de Gascogne, on ne serait pas à même d'en distinguer l'horizon.

- J'ai rarement observé une telle sérénité. Ce paysage, dans sa troublante beauté, me fait savourer d'autant plus cette liberté choisie, celle que nous partageons l'espace de notre périple, dit Josy.
- Cela me fait penser à la chanson de « Michel Delpech, White is white », reprend Lilwenn. Il dit dans un couplet : « Toi qui as voulu t'emprisonner, as-tu le droit de condamner celui qui cherche à s'évader ? Chacun mène sa vie comme il veut, tu ne peux plus fermer les yeux, etc. » Sous-entendu, celui qui fait le choix de rester enfermé, qui ne s'ouvre pas au monde n'est pas qualifié pour critiquer ceux qui osent. Nous vivons une parenthèse enchantée, je suis certaine que c'est ce que dirait Merlin. L'avenir est devant toi, ne te retourne surtout pas ! Tu l'aurais dans le dos ! conclut notre belle blonde en éclatant d'un rire toujours communicatif.
- Je suis d'accord avec toi, reprend Alice, car Victor Hugo a écrit une très belle définition de ce que représente l'avenir, il nous dit : « L'avenir a plusieurs noms ; pour les faibles, il se nomme l'inaccessible ; pour les peureux, il se nomme l'inconnu ; et pour les courageux, il se nomme l'opportunité ». Nous devons saisir notre chance, avec toute

la pertinence du temps qui nous expose ses bienfaits. Surtout quand on ose. J'ai parfois été sélectionnée pour des finales lors de championnats d'Europe, parce que des filles plus fortes que moi doutaient et se mettaient une telle pression qu'elles rataient leur départ. Comme je n'avais pas de titre à perdre, alors je l'ai gagné. J'avoue pour autant que la fois suivante, quand tu t'alignes sur la grille de départ, tu es devenue la championne à battre. Tout est dans la tête c'est l'esprit du champion. Je suis presque certaine que je pouvais décrocher l'or au J.O. si ces idiots ne m'avaient pas agressé. Après, j'ai fait une grosse bêtise et j'en paie le prix. C'est peut-être un mal pour un bien, conclut Alice avec cette petite moue qui n'appartient qu'à elle.

- Tu as vraiment fait fort sur ce coup-là, reprend Josy, qui connaît bien cette histoire pour l'avoir partagée depuis le début de leur périple. Tu aurais dû simplement porter plainte sans vouloir jouer la justicière, faire confiance en la justice, cela aurait certainement été jugé en ta faveur.
- Pas sûr ! dit Alice, et puis je ne te connaissais pas à l'époque, sinon je t'aurais prise comme avocate et on aurait gagné. Mais là, les loulous auxquels j'avais affaire avaient des parents trop haut placés, je ne faisais pas le poids. Les connaissant, ils m'auraient tout mis sur le dos. Ils m'auraient fait passer pour une allumeuse et tout aurait été ma faute. Pourtant, ce sont bien eux qui sont entrés dans le vestiaire des filles. En plus, je n'ai jamais été une cavaleuse, dit Alice toute gênée. Mon papi m'a dit que je voulais régler cela à l'ancienne, dit-elle en rigolant, pensant aux fameux « tontons flingueurs ». Je ne regrette rien. Peut-être que je

vais faire mon retour ? Qui sait ? Si un nouvel entraîneur veut bien de moi ! Je n'ai pas dit mon dernier mot.

- Hé, les filles, on s'arrête un peu pour manger, j'ai faim moi, dit Josy.
- Bonne idée, répond Lilwenn, nous avons bien fait de prendre nos sandwichs dès le départ, car il n'y a pas beaucoup de Food-Truck sur ce tronçon de chemin.

Nos trois amies arrivent en vue du Mirador Jaizkibel, elles vont profiter de ce cadre pour faire leur pause déjeuner. Non loin de là résonnent des cloches, ce sont celles des célèbres chevaux du Pays Basque. Ce sont les Pottoks, une race de poney très ancienne. Petits, trapus et très rustiques, ils évoluent à l'état semi-sauvage et ne demandent que très peu de soins. On ne les caresse pas, on ne les touche pas, ils participent activement à l'entretien des pâturages dans les alpages du Pays Basque (Euskal Herria, qui signifie « le pays où l'on parle basque » alors que l'Euskadi désigne la nation basque). Ce sont de véritables débroussailleuses à quatre pattes. On observe leur présence autant du côté français que du côté espagnol où ils se promènent en toute liberté. Le mot liberté rime fort bien avec cette région. Le peuple basque (Euskaldunak qui signifie en français « personne qui parle le basque ») revendique le véritable sens des valeurs et des traditions, comme ceux de la famille, de l'école et de la patrie. Leur devise « Force et Courage ». Ici les habitants appartiennent à un clan, à une tribu. L'esprit de famille se traduit par la volonté de promouvoir et de partager ces valeurs ancestrales, comme la langue basque (l'euskara). Mais aussi les danses traditionnelles comme le Fandango ou les Mutxikos et les célèbres fêtes de Bayonne. Elles accueillent plus d'un million de fêtards. Il y a aussi celles de la San-Fermin à Pampelune qui durant huit jours verront se croiser plus de trois millions de personnes, c'est la troisième fête la plus importante au monde. Voici pour la petite parenthèse anthropologique culturelle.

Le repas fut encore un excellent moment d'échanges et de partages et nos trois amies désormais rassasiées poursuivent d'un bon pied la ligne de crête du mont Jaizkibel culminant à cinq cent quarante-sept mètres de hauteur, laissant derrière elles la tour Santa Barbara. Une ascension marquée par l'observation de vestiges d'un autre temps qui semblent ne pas rompre avec les origines celtes de Lilwenn, puisque la région regorge de dolmens et de cromlechs. Ce passage du chemin emprunté par les pèlerins de Saint-Jacques-de-Compostelle, appelé le Camino Del Norte en direction de San-Sébastian, met les tendres mollets à rudes épreuves avec ses forts dénivelés. Faisant référence aux précédentes conversations Lilwenn aborde un de ses sujets favoris, celui de la recherche de ses choix de vie ou comment écrire sa propre légende :

- De nombreuses questions se posent et parfois s'opposent dans les conversations. Il y a ceux qui croient en leur destin, leur bonne étoile et aux signes qui se déposent sur leur route. Puis il y a les athées, ceux qui pensent que l'être humain ne peut pas accéder à l'absolu. Tout ce qui n'est pas pragmatique, prouvé scientifiquement est inconcevable et clôt rapidement le débat. Comment alors aborder notre avenir ? Comment se reconstruire après des événements douloureux ? Tout ce qui nous arrive, que ce soit en bien comme en mal dans notre vie, a pris son origine dans un but précis. Et cette raison même nous échappe. Car tout ce qui nous arrive a une explication. Nous vivons dans un monde de mensonges et d'illusions qui dominent toutes les strates de notre société. Ils fusionnent dans nos esprits, pénètrent dans nos oreilles et dans nos yeux. Le mensonge devient alors la vérité. Un mensonge répété mille fois se transforme en vérité, et nos cœurs sont devenus trop endurcis pour comprendre la vérité. Le mensonge réconforte quand la vérité inquiète face à nos peurs et nos culpabilités. Certainement dû au fait que le mensonge est plus doux à entendre que la vérité. La recherche de notre bonheur, c'est le choix délibéré. Nous ne sommes pas nés sur cette Terre par hasard, juste pour naître, vivre et mourir. Non, ne croyez pas cela.

Lilwenn passe ce message à qui veut l'entendre. Ses deux amies semblent bien en accord avec ses propos.

- Notre futur et notre destinée ont été écrits et nous ne pouvons pas y échapper, c'est notre destin. Il ne faut jamais abandonner ni capituler, pas plus se soumettre et encore moins abdiquer. Il faut aller jusqu'au bout. C'est certainement ce que nos trois belles jeunes femmes ont ancré dans la semelle de leurs chaussures. Le problème avec notre monde, c'est que tous ceux qui sont intelligents doutent en permanence, alors que les imbéciles nous abreuvent de certitudes.

Après cette longue réflexion et de longs échanges, les trois jeunes femmes arrivent sur les hauteurs qui surplombent la baie de Pasaia, le port industriel de Donostia. Moins de deux kilomètres les séparent maintenant de la petite embarcation du passeur. Il leur faut maintenant décliver d'environ trois cents mètres d'altitude pour atteindre le niveau zéro de la mer. Elles remontent la Donibane kalea, passent devant une superbe bâtisse du XVIIe siècle, la maison de Victor Hugo où il séjourna en 1843. Tout comme le célèbre écrivain, comment ne pas tomber amoureux de cet endroit, ce lieu romantique à l'excès ? Le petit bateau les transporte pour quelques minutes entre le quartier de Pasaia et celui de San-Pedro sur l'autre rive. Une agréable traversée en forme de pause qui permet l'économie d'un grand détour si elles devaient contourner cette baie. Il leur reste maintenant à poursuivre les sept derniers kilomètres du chemin en direction de la Concha jusqu'au gîte d'étape « Ondarreta-la-Sirena ». Cette étape est l'une des portions du chemin des plus complexes. Depuis le départ de son pays vannetais, Lilwenn n'a suivi que la côte Atlantique. De leur côté, Josy et Alice ont traversé l'Aubrac, haut plateau volcanique et granitique, incontournable sur le chemin de Compostelle en venant du Puy-en-Velay.

Il faut franchir le pont Santa-Catalina. Les filles traversent la magnifique ville de San Sebastian en longeant la grande plage qui borde la baie. En forme de coquille Saint-Jacques, elle est surnommée la Concha. Elles laissent sur leur droite, le mont Urgull, l'un des poumons verts le plus important de la ville. Une statue de Jésus haute de douze mètres trône à son sommet. Il domine et protège, car il est le gardien de la ville. Puis elles empruntent la longue promenade baignée de lumière qui longe cette baie. Des bâtiments, tous plus beaux les uns que les autres, des palais et de véritables petits châteaux ornent les contours de cette baie aux signes d'une richesse insolente. Nos trois princesses ont la sensation de se fondre dans un véritable paysage de carte postale. Parmi ces demeures, elles admirent le Palais de Miramar construit pour la reine Maria Cristina de Austria qui adorait cette ville. Son aspect rappelle les maisons de campagne de la noblesse anglaise du XIXe siècle. Il fut longtemps la propriété et la résidence d'été de la famille royale espagnole. Ce monument est aujourd'hui la propriété de la ville qui accueille les universités d'été du Pays Basque.

Nos trois jeunes femmes arrivent à destination, il est à peine dix-sept heures. Elles viennent d'effectuer une petite promenade de près de trente kilomètres en huit heures. Elles sont devant le refuge « le patrimoine de la Sirène » situé au numéro 25 de la rue Igeldo Pasealekua. Igeldo comme le mont qui lui fait face, et pasealekua qui signifie promenade. Comme un nouveau symbole sur leur chemin. Elles soupirent une nouvelle fois, du simple bonheur de ne pas avoir eu à supporter le poids de leur charge. Elles lèvent les yeux au-dessus de la porte d'entrée, un blason indique une date : 1927. Dès l'entrée, elles sont accueillies en victorieuses de l'étape. Elles n'ont croisé et doublé personne. Pas même les zozos qui avaient mis le barouf à l'auberge Jakobi le matin même. Peyo, le réceptionnaire ne parle que l'espagnol pour le plus grand plaisir de Lilwenn. C'est un homme assez âgé, peut-être soixante-dix ans, bon pied bon œil, avec une classe magnifique. Il est plein d'humour et de tendresse pour ce petit groupe de femmes belles à croquer. Bien qu'un peu fanées par cette longue étape, elles ont conservé tout de même leur regard pétillant. Les Crédenciales sont de sortie pour se voir tamponnées d'un nouveau sceau marquant une nouvelle étape. Elles réservent une table pour trois pour le dîner. Elles n'ont pas l'intention de ressortir. Elles sont ensuite dirigées vers un petit dortoir rien que pour elles dans lequel leurs effets ont été déposés. Au pied de chacun des trois lits se trouve leur sac. La chambre est confortable et dispose d'une belle salle de douche privative. Elles vont enfin pouvoir se rafraîchir et ôter leurs chaussures.

- Ouf ! dit Josy, nos sacs sont nickel et cette prestation nous a apporté une réelle plus-value physique. Ce n'est que du bonheur, nous allons certainement poursuivre ainsi sur les étapes difficiles. Là où il y aura de la grimpette.
- Pour ma part, je souscris, dit Alice, cela repose les épaules et permet plus de liberté. En plus, nous sommes certaines de conserver nos affaires et de surcroît en bon état. Tu imagines si nous prenons un méchant orage sur la tête, les sacs ne sont pas si étanches.
- C'est une bonne analyse les filles, mais pour l'instant, à la douche.

La douche à l'italienne est grande, elle peut accueillir facilement les trois occupantes de la chambre. Aussi décident-elles de se doucher ensemble. Pas de mauvaises pensées, pas de fausse pudeur. Alice a pris l'habitude après les entraînements de passer à la douche collective, et Lilwenn ne souffre pas de la peur du regard de l'autre. Peut-être parce que c'est facile quand tu es physiquement presque parfaite. Et puis, dans sa famille nombreuse, on passe souvent outre ces considérations. La pudeur est certainement une qualité, mais être trop pudique peut également inhiber nos comportements. Elle limite notre affirmation de soi, par une forme de dévalorisation face au regard de l'autre. Quelle que soit notre anatomie, la nudité surtout féminine est une forme de langage corporel. Elle fait tomber les tabous, augmente la confiance en soi en acceptant son image corporelle. Peut-être parce qu'elle est la plus âgée, Josy est la dernière à entrer dans la salle de bain. Elle qui avait envie du bel Iban, serait-elle un peu coincée à ce sujet ? Ceux qui en parlent le plus ne sont-ils pas ceux qui en font le moins ? Après quelques hésitations, elle a tout de même rejoint Lilwenn et Alice.

- Vous êtes super belles les filles, dit Josy un peu gênée, ne sachant pas quoi dire d'autre.
- Toi, tu fais petite poupée, tu es toute menue, mais forte dans ta tête, répond Lilwenn, tu sais, il est important parfois de se mettre à nue. Que peux-tu faire tomber de plus, tu es toi, belle et fragile à la fois, dit-elle en lui faisant un petit guili dans le dos.

Alice est grande et mince, mais très musclée. Tout comme les trois corps se savonnent et se détendent sous une pluie d'eau chaude, on peut observer que le soleil puissant de la côte a déjà fait son œuvre. Sur le cou, les bras et les jambes de nos trois jolies randonneuses, la démarcation est flagrante. Ça sent bon le savon au parfum léger. Après la douche, les jeunes filles enfilent des tenues légères et décontractées pour aller dîner. La salle est presque pleine et de très nombreux regards se retournent au passage des trois nymphes. Elles sont belles à croquer, les convives n'ont d'yeux que pour elles dans cette salle. Elles sont contentes, elles aguichent, elles sont voluptueuses, un parfum érotique émane de ce trio infernal et elles en jouent presque à l'excès. Tandis que les entrées sont servies, Lilwenn va annoncer au groupe qu'elle doit poursuivre son chemin, que demain elle les quittera. Elle ne souhaite pas attendre la dernière minute pour les informer, au risque que cela soit perçu comme une trahison.

- Les filles, je dois vous dire que je vais vous quitter demain, je marcherai un peu avec vous, puis je bifurquerai pour rejoindre la « Route Basque de l'Intérieur » par Vittoria Gasteiz qui me permettra de poursuivre sur le « Camino Francés » pour retrouver Burgos. En fait je devais bifurquer à Irún, mais vous êtes tellement adorables que je n'ai rien dit et vous ai accompagnées jusque-là.
- Tu ne peux pas nous laisser comme ça Lily, dit Josy qui va se mettre à pleurer.
- Non, je ne vous abandonne pas, je poursuis juste mon chemin et vous le vôtre. Suivez votre voie. Il y a de fortes chances pour que l'on se croise à nouveau. Peut-être, allons-nous arriver ensemble à Compostelle et nous assisterons à la messe des pèlerins, puis si vous faites le choix d'aller jusqu'à Fisterra puis à Murcia, qui sait, nous clôturerons peut-être ce voyage toutes les trois ensemble. Vous avez déjà traversé la France toutes les deux vous pouvez poursuivre sans moi.

Lilwenn sent bien que l'émotion est à son comble.

- Moi aussi, poursuit-elle, je suis triste, mais vous êtes dans mon cœur. En attendant, selon la prophétie de Merlin, j'ai utilisé les dés qu'il m'a offerts, le blanc et le noir, le oui et le non. J'ai demandé la suite de mon parcours à l'Univers qui m'a répondu par la lumière en m'indiquant de suivre la voie du « Camino Francés ». La suite de mon parcours est inscrite dans le chemin de ma vie, car je vais y vivre des événements importants. Tout comme notre rencontre, chère Josy et chère

Alice, restera inoubliable. De grâce, ne soyez pas tristes, nous ne pouvons pas gâcher notre soirée. Je ne pouvais pas attendre demain et vous annoncer cela au moment même où je dévie mon chemin. Votre voie c'est le « Camino Del Norte », la mienne est maintenant celle que je vous ai indiquée. Je pourrais dire oui, c'est facile et continuer avec vous. Dire non, c'est être obligé de justifier sa décision, je ne peux pas porter tout le monde. Je ne suis qu'une parenthèse sur votre chemin, vous êtes ensemble depuis le début, votre aventure est liée, je suis votre amie et en même temps un instant de votre parcours. Pour le moment, je dois poursuivre mes expériences et mes compréhensions. La véritable valeur d'un être humain se trouve dans le degré auquel il a atteint la libération du moi. Je vous aime de tout mon cœur les filles, mais nos chemins demain se séparent. Prenez acte de nos échanges, comme j'intègre de mon côté vos belles paroles, conclut Lilwenn.

- Tu as raison, dit Alice, mais sache que tu as été un véritable rayon de soleil sur notre chemin. Mes yeux coulent de tristesse en te voyant t'éloigner, mais également de la joie et du bonheur de t'avoir rencontrée.
- Alice est dans le vrai, confirme Josy, nous nous laissons parfois déborder par nos sentiments et nos pensées deviennent égoïstes au lieu d'être altruistes. Dans le cas des procès, nous devons aussi regarder les choses avec cet angle de vue pragmatique. Aussi, ma chère Lily, suis ta voie, nous suivons la nôtre et si le destin nous amène à nous croiser de nouveau, ce ne sera que pur bonheur, alors « adelante », comme dit Cervantes.

- Merci, les filles, merci de tout mon cœur pour votre compréhension. Je serais restée sur un goût doux amer et sur une triste séparation, tandis que maintenant, je vais prier sur le chemin pour vous retrouver au final.

Tandis que les émotions retombent, que les pommettes reprennent leur belle couleur rosée, Lilwenn commande une bouteille de Txakoli, un vin blanc local au taux d'alcool faible autour des 10°, et pétillant comme nos trois amies.

- Merci, Lily, tu arroses ton départ du groupe, dit Josy
- Non, je fête notre rencontre et notre belle amitié, et c'est mon anniversaire. Aujourd'hui, nous sommes, le douze avril, et j'ai dix-neuf ans. En numérologie, le nombre dix-neuf se lit neuf et un font dix. Comme il n'existe que neuf chiffres, il faut faire la réduction suivante ; dix est égal à un plus zéro, soit le chiffre un. Et un correspond au début, cela signifie un nouveau départ.
- À nos plus beaux souvenirs, et joyeux anniversaire « Tchin », lancent Alice et Josy, avec un tout bas, « Happy Birthday to you »

Un court moment de silence semble s'emparer de la situation. Comme elles dégustent quelques olives en sirotant leur doux breuvage, Lilwenn ne peut s'empêcher de reprendre la parole et de dire à Alice ce qui lui traverse l'esprit.

- Pour toi, Alice, je pense que tu devrais creuser un peu vers un projet qui te permettrait de protéger les enfants et les jeunes en général. Tu sais, tous ceux qui vivent des événements difficiles et n'ont pas de recours possible. Parce que leurs parents sont dépourvus de sentiments ou totalement désarmés face aux problèmes. Tu sais certainement qu'il n'est pas facile de se confier, de délier la parole. Il faut créer un climat de confiance et je suis convaincue que tu auras le talent nécessaire pour cela. La maltraitance, le harcèlement, voire parfois pire quand cela touche à l'intégrité physique, sont des problèmes souvent cachés par les victimes. Elles ne veulent pas en parler, car elles pensent être coupables, tu sais de quoi je parle, le déni, la victimisation, les abus de faiblesse ou de position dominante de la part du personnel d'encadrement font partie des pressions que l'on met sur la petite victime pour qu'elle se taise.

- Oui, je comprends bien, tu veux dire que mon expérience personnelle et ma force de caractère pourraient s'avérer efficaces pour redonner leur dignité à tous ces mômes que l'on maltraite.
- Yes, reprend Lilwenn, et j'ai même une idée d'association qui me traverse l'esprit. Je sais que les conseilleurs ne sont pas les payeurs, mais avec Josy, au sein d'un cabinet, vous feriez un malheur, en plus, je dirais malheureusement…, ce n'est pas…, j'ose à peine le dire… les clients qui manquent. Ça me fait des frissons dans le dos, mais c'est la triste réalité. Cela ne me regarde peut-être pas, mais Josy et toi, vous vous entendez à merveille, comme mère et fille. Le chemin vous a réunies pour cela, vous cochez toutes les cases : Expérience, centre d'intérêt et carnet d'adresses pour Josy, aplomb, confiance en soi et ticket d'entrée pour Alice. De plus, la stratégie des alliés jouerait un rôle prépondérant dans la fusion de vos compétences.

- Ok ! Quelle formation tu me vois suivre pour corroborer tes propos Lilwenn ? Surtout pour avoir pignon sur rue, une sorte de reconnaissance professionnelle liée à mon activité. Tu comprends ce que je veux dire. Que je ne sois pas traitée de charlatan et d'incompétente dans mon domaine par manque de formations diplômantes.
- Tu as raison Alice, il te faut faire une licence ou une maîtrise en psychologie du sport, tu es la première à définir le sport avec quatre-vingt-dix pour cent de mental. « Corps-Âme-Esprit » et considérer l'être humain dans ses trois dimensions, c'est la triade, une approche métaphysique et psychologique incontournable. On parle alors de la triple nature de l'homme, sous-entendu l'être dans sa multidimensionnalité et tu es dotée de l'alchimie spirituelle pour passer l'épreuve ! Je ne vais pas m'étaler ici sur le sujet, ma chère Alice, mais sache que d'excellents thérapeutes-énergéticiens travaillent sur le sujet. En deux mots seulement, nous ne sommes pas uniquement qu'un corps physique, nous avons des corps subtils qui vibrent sur des fréquences et là, cela rejoint la lecture des émotions, des blessures, ces bleus à l'âme et je m'arrête ici. Mais je te confirme, belle Alice, tu as tout, tu possèdes déjà tous ces potentiels, à toi maintenant de les mettre dans l'ordre. Et une formation diplômante de psy crédibilisera ton activité. Il faut savoir repousser ses propres limites, sortir de sa zone de confort.
- En partant, je n'avais pas envisagé une telle évolution sur le chemin, notre rencontre, toutes ces connaissances et en plus, cerise sur le gâteau, un mode d'emploi. Génial Lily, toi aussi,

tu es trop belle, reprend Josy. Je vais avoir du mal à dormir ce soir, conclut-elle. En plus tu nous quittes, alors nous perdons notre guide. Merlin au secours, laisse-nous encore un peu Lily, crie Josy à voix haute dans la salle de restaurant.

- Chut ! on va nous prendre pour des folles, dit Lilwenn.

Puis nos trois jeunes femmes partent dans un fou rire communicatif auquel d'autres pèlerins présents dans la salle s'associent sans trop savoir pourquoi. Car depuis le début du repas, nos jolies nanas attirent tous les regards, si ce n'est toutes les convoitises. Simplement parce que le rire est contagieux. De surcroît, ces trois belles jeunes femmes développent un capital sympathie qui va bien au-delà de leur conscience individuelle. Puis un halo de lumière blanche vient se poser sur le groupe pour entourer cette énergie féminine.

- J'ai un peu trop bu, dit Alice en rigolant
- Moi de même, reprend Josy
- C'est bien les filles, mais je ne vais pas vous porter jusqu'à votre lit. On va aller dormir pour être en forme demain, propose Lilwenn.
- En plus, tu nous abandonnes lâchement, dit Alice avec une petite larme. Est-ce l'effet du Txakoli qui commence à se manifester ?
- Non Alice, ne remet pas ça sur le tapis, on va faire dodo, et puis demain on en reparle un peu si tu veux. Allez Josy, aide-moi à soutenir sa grande carcasse, on l'accompagne à la chambre.
- Tiens-toi correctement, dit Josy à Alice, comme si elle s'adressait directement à sa fille, n'oublie pas que tu es une championne, alors tête haute, port droit, en avant marche.

Tandis que nos trois amies quittent la table pour se diriger vers leur chambre, Peyo demande si tout va bien, si elles ont besoin de son aide. Alice se redresse alors et dit qu'elle plaisantait face à ses copines pour les faire marcher. Comme si elles n'avaient pas fait assez de kilomètres dans la journée. Comprenant qu'il s'agit d'un petit jeu entre filles, Peyo leur souhaite une très bonne nuit. Il leur demande si elles comptent bénéficier de la navette du lendemain pour le transport de leurs sacs et préciser l'heure à laquelle elles souhaitent prendre le petit-déjeuner. Josy confirme qu'elles ne prendront pas la navette pour leurs sacs et réserve une table pour trois vers 6h30 pour le premier repas de la journée. En effet, elles souhaitent passer encore un peu de temps ensemble avant leur séparation. Arrivées dans la chambre, très vite les lumières s'éteignent laissant place au silence de la nuit bercé par de petits ronflements marqués et quelques soupirs pour adoucir les efforts du voyage.

20
Une émouvante séparation

La nuit est passée trop vite. Le petit radio-réveil de Lilwenn chante une chanson espagnole qui se traduit en ces quelques mots : « Lève-toi et marche, va jusqu'au bout du chemin, après tu verras… ». Le cadran affiche 5h45 et Lilwenn s'efforce dans un premier geste de s'asseoir afin ne pas se rendormir. Puis en un bond, malgré la fatigue, elle est debout. Tandis que la musique berce l'ambiance feutrée de cette chambre encore endormie, Lily va déposer un baiser sur le front de Josy, et lui susurre doucement à l'oreille.

- C'est l'or, il est l'or, l'or de se réveiller, mon seignor, il est six or… ! Sur le thème du film, la folie des grandeurs.

Puis elle murmure sur un thème plus militaire à l'oreille d'Alice, après lui avoir également déposé un petit bisou sur la joue :

- Debout là-dedans, bande de fainéants ! À la douche ma chérie, revue de paquetage et petit-déjeuner dans moins de trente minutes. Garde-à-vous !

Prise d'un fou rire, Lilwenn se dirige sous la douche pour un réveil tonique en utilisant son gel douche aux huiles essentielles de menthe et d'eucalyptus. Pendant qu'elle chantonne sous le jet d'eau, elle est rejointe par Josy, qui semble avoir fait tomber une partie de son masque au travers de cette expérience, puis Alice arrive en bâillant à se décrocher la mâchoire. Lilwenn baisse l'eau chaude et dirige le jet plus frais de la pomme de douche vers Alice, qui sursaute. Elle prend cette farce avec amusement, mais ronchonne un peu pour la forme. Lilwenn frotte le dos d'Alice avec son gel douche magique pour un stimulus énergique. Rincées, séchées et déjà prêtes, les trois femmes finissent de boucler leur sac et échangent leurs coordonnées afin de pas oublier. Elles descendent dans la grande salle pour prendre leur petit- déjeuner. Elles croisent Peyo à l'accueil qui les salue de son petit air taquin. Elles parsèment sur leur passage, les effluves d'un parfum discret et agréable. Ce n'est pas le cas de tous les pèlerins. Certains cultivent même la répugnance pour faire plus vrai. Quand il y a cela dans le dortoir, c'est infect. Les trois jeunes femmes savent qu'elles vont se manquer mutuellement. Alors les mots se font légers, futiles et insignifiants, histoire de ne pas mettre plus de tristesse à cette séparation. Alice s'adresse à Lilwenn et lui demande :

- À quel endroit tu comptes nous laisser Lily, ce soir nous dormons, Josy et moi, à Getaria. Cela nous fait une étape de vingt-sept kilomètres environ, mais c'est plat et on longe la côte, et toi ?

- Je vous accompagne jusqu'à Orio, soit environ 14 kilomètres, puis je vais peut-être m'arrêter à Azpeitia, mais je n'ai rien réservé pour le moment, j'ai confiance dans mon guide, Merlin. Et peut-être a-t-il prévu une nouvelle surprise pour adoucir la peine que j'ai de vous avoir lâchées ?
- Ha, tu vois, tu regrettes déjà ! dit Josy pour rebondir sur la fin de phrase de Lily.
- On voit bien chez toi l'avocate qui sommeille, tu ne laisses pas passer le moindre propos, reprend Lilwenn, mais je vous rétorque, chères amies, que vous pensez trop à ce qui va vous manquer ! Pensez plutôt à ce que vous avez vécu ! « Il n'y a pas de chemin qui mène au bonheur, le chemin est le bonheur » a dit Bouddha.
- Ne nous déchirons pas maintenant, tranche Alice, nous avons encore un agréable moment à partager les filles, alors en route. Il est 7h15 nous allons jusqu'à Orio, puis on pleure, on s'embrasse et nous, on file sur Getaria et toi, tu poursuis ton chemin avec Merlin.

En franchissant la porte, les trois femmes saluent Peyo qui leur a servi un copieux petit-déjeuner.

- « Buen Camino señoras », leur dit-il avec ce léger sourire admiratif, accompagné d'un geste de la main pour saluer leur courage, la seconde main posée sur le cœur en forme de gratitude.

Les premières enjambées se font dans un silence religieux, alors Lilwenn a mis en route son baladeur et la musique se diffuse dans ses petits haut-parleurs. La voix de Véronique Sanson interprète « Celui qui n'essaie pas », alors Lilwenn monte le son de la musique pour partager ces paroles pleines de sens : « C'est pas facile de regarder la vie dans les yeux, pas facile de se sentir heureux, quand on se lève de bon matin… C'est pas facile de tout laisser tomber comme ça, surtout celle que tu tiens dans tes bras, mais celui qui n'essaie pas, ne se trompe qu'une seule fois, alors prends ton virage, tourne la page et va-t'en… Vole, vole, vole, va dans un pays où il y a du soleil tout le temps… »

- Tu as le chic, Lily, pour nous mettre des chansons qui nous collent le blues.
- « Le blues, ça veut dire que je t'aime… », rétorque Lilwenn avec un éclat de rire, en simulant la chanson « Toute la musique que j'aime » de Johnny Halliday.

La musicothérapie joue pleinement son rôle et nos trois jeunes femmes, prises d'un fou rire commun en oublieraient presque que le groupe va se séparer dans quelques heures. Elles doivent comprendre l'importance du moment présent, être dans l'ici et maintenant, vivre et savourer ces parenthèses enchantées. Lilwenn, ne serait-elle pas devenue un peu l'enchanteresse de Merlin pour colporter la joie et la bonne humeur, le long du chemin ? Déjà, le trio s'approche de la petite ville d'Orio, et comme il n'est pas tard, elles n'ont marché que trois heures, alors Lilwenn propose de faire une petite halte dans un café. C'est sur le port que nos charmantes jeunes femmes vont se réunir autour d'un jus de melocoton (pêche) très apprécié des Espagnols. Les derniers mots sont un peu bateau, chacun va poursuivre dans sa direction à la recherche de son essence intérieure. Ce n'est pas une fin, c'est la continuité du chemin qui se veut ainsi. Josy et Alice feront, elles aussi, encore des rencontres, différentes sûrement, mais elles en tireront l'essentiel pour continuer toujours à avancer, ne jamais baisser les bras, surtout ne pas reculer.

- Voilà, c'est fini, comme dirait J.L. Aubert, on ne va pas se quitter comme sur un quai de gare..., dit Lilwenn à ses amies. Ne laissons pas les émotions nous envahir.
- Tu vas me manquer, dit Alice qui avait trouvé en Lily, la sœur qu'elle n'a jamais eue, mais je sais que tôt ou tard, on se retrouvera.
- Tu nous as fait beaucoup rire, lui dit Josy. Tu nous as appris de nombreuses choses sur le regard du monde. Pour cela, nous t'en remercions. Nous ne savons pas ce que la vie nous réserve, mais moi aussi, je suis certaine que l'on se retrouvera, il suffit de faire confiance.
- Merci à vous deux d'avoir été ce rayon de soleil sur mon chemin, quoiqu'il arrive, sachez que je vous aime de tout mon cœur, les filles, conclut Lilwenn.

Elle, pourtant si bavarde, sèche à cet instant de ne pouvoir exprimer plus de mots. Elle sent sa poitrine se resserrer et les larmes lui monter aux yeux.

- Nous aussi, on t'aime encore plus fort. Cette phrase sort simultanément de la bouche de Josy et d'Alice, qui se regardent, sourient et serrent très fort dans leurs bras la belle Lilwenn.

Voilà. Maintenant, c'est un moment de tendresse, de câlins et de bisous. Ce n'est pas un déchirement, chacune a compris la nécessité de cette poursuite séparée de leur chemin. Elles ne sont pas à la recherche du même objectif personnel. Concernant Alice et Josy, leur rendez-vous a certainement démarré au Puy et peut-être qu'elles sont toutes les deux, sur la même vibration. À la recherche d'un but commun, comme Lilwenn l'a perçu. Toujours est-il que cet éloignement ne semble pas vouloir débuter. Nos trois ravissantes jeunes femmes restent enlacées, puis Lilwenn va se détacher doucement. Elle pose alors son index sur sa bouche, comme pour signifier un « chut ». Elle ne souhaite plus rien ajouter à cela ni rien entendre en retour. Cela aurait pour objet de relancer encore une fois la machine à larmes. Un dernier très gros bisou à chacune puis les joues humides et les yeux rougis, elle se retourne, lève un bras en signe d'au revoir et prend la direction d'Azpeitia pour une distance d'environ vingt kilomètres. Lilwenn tourne la tête une dernière fois, mais Josy et Alice ne se retournent plus. Cette séparation semble difficile pour elles également. Alice a passé son bras autour du cou de Josy, comme si elle était sa petite maman. La différence de taille amusante ressemble à une forme de protection. Elles se sont bien trouvées, pense Lilwenn. Elles vont faire de belles et grandes choses, si elles vont jusqu'au bout. Les heures et les kilomètres ont défilé sans difficulté et notre belle blonde arrive dans cette ville d'Azpeitia. Seule une petite averse s'est présentée sur le chemin. Lilwenn n'a pas croisé l'ombre d'une âme vagabonde sur son trajet.

Elle a poursuivi son périple, plongée dans ses pensées un peu brouillonnes, entre le souvenir merveilleux de cette rencontre au château avec son grand patron, suivie d'une proposition de collaboration. Des échanges qu'elle a eus avec sa mémé bretonne lui reviennent comme des flashs. Celle qui lui révélait déjà de grandes prédispositions pour un certain futur. Peut-être pensait-elle pour un futur certain. Mais sa mémé ne l'éclairait pas davantage sur ce point. Elle préférait laisser faire le temps, car trouvait le fruit pas assez mûr. *Que dois-je faire ? Où vais-je ? Dans quel état j'erre ?* se dit-elle en rigolant, une fois encore dans sa tête. Elle a le sens de la formule, les jeux de mots et la plaisanterie. Elle aime ce genre de légèreté, surtout la simplicité pour ne pas se prendre la tête. Ceci, ni avec les gens ni avec les événements, elle veut seulement vivre l'instant présent. Elle entre dans la vieille ville par une petite rue, à la recherche d'un toit pour la nuit. Ici, l'identité basque est très forte. Elle y est fièrement revendiquée par l'Ikurriña qui flotte fièrement sur les balcons. C'est le drapeau du « Parti Nationaliste Basque » créer en 1894 par les deux frères fondateurs, Sabino et Luis Arana. Sur un fond rouge qui représente les Basques, une croix de Saint-André de couleur verte évoque le chêne de Guernica, symbole des fors (représentants des assemblées locales), et une croix blanche qui incarne Dieu et le catholicisme. Le drapeau illustre la devise : JEL (Jaungoikoa eta Lege Zaharra) qui signifie en basque : Dieu est l'antique loi. Guernica est la capitale historique et spirituelle du Pays Basque, marquée par les bombardements massifs de 1937 (cinquante tonnes de bombes incendiaires) perpétrés par la légion Concord de l'aviation allemande, envoyée pour soutenir le général Franco durant la guerre d'Espagne. Le nom des rues est uniquement inscrit en langue basque tout comme les enseignes des boutiques.

Comme le soleil a poussé les nuages, il s'applique maintenant à illuminer de ses rayons, les belles façades de pierres des maisons. Lilwenn pénètre maintenant au cœur d'Azpeitia. Les ruelles sont hautes et étroites. Elle croise le regard d'une vieille dame assise sur une chaise de paille posée devant sa porte. La dame salue la jeune fille d'un petit geste de la main puis lui adresse la parole en espagnol.

- Tu ne m'as pas l'air d'être Basque ? lui dit-elle, avec un petit sourire et des yeux malicieux. Elle est coiffée d'un chapeau de paille et porte un tablier à carreaux bleu ciel sur une robe à fleurs.
- « Buenos dias señora », je suis Française, lui répond Lilwenn, et je viens de Bretagne.

Les yeux de la vieille dame s'illuminent, une petite Française qui passe devant sa porte avec son sac à dos

- Je connais un peu le français, *j'ai travaillé à la France chez des gens à Pontivy à une grande maison pour faire la cocina, no, la cuisine,* dit la vieille dame qui ne s'est pas exprimée en français depuis certainement des années.
- Vous parlez bien, dit Lilwenn, pouvez-vous m'indiquer une auberge pour passer la nuit ?
- Tù quédate aqui si quieres, la dame lui répond par habitude dans sa langue naturelle. Digo, en se reprenant, je dis, tu restes ici si tu veux !
- Je ne veux pas déranger, dit Lilwenn, surprise de cette invitation directe chez l'habitant et par la bonhomie de cette personne. Une bonté qui vient du cœur alors qu'elles ne se connaissent pas. Elle est un peu surprise et sur ses gardes, Lilwenn, elle ne sait pas trop quoi lui répondre.
- Basta, allez viens, entre, ça me fait plaisir, je parlerai un peu français avec toi et cela me fera des bons souvenirs.

Convaincue de la généreuse hospitalité de la dame, Lilwenn se laisse aller. Pourquoi refuserait-elle cette invitation ? *Cela semble toucher le cœur de la vieille dame !* se dit Lilwenn qui franchit le seuil de la porte. Comme elle cherche une confirmation à sa décision, Lily plonge la main dans sa poche droite en pensant très fort à cette question. *Suis-je au bon endroit pour dormir ce soir ?* Discrètement, elle en ressort le dé blanc, c'est un oui incontestable.

- Merci Merlin, dit-elle à voix basse.

La vieille dame conduit Lilwenn à travers un couloir et pousse la porte d'une chambre.

- Je m'appelle Lucia, dit-elle, est-ce que la chambre te va bien ?
- Moi, c'est Lilwenn, elle est parfaite cette chambre, merci beaucoup pour votre gentillesse et votre accueil Lucia.
- C'est mon plaisir, je suis seule maintenant. Mon Ramuntcho est parti chez Dieu il y a un an déjà. Quand je t'ai vue, tu ressembles tellement à ma petite fille, alors bienvenue ici.

Cependant que la jeune fille dépose son sac sur la chaise, un regard circulaire rapide sur l'environnement atteste d'une netteté irréprochable. *Pas un mouton au pays des brebis ne semble s'être immiscé sous le lit, pas un brin de poussière sur la commode, pas de doute je suis au bon endroit.* La conversation bat son plein, la petite dame qui n'a certainement pas reçu de monde depuis un certain temps retrouve les rouages de la langue française, les mots se placent avec justesse dans les phrases. Lilwenn sera son rayon de soleil au clair de lune pour ce soir. Lucia raconte ses années passées à Pontivy auprès d'une riche famille, et son travail de gouvernante et cuisinière. Lilwenn lui dit qu'elle vient d'une petite ville à côté de Vannes, et cela les rapproche, le temps d'une soirée. Comme si Lucia savait qu'elle aurait de la visite, elle avait prévu un dîner à partager. Une jolie petite salle d'eau jouxte la chambre. Lucia laisse la jeune fille s'installer pour la nuit. Elle prend une bonne douche pour se détendre après l'étape du jour, tandis que Lucia va préparer le dîner. Elle est heureuse, Lucia, elle ne voit pas souvent ses petits enfants qui sont dans le sud de l'Epagne. Lilwenn ressemble tellement à sa petite fille Alicia. Lilwenn parle peu d'elle durant le repas, elle écoute surtout la vieille dame qui raconte sa vie, Franco, la fuite vers la France, le travail et la visite de la Bretagne, elle a bien connu Vannes et le golfe du Morbihan. Elle parle de son Ramuntcho, de leur vie, de leur retour au pays, ils se sont connus en France, lui était maçon dans une petite entreprise locale. Les yeux de la mamie brillent de joie et de tendresse pour cette jeune femme qu'elle a fait entrer pour lui proposer le gîte et le couvert, comme autrefois, l'hospitalité que l'on offrait aux pèlerins. Le temps passe et les yeux de Lilwenn commencent à se fermer. Lucia ne retient pas la jeune fille qui tombe de sommeil. Demain, elles auront encore un petit moment pour papoter avant de reprendre le chemin.

Le réveil vient de sonner. Lilwenn fait glisser le drap douillet le long de son visage pour pointer le bout de son nez, elle s'étire lentement, écoute un peu la radio espagnole, car le basque, elle ne le comprend pas. La météo semble providentielle pour les prochaines étapes, une bonne nouvelle dès le lever. Lilwenn laisse descendre ses longues jambes hors du lit et pose ses pieds sur un tapis de laine douillet. Puis elle rejoint la salle d'eau pour un brin de toilette qui peaufinera son réveil. Son sac est prêt. Elle jette un dernier coup d'œil circulaire à cette jolie chambre afin de ne rien oublier, puis elle traverse le grand couloir qui la mène jusqu'à la cuisine où Lucia l'attend. Elle a remis son tablier à carreaux bleus, elle est assise à une belle table de petit-déjeuner sur laquelle trône en son centre une magnifique Ensaimada, la fabuleuse brioche des Baléares. Les parents de Lucia étaient originaires de Majorque et c'est d'ailleurs sur cette île des Baléares qu'elle est née. À son époque, la langue de Molière était enseignée à l'école. C'est ainsi qu'elle a appris à parler le français. Elle a gardé les traditions de son île adorée, comme la recette de l'Ensaimada ou encore celle de la Sobrasada, cette fameuse pâte à tartiner à base de chorizo. Bon ! pour le petit-déjeuner, je vous le concède, il faut être habitué au salé-sucré. Ramuntcho, son époux puisait ses origines au Pays Basque, il était originaire de Bilbao. Alors voilà pourquoi, quand ils sont rentrés en France pour leur retraite, ils ont posé leurs valises ici, dans cette petite ville entre mer et montagne, au cœur de la région de son bien-aimé. Lucia se lève pour accueillir Lilwenn, la prend dans ses bras et la serre tendrement pour l'embrasser. La soirée de la veille a été riche en échanges et en émotions, surtout pour Lucia qui a revécu, grâce à la jeune femme, toutes ces belles années de son périple en renouant avec la langue française. Le copieux petit-déjeuner a redonné des forces à la jeune fille pour poursuivre son voyage.

L'heure du départ arrive et Lilwenn veut remercier son hôte pour sa gentillesse, et son accueil, aussi elle lui tend un billet, que Lucia s'empresse de refuser. Lilwenn insiste un peu, car elle ressent une sorte de gène à ce cadeau, aussi Lucia lui explique que c'est une tradition ancestrale sur le chemin de Compostelle que d'offrir le gîte et le couvert. Mais elle tient surtout à lui faire comprendre que le plus beau cadeau qu'elle a reçu est sa présence et le merveilleux moment passé ensemble. La jeune fille, très émue est quitte de cet accord et profite de prendre note des coordonnées de Lucia pour lui faire parvenir une petite carte, et donner de ses nouvelles en fin de parcours. C'est un départ plein de tendresse et d'affection réciproque qui vient conclure cette belle rencontre, tandis qu'un gros câlin et de gros bisous viennent marquer le temps du départ.

21
Objectif Burgos

Lilwenn a eu un peu de peine à quitter Lucia. Mais son chemin ne s'arrête pas là, car il lui faut poursuivre en direction de Burgos. Elle doit rejoindre le « Camino Francés » pour atteindre son objectif, Saint-Jacques. Lilwenn marche depuis deux jours maintenant sans avoir trouvé une âme accompagnatrice, alors elle se met à penser à son Diégo. Elle espère qu'il saura attendre son retour, que cet éloignement aussi rapide qu'inattendu n'aura pas eu raison de sa patience et n'aura pas altéré ses sentiments pour elle. Elle souhaite surtout qu'il soit resté le même. En pleine réflexion, la jeune fille se dit en son for intérieur : *si j'ai profondément changé, peut-être ne voudra-t-il plus de moi ? Il ne reconnaîtra plus la Lilwenn d'avant ! Ou bien, je serais devenue tellement parfaite qu'il sera encore plus amoureux de moi,* pense-t-elle en éclatant de rire ! *Et si c'était moi, qui ne le trouvais plus sensuellement compatible avec mon évolution et mes nouvelles attentes ? Bah ! Trop de questions tuent les questions,* se dit Lilwenn.

Rien de tel, qu'une bonne pâtisserie pour bousculer les papilles et remonter le moral. Le sucre est important pour les muscles et pour le moral. Le prochain village est à quelques foulées, je trouverai bien un artisan susceptible de me réconforter. Lilwenn allonge la foulée tout en chantant. Le casque rivé sur ses oreilles, le baladeur résonne au rythme de quelques notes tandis que Goldman l'accompagne sur cet air « Quand la musique donne, Quand la musique sonne, sonne, sonne, Quand elle guide mes pas… » Depuis qu'elle a quitté Azpeitia, Lilwenn a pris grand soin de contourner les massifs d'Aloña et de Zaraia en province de Guipuscoa afin d'économiser ses forces et surtout réduire les risques de faire des rencontres hasardeuses. Pour cela, elle a suivi la vallée du fleuve Deba, une option qu'elle n'avait pas envisagée au départ, car peu adaptée à la randonnée. Son itinéraire initial était de rejoindre Tolosa et Vitoria en partant d'Irún ou suivre la voie littorale. Le dé blanc avait finalement opté avec l'aide de Merlin pour poursuivre avec le « Camino Francés ». Lilwenn, légèrement têtue, a décidé de gratter deux étapes supplémentaires en compagnie d'Alice et de Josy et de poursuivre jusqu'à Orio. *Ni remords, ni regrets, mais un tronçon de chemin plus chaotique, pas grave,* se dit la jeune fille !

Elle arrive dans un joli petit village en approche de la grande ville de Vitoria-Gasteiz, dans la province d'Alava au sud du Pays Basque. La jeune fille se met activement en recherche de sa « pasteleria ». Elle n'a pas perdu de vue le plaisir gourmand qu'elle s'apprête à déguster. Quand Lily a quelque chose derrière la tête, peu de chance de l'en dissuader. *Super !* Se dit-elle à la vue de l'enseigne bleue peinte à la main. Elle entre dans une petite boutique et jette son dévolu sur le dessert traditionnel du secteur un « goxua » (signifie « doux et riche » en basque). Un gâteau à base de génoise et de couches successives de crème pâtissière, nappé d'une crème fouettée arrosée de caramel, le tout passé au chalumeau. Parfait en collation de fin de journée, mais pas facile à manger en marchant. Qu'importe, personne n'est là pour la surveiller ni pour lui dicter sa ligne. Les kilomètres qu'elle parcourt chaque jour ont déjà fortement modelé et musclé son corps d'athlète. Pourtant, une petite mamie, assise à la sortie de la boutique, semble lui faire une allusion à son penchant gourmand. Comme celle-ci s'exprime en langue basque, Lilwenn qui ne comprend pas lui répond en français. Elle lui dit alors :

- C'est la douleur du vide qui occasionne ce moment de faiblesse.

Sous-entendre qu'elle comble sa solitude. La vieille dame qui s'aperçoit qu'elle s'adresse à une petite Française lui répond alors en espagnol qu'à la vue de sa silhouette, elle peut bien se le permettre. Lilwenn regarde la dame avec tendresse, lui lance son plus beau sourire, faisant mine de ne pas comprendre. On ne parle pas la bouche pleine ! Par correction. Puis elle tourne délicatement les talons et poursuit son chemin les doigts pleins de cette délicieuse crème. Un point d'eau en vue, le jet d'une jolie fontaine fera parfaitement son affaire pour un petit coup de propreté.

Lilwenn traverse maintenant la grande ville de Vitoria-Gasteiz, siège du parlement basque et capitale verte de l'Euskadi. La ville doit son titre de « Green capital » à ses lagunes ainsi qu'aux très nombreux espaces naturels qui l'embrassent. Au total on ne compte pas moins de six grands parcs qui enlacent la ville. C'est grâce à son emplacement privilégié sur une voie migratoire majeure que cet espace se voit être un abri idéal, une réserve, pour une grande variété d'oiseaux. La vieille ville recèle un centre historique en forme d'amande nommé « L'Amande médiévale », le plus emblématique de tout l'Euskadi fondé par « Le sage Sanche VI », il y a huit siècles. Un peu plus loin, Lilwenn passe devant la cathédrale Sainte-Marie, temple gothique par excellence construit sur une colline qui culmine à plus de cinq cents mètres d'altitude. Ornée de sculptures monumentales, sa façade est d'un grand intérêt, et le portique occidental, un véritable chef-d'œuvre architectural. C'est particulier au parcours de Saint-Jacques, le pèlerin croise sur son chemin bon nombre d'édifices religieux, pour s'y reposer ou pour prier.

La ville de Vitoria-Gasteiz jouxte la Rioja Alavesa. Une emblématique région vinicole espagnole au pied de la cordillère Cantabrique. Leurs meilleurs vins peuvent dépasser les mille euros la bouteille. Mademoiselle Lilwenn n'a pas le temps de visiter les caves, qui sont par ailleurs de véritables chefs-d'œuvre d'architecture. Mademoiselle ne boit pas de rouge. Le casque toujours vissé sur les oreilles, notre marcheuse poursuit son chemin. Elle fait défiler dans sa tête tous les événements qui ont bouleversé sa petite vie tranquille depuis plus de quatre semaines. Elle se remémore ce qui l'a conduite à faire tout ce trajet. Parti sur une promesse à la recherche d'un présumé trésor. Peut-être ne s'agit-il que de son trésor intérieur. *Qui je suis et que suis-je venue faire sur la planète Terre en qualité d'être humain ?* Tout a commencé lorsqu'elle est allée voir s'entraîner Diego avec son équipe au stade. Elle y a fait une rencontre improbable, était-ce un mirage ou une vision. En tout cas, cette hallucination avait pour nom Merlin. Que s'est-il alors passé à ce moment pour la jeune Lilwenn ? Comment cette jeune fille brillante, la tête bien posée sur les épaules, rationnelle, cartésienne, a-t-elle pu se laisser entraîner dans une telle aventure ? Pourquoi, étant dotée d'un quotient intellectuel supérieur, à l'esprit vif, habile, un peu manipulatrice, a-t-elle tout plaqué du jour au lendemain ? Alors qu'elle cultive l'art des chiffres, près de ses sous, difficile à bercer d'illusions, elle a partagé ses économies avec un enchanteur. Lilwenn traverse un petit passage à vide. Elle a arrêté l'école, même temporairement. Elle a quitté son travail. Elle a lâchement abandonné sa famille sans aucune explication. Elle a planté son beau Diego, droit dans son short, sans autre explication que : « j'ai décidé de… ».

- Merlin, comment as-tu pu m'envoûter de la sorte pour me convaincre de partir aussi rapidement ? Tu m'as fait vendre ma voiture que j'adorais. J'ai partagé avec toi une partie de cette vente. Je me suis équipée pour un pèlerinage et je suis partie à l'aventure. Je n'avais qu'une seule information, un simple point de chute en Galice !

Le doute est le commencement de la sagesse, a dit Aristote. Par moments celui-ci peut déstabiliser, voire ébranler les convictions des plus aguerris.

- Ce n'est plus vraiment le moment de se poser toutes ces questions ! entend Lilwenn de façon claire et soudaine.
- Quelqu'un serait-il en train de m'adresser la parole ?

Elle se retourne et ne voit personne. *Voilà que je me mets à entendre des voix*, se dit-elle un peu perdue dans ses pensées. Elle éteint momentanément sa musique, puis s'adresse à voix haute à ce mystérieux importun :

- Quelqu'un me parle ? S'il vous plaît, y a-t-il quelqu'un ? Je ne suis pas folle tout de même ?

Pas de réponse, ce doit être dans ma tête, la fatigue peut-être, j'ai déjà parcouru près de neuf cent cinquante kilomètres en trente-huit jours. Lilwenn ne remet pas en marche son MP3. Elle se contente de sa musique intérieure et poursuit son chemin en direction de Burgos. Elle souhaite rejoindre la « voie Francés ». Ainsi, elle rencontrera d'autres compagnons de route et se sentira certainement moins seule. Alors qu'elle marche d'un bon pas, Lilwenn entend de nouveau :

- Tu es sur la bonne voie, plus de temps pour hésiter, gardes confiance en toi, Lilwenn.

Pas de doute cette fois, elle entend bien une voix, haut et fort ! *Qui peut bien s'adresser à moi ainsi ?*

- Qui se cache, petit malin ? dit-elle à voix haute, histoire de se rassurer
- C'est moi ! répond la petite voix, mais tu m'entends dans ta tête.
- T'es qui toi ? insiste Lilwenn qui est certaine que quelqu'un lui parle vraiment.

L'environnement est dégagé, pas un obstacle à l'horizon où se cacher. Sauf peut-être couché dans les herbes hautes. Mais elle ne remarque pas une âme qui vive à dix lieux à la ronde. *Comment se fait-il que je me mette à entende des voix ? On va finir par me confondre avec Jeanne d'Arc, pour le coup !*

- Tu en as de bonnes, toi ! Ne pas douter ! En as-tu d'autres comme cela, des fois que j'aurais négligé un chapitre ? Lance à haute voix la jeune fille.

Le silence s'installe ! Pour rechercher la vérité, faut-il écarter le doute ? Le doute ouvre-t-il la porte à l'erreur, à la possibilité de se tromper ? Peut-on avoir tort en pleine conscience ou bien est-ce qu'une option provisoire ?

Le doute n'est pas le refus de la vérité. Le doute est le chemin, la recherche. Enfin, c'est la façon de chercher. Le doute, c'est aussi s'interroger, pour laisser la place à l'étonnement et ne pas se satisfaire des vérités préétablies. On peut considérer le schéma de nos pensées comme des illusions. Mais le doute EST la pensée par elle-même ! « Socrate disait que tout ce qu'il savait le poussait à se rendre à l'évidence qu'il ne savait rien ». Penser, douter, croire ! Doit-on douter de ce que l'on sait ? Le doute serait-il le premier pas vers la connaissance ? Si l'on doute, cela nous permet de mesurer notre degré d'ignorance, car l'incertitude nous conduit alors à ne prendre aucune décision. Il faut mettre d'urgence un frein à l'immobilisme, heureusement l'avenir dure longtemps. Est-ce fondateur pour distinguer le vrai du faux ? Sommes-nous contraints par la nécessité de douter pour continuer à vivre ? Puisque, quoi qu'il en soit, nous sommes contraints à poursuivre la vie. Rester campé sur ses positions, c'est prendre le risque de se tromper. Pourtant le doute permet à nos connaissances de se régénérer. Le doute ne doit pas pour autant nous contraindre à refuser la vérité. Au risque de dévoiler la partie vulnérable de notre être, comme une forme de dévalorisation. Comme par exemple, se trahir soi-même ! Notre capacité à douter doit être une vertu épistémique. Cette attitude implique que le narrateur doit se placer à l'extérieur de son texte. Par conséquent, il garde une certaine distance par rapport aux événements racontés. C'est une compétence fiable, une faculté à discerner le vrai du faux, pour nous prémunir de tout dogmatisme. Parce que la critique et le rejet du doute seraient déterminés par une obéissance aveugle en marge de toute rationalité. Alors oui ! Peut-être sommes-nous tentés d'affirmer que le doute est toujours raisonnable. Et s'il est raisonnable de bien douter, cela ne doit pas nécessairement remettre en cause l'ensemble de nos décisions. Peut-être, juste ouvrir un peu plus grand les yeux à certains moments afin d'esquiver un excès de confiance.

- C'est vous, Merlin ? Vous êtes venu me redonner le courage pour garder la foi !

Il n'est pas toujours loquace, mon ami, il se fait souvent discret, se dit Lilwenn. *Peut-être n'a-t-il pas apprécié que je le tutoie ?*

Le trait légendaire qui distingue Merlin est sa capacité à se métamorphoser. Il peut prendre à souhait, toutes les formes ou les apparences qu'il veut, celle d'un enfant ou d'un vieillard, d'un paysan, souvent la forme d'une créature liée à la forêt ou celle d'un animal, comme le pelage en livrée d'un faon. Il peut aussi transformer les autres ou mettre son pouvoir de transformation au service des autres comme dans la légende arthurienne. Mais jamais il ne t'abandonne lorsqu'il t'a donné sa parole. « Je serai toujours là lorsque tu en auras besoin », m'avait-il dit avant de partir. Si cela se trouve, c'était lui qui m'a accompagné, ce mendiant que j'ai croisé dans mon rêve. Et ce petit lapin qui a fait fuir les deux chiens patibulaires en Vendée. À ce moment, Lilwenn aperçoit dans les herbes hautes, deux jolis bois. Puis un museau pointe sa truffe noire et sa barbichette blanche. Deux grands yeux noirs brillent et fixent la jeune fille avec bienveillance et attention.

- C'est vous ? Je sais que c'est vous, Merlin, répondez s'il vous plaît !
- Ne t'ai-je pas fait la promesse de te protéger, de te rassurer ? Alors, ne baisse pas les bras, belle enfant ! Tu as fait les deux tiers du trajet. Tu ne dois pas renoncer pour une simple baisse de forme. Sois prudente, mais poursuis ta quête. Ne te pose pas trop de questions, ai confiance, je suis là, je te guide pas à pas.

Sans plus attendre, le majestueux animal se retourne presque sans un bruit. Il disparaît comme par enchantement dans les hautes herbes, en deux bonds aussi légers que gracieux. Lilwenn a parcouru neuf cent cinquante kilomètres environ, sur les mille quatre cents, à quelques pas près, que constitue son parcours. Bientôt, elle va rejoindre cette grande voie jacquaire, empruntée par la majorité des pèlerins « La Ruta Interior » et elle se sentira moins seule. Communier avec la nature, en admirer son élégance et sa beauté au rythme de ses longues enjambées. Lilwenn a passé des heures et des heures à méditer, à se recueillir, à spéculer sur sa destinée et sur son avenir. Durant son parcours, Lilwenn a sanctifié cette nature, elle l'a même divinisée avec les apparitions successives de son guide Merlin. Cette nature sacrée de la vie et ses mystères qu'elle découvre lui permet d'en mesurer et d'en apprécier son étendue. Ce chemin est une aventure magique, dans la mesure où il permet une reconnexion à l'être divin qui sommeille en soi. Jour après jour, c'est la reconnaissance de ce véritable joyau qu'est l'être humain. Peut-être est-ce pour cela que certaines personnes tentent désespérément de nous opposer les uns aux autres. Lilwenn sourit, ses pensées vagabondent. C'est ici et maintenant que le destin de chacun doit se dessiner. Car l'avenir appartient à un monde pour des hommes et des femmes avides de respect, de paix et de liberté.

L'étape a été chargée d'émotion. Il tarde à la jeune Lilwenn d'arriver à destination pour se reposer. La musique résonne de nouveau dans le casque et guide la cadence sur une chanson de Florent Pagny « Là où je t'emmènerai » les paroles s'envolent des lèvres de Lily « … C'est au fond de tes yeux, là où le monde effleure tes rêves, là où le bonheur n'est plus un mystère, c'est là que je t'emmènerai, sur la route, et si le soleil le savait, mais j'en doute… ». La jeune fille pense certainement à son prince, et les superbes paysages qu'elle traverse depuis son départ l'invitent à la mélancolie. Elle aimerait certainement partager cette aventure avec Diego, mais voilà, elle est partie sans laisser d'adresse. Cette jeune fille qui aime tant la compagnie, papoter et rire se trouve désormais rompue à l'exercice de la vie monastique. Elle avait certainement besoin de vivre cela pour se comprendre elle-même. La vie est un mystère qu'il faut vivre et non un problème à résoudre. Il faut estimer toute la vie pour la mériter.

Lilwenn arrive maintenant à Burgos. C'est une cité admirable de la péninsule ibérique et une étape prestigieuse du chemin de Saint-Jacques de Compostelle sur le « Camino Francés ». La construction de cette ville est étroitement attachée au pèlerinage. C'est aussi un véritable rendez-vous avec l'histoire, mais aussi un rendez-vous gastronomique qui saura mettre en effervescence les papilles des voyageurs, une étape culturelle par excellence. Et tout cela n'est pas pour déplaire à la jeune fille. Bien que son emploi du temps et ses préoccupations majeures l'éloignent quelque peu des plaisirs bucoliques, Lilwenn n'est pas en reste avec l'authenticité du terroir. Reprendre des forces lors de ses haltes n'est pas incompatible avec une bonne truite en escabèche ou une morue en sauce. Sans oublier le succulent « yemas », ce fromage frais aux noix, au miel et aux amandes caramélisées. Les efforts du chemin gomment chaque jour les moindres dépassements diététiques que la belle Lilwenn peut s'octroyer.

Lilwenn chemine tranquillement vers l'auberge située au centre de la vieille ville, proche de la cathédrale. Elle rejoint une jeune femme sac sur le dos qui semble se diriger dans la même direction. Lilwenn ne sait encore rien de cette personne, mais lui adresse la parole en espagnol pour la saluer.

- Ey ! Buenos días, qué tal. ¿ Vas a Compostela ?
- Sí, voy a Compostela y vengo de Bérgamo en Italia. Je m'appelle Marina et je parle un peu le français.
- Moi c'est Lilwenn, mais tu peux m'appeler Lily. Alors tu viens de Bergame en Italie, moi je viens de Vannes en Bretagne.
- Je connais un peu la Bretagne, Saint Malo, Rennes, Brest, et un peu Vannes, une ville romaine, je crois.
- Oui, super, mais tu parles drôlement bien le français, moi je ne parle pas l'italien, mais je me débrouille bien en espagnol.
- J'ai compris à ton accent français quand tu m'as dit bonjour. Je parle aussi l'espagnol, c'est bien quand on est en Espagne, dit Marina en rigolant.

Je crois que nous allons bien nous entendre, pense Lilwenn, *surtout si Marina à de l'humour et si elle aime bien rigoler.*

- Tu as aussi réservé à Mola Hostel Burgos ? demande Lilwenn à sa nouvelle amie.

- Non, mais j'espère qu'il leur restera un lit « per una bella ragazza come me » ?
- Ne t'inquiète pas ma belle, j'ai réservé une chambre double pour moi seule et donc je dirais que tu es avec moi. En fait, je voulais être tranquille, et le prix est très confortable pour le pèlerin. Je crois que l'on va bien rire toutes les deux. Et puis demain, nous ferons un bout de chemin ensemble. En fait, je te propose, et toi, tu disposes ! Seulement si tu es d'accord ? On partage le prix aussi, t'inquiètes !
- Vraiment, Molto bene ! Grazie mille Lily, c'est très sympa pour moi ! répond Marina avec son petit accent délicieux et ses petites fautes de français adorables.

Marina et Lilwenn arrivent devant l'auberge. Elles constatent que l'endroit est charmant et surtout très bien positionné pour profiter un peu de cette magnifique ville. Dès l'entrée, elles sont accueillies chaleureusement par Cristina, qui recueille leur Crédenciale pour y apposer un nouveau tampon. Puis elles se sont dirigées vers la chambre que Lilwenn a réservée. Celle-ci semble très confortable et conforme à l'image, d'une propreté exemplaire. Les deux jeunes filles s'installent rapidement, retirent leurs chaussures pour plus de confort. Pas d'odeur particulière de part et d'autre, chacune semble rassurée. Les mauvaises surprises dans les dortoirs sont légion, elles en ont déjà fait l'expérience. Le bruit les locomotives à charbon ou celui d'un félin qui ronronnent. Sans compter parfois, les petites odeurs d'oignons pas frais. Tout cela fait partie du chemin, mais c'est loin d'être agréable. Bien que baroudeuses, ces jeunes femmes ont un grand respect de leur personne. Elles décident de profiter de la belle salle d'eau pour se délasser de cette étape et se refaire une petite beauté avant de sortir visiter les alentours puis dîner.

Après avoir déambulé dans les vieilles rues de Burgos, elles dénichent dans la « Calle Alvar Garcia » un petit restaurant typique et très bien noté, le Don Jamón. Confortablement installées dans un coin intimiste, la température extérieure ne permettant pas ce soir de dîner en terrasse, nos deux jeunes amies vont faire plus ample connaissance. Après avoir découvert la carte et passer commande, Lilwenn demande à Marina :

- Es-tu partie à pied d'Italie en sortant de chez toi ?
- Non j'ai pris le train et je suis allée à Lourdes. En fait, je ne savais pas pour après. Je voulais juste oublier une mauvaise histoire d'amour, dit la belle Marina avec son petit accent de la région de Lombardie (originaire des tribus germaniques).
- C'est souvent le cas, j'ai croisé d'autres filles qui aussi avaient connu des problèmes de cœur. Les blessures affectives sont les plus nombreuses, assure Lilwenn.
- Pour moi, c'est une histoire d'amour qui s'est finie en partie de boxe. Et j'ai perdu par KO ! Confie Marina en rigolant. Je n'avais pas les bons gants, et j'étais mal entraînée.
- Les histoires d'amour finissent mal en général comme dit « Les Rita Mitsouko », et puis c'est comme ça !
- Oui, je connais aussi « C'est comme ça, la-la-la-la-la… » que les deux jeunes filles reprennent en cœur « … Je ne veux pas t'abandonner, mon bébé. Je ne veux pas nous achever, tu sais. C'est vrai, Hé-hé-hé, c'est comme ça… »

Les deux nouvelles amies partent dans un fou rire contenu, comprenant déjà que leur rencontre est un nouveau cadeau du chemin.

- Où as-tu appris à parler le français aussi bien ? demande Lilwenn.
- Erasmus ma chère, répond Marina. J'ai étudié à l'Université Rennes 2. J'ai fait un master en photographie pour être reporter international. Pour témoigner de l'héritage du vivant sur notre planète, comme par exemple, travailler sur les sites archéologiques. Et puis en Italie, nous sommes pourvus en la matière. Ce pays est d'une richesse extraordinaire et les sites résonnent d'un passé complexe, celui de l'être humain.
- Oui c'est sûr, quand on étudie la chute de Rome ou la décadence de l'Empire romain. Mais ce n'est pas uniquement lié aux Italiens. Il suffit de tourner le regard vers l'Europe aujourd'hui pour comprendre. Tu sais, il y a ce que l'on nous enseigne et tout ce que l'on ne nous dit pas ! poursuit Lilwenn.
- Ce n'est pas faux ! Mais pour le moment, je fais un break. J'ai trop souffert avec ce salaud de Lorenzo. Lui, il est dans l'audiovisuel, il est caméraman. Ils sont un peu vicieux et lui beaucoup ! Caché derrière sa caméra, l'œil regarde sans être vu. Toujours à faire des gros plans sur les défauts des gens, le décolleté plongeant d'une nana, les jupes trop courtes ou les bourrelets d'une ronde. Tu vois ce que je veux dire. Il y a eu cette fille, sa stagiaire. Il n'a pas pu s'empêcher de coucher avec elle, dans notre lit en plus. Quand je les ai découverts, on s'est battu, et il m'a frappé fort. Alors, j'ai viré toutes ses affaires par la fenêtre et lui avec. Pas lui, mais j'aurais aimé. Ça lui aurait fait une bonne leçon. Heureusement, c'était mon appartement. Alors j'ai fait un

sac et je suis partie à Lourdes pour comprendre pourquoi je souffrais avec ce genre de mec. J'ai demandé de ne plus vivre cela.

- Et tu as poursuivi, parce qu'à Lourdes tu n'as pas eu droit au miracle, rétorque Lilwenn en rigolant.
- Pas tout à fait, dit Marina, j'ai compris que la réponse devait arriver sur le chemin. Mais je ne savais pas lequel, alors j'ai demandé lors une méditation à Marie dans la grotte. Et j'ai cru entendre « Va chercher ta réponse sur le chemin, Saint-Jacques t'aidera ». Il y avait une religieuse à côté de moi, je lui ai demandé si je rêvais et elle m'a répondu « Vas ma fille, tu comprendras et tu seras heureuse ». Alors je me suis dit : va pour Compostelle « il tempo lo dirà ». Et pour toi, quelle est la raison de ton chemin ?

Lilwenn raconte à Marina, en prenant quelques raccourcis, les événements qui l'ont amenée à s'engager dans cette aventure, sans pour autant faire allusion à son ange gardien Merlin. La soirée se poursuit et Marina lui confie que son Lorenzo, elle l'avait vraiment dans la peau. Elle a terriblement souffert de cet affront. Certes, il avait possiblement déjà donné quelques coups de ciseaux dans le contrat, mais ils n'étaient pas mariés et chacun préservait sa liberté. Mais sur ce coup-là, il avait dépassé les bornes, il a poussé le bouchon un peu trop loin, le Lorenzo.

Lilwenn lui raconte qu'un jour, l'amour a demandé à l'amitié, « pourquoi existes-tu puisque je suis là ? » Et l'amitié lui a répondu : « Pour amener un sourire là où tu as laissé tant de larmes ».

- Pourtant, poursuit Lilwenn, ce n'est pas tant l'amour qui fait mal, l'amour ne peut pas faire de mal, l'amour ne peut pas être douloureux, puisque l'amour est pur, il est inconditionnel. C'est pourquoi souvent l'amour s'écrit avec un grand A. l'Amour ne juge pas, il accepte, il pardonne, l'Amour n'a pas de limites ! L'Amour n'est pas un sentiment, c'est un état d'être. C'est plutôt être amoureux qui fait mal, qui rend jaloux, qui crée le désir, qui met la tête à l'envers. L'Amour est juste un « Grand Tout ». Aimer sans retour, aimer juste pour aimer, ne rien attendre. L'Amour de Dieu, l'Amour de son pays ou de sa famille. C'est parce que le mot Amour est utilisé improprement, et qu'en définitive, la plupart des gens ne savent pas ce qu'est l'Amour. La confusion est très grande et communément admise, puisque le sens littéral du mot Amour est régulièrement dénaturé, voire travesti. Certainement dû en partie, à l'éducation que l'on reçoit. Il y a aussi toutes ces chansons et tous ces artistes qui meurent d'amour. Alors qu'a contrario, être amoureux peut faire perdre la tête et cela peut rendre fou. Certains tuent par Amour, mais c'est complètement faux ! On ne tue pas par Amour, ces gens sont simplement jaloux, fous amoureux ou fous tout court. L'Amour se situe dans le cœur, alors qu'être amoureux c'est dans la tête, et parfois bien plus bas. Alors par simplicité, on a souvent tendance à faire la confusion entre les deux. Ils confondent l'Amour et le sexe. On ne fait pas l'Amour, on a des relations sexuelles avec ou sans sentiment, même si elles peuvent être belles, tendres et respectueuses. L'Amour EST, c'est tout, point. C'est aussi simple que cela !

Marina comprend ce que Lily lui transmet comme message et le détachement est aussi une des recettes que l'on apprend sur le chemin. Voilà pourquoi on comprend mieux ce proverbe indien dit : « Le chemin le plus long qu'un homme ait à parcourir au cours de sa vie est le chemin allant de sa tête à son cœur ».

Le repas était délicieux et cette rencontre savoureuse à souhait. Les deux jeunes femmes règlent l'addition bien plus légère que leur copieux repas. Elles décident de déambuler un instant dans les petites rues de cette merveilleuse citée afin de prendre le temps de digérer. Les jeunes femmes continuent à échanger sur leurs projets respectifs. Marina explique que l'art photographique est une passion, elle souhaite en faire une vraie profession, mais les débouchés sont plutôt restreints et elle ne veut pas faire de la photographie alimentaire. Aussi, elle va suivre sa bonne étoile et peut-être que le chemin déposera sur son parcours des signes. Lilwenn lui explique alors que le hasard n'existe pas, que l'Univers se manifeste toujours tout autour de nous. Pourquoi c'est difficile ? Tout simplement, parce que si c'était facile, nous ne pourrions pas tout comprendre ! La sagesse est dans l'interrogation, la question permet de créer, nous devons être la question, et la réponse c'est le chemin, car la vie est un chemin. L'ouverture d'esprit c'est la question, nous devons comprendre afin de mieux apprendre. Il faut vivre la vie comme un cadeau et ne pas oublier que l'avenir pour les courageux, se nomme l'opportunité. On doit être poreux du cerveau, parce qu'il faut que cela entre par le haut. Lilwenn reprend sa phrase fétiche : « L'ouverture d'esprit n'est pas une fêlure du crâne », nous avons un bulbe, autant s'en servir. Tout est écrit pour ceux qui savent lire, et surtout ceux qui veulent bien y croire. Puis, Lilwenn regarde tendrement Marina et lui dit :

- Tu sais Marina, « il ne faut pas couper la ficelle, lorsque tu peux juste défaire le nœud » c'est un proverbe indien. Ne sois pas radicale, arrondis les angles de la vie. Soit douce avec toi-même, tu es jeune, belle et l'avenir est tout entier devant toi. Si la photo c'est important pour toi, c'est qu'il existe une raison. Je n'ai pas la réponse, mais si tu fais ce que tu dois faire, les portes s'ouvriront toujours devant toi. Tant que tu es sur le bon chemin, cela fonctionne. C'est seulement quand les échecs commencent à s'accumuler qu'il ne faut ne pas trop insister. Souvent, on nous cite en exemples de gens qui ont réussi au bout de nombreuses années. Mais l'on omet la plupart du temps de nous en donner les détails. Suis la voie de ton cœur.

Les deux amies ont décidé de poursuivre le chemin ensemble, et de repartir tôt le lendemain matin, aussi, elle rentre à l'auberge pour une bonne nuit de sommeil.

22
Séduisante rencontre

Levées tôt, après une bonne collation, Marina et Lilwenn ont repris le chemin avec pour objectif de rejoindre la ville de Léon dans les sept jours suivants. Lilwenn n'a jamais programmé ses soirées étapes au-delà de trois jours, car cela dépend de sa forme. Très bien chaussée, elle n'a pour l'heure jamais souffert des pieds, ce qui n'est pas le cas de Marina. Elle lui a confié avoir fait une petite erreur d'investissement sur ce point-là. Nos jeunes marcheuses traversent les vastes plateaux de la Meseta Castillane, communauté de Castille et Léon, avec ses champs à perte de vue. Il fait un peu frais ce matin, pas plus de sept à huit degrés. Peut-être que la traversée du plateau situé aux environs de six cents mètres d'altitude en est la principale cause. Ne perdons pas de vue que nous sommes toujours au printemps et en avril, on ne se découvre pas d'un fil. Le soleil semble s'être invité sur l'étape et après deux heures passées, les deux amis qui avancent à un rythme soutenu, commence à avoir chaud. Il est temps d'ôter les premières couches de vêtements.

Les deux prochaines étapes programmées affichent chacune une distance de trente kilomètres et Lilwenn a déjà réservé le gîte et le couvert. La jeune fille a mis la barre un peu haute et Marina a quelque difficulté à suivre. Non pas que ses jambes lui fassent défaut, mais ce sont bien ses chaussures qui sont à l'origine de cet écueil. « Pieds pas bien chaussés, cadence pas adaptée, bobo à l'arrivée », la nouvelle devise de nos marcheuses. Le prochain village fera l'objet d'une pause pour visiter la pharmacie. Celle-ci doit être régulièrement prise d'assaut par les pèlerins confrontés à ce problème. Super bien située sur le chemin, elle a dû en voir défiler des petons meurtris par des économies de semelles. La petite dame s'est spécialisée dans cette torture et dispose maintenant d'une batterie de crème anti-cloque et pansements en tout genre. Oh ! Miracle, elle est même dotée d'un aérosol prodigieux à pulvériser à l'intérieur de la chaussure avant de l'enfiler. Cela a pour effet de détendre le cuir et désinfecter en même temps. Une sorte de deux en un qui fera son action pour un temps.

- Je ne sais pas si je vais continuer avec toi Lily, je ne veux pas te ralentir, tu as aussi des étapes qui sont longues.
- Ne t'inquiète pas Marina ! Vois d'abord si le docteur petits petons fait des merveilles, après on avisera.
- Ok ! mais je ne veux pas être un boulet que l'on tire, renchérit Marina qui se sent gênée par son handicap.
- Ce soir, nous dormons à Hontanas et demain soir à Fromista. Peut-être tu trouveras un magasin pour de

nouvelles chaussures. Même si elles ne sont pas rodées, avec une demi-taille, voire une taille au-dessus, ça fera l'affaire.

- Ok sur ce coup, mais si ça ne va pas on en reparle !
- T'inquiètes nénette !

Les deux jeunes femmes partent dans un fou rire communicatif et la pharmacienne qui ne comprend pas le français participe de bon cœur à ce moment récréatif. Parée pour un temps, Marina va pouvoir reprendre le chemin en compagnie de Lilwenn. Elles profitent de ce crochet en ville pour effectuer quelques achats pour la pause déjeuner et poursuivent ensuite le Camino. Marina soulagée pour un temps de ses douleurs plantaires peut continuer au rythme de Lilwenn. Ses grandes jambes savent également se coordonner sur la foulée de ses compagnons de marche. Quelques longs moments de silence s'intercalent entre des échanges conventionnels et un regard acéré sur cet avenir. Celui qu'il faut envisager avec pragmatisme et lucidité en gardant la tête froide tout en gardant un profond détachement. Les estomacs commencent à réclamer quelques calories. Les deux jeunes filles profitent pour leur pause, d'un arbre planté là sur le bord du chemin. Il les protégera d'un soleil qui commence à chauffer, comparé au petit matin frisquet. Tandis qu'elles écoutent un peu de musique en papotant et en grignotant, deux grands jeunes hommes, sac sur le dos, croisent leur chemin. Ils ont vingt-deux et vingt-trois ans. Tout comme les deux jeunes filles, ils parcourent le chemin jusqu'à Compostelle. Une présentation et une conversation qui se fait en plusieurs langues pour déterminer les origines de chacun. Très vite, l'option de l'anglais est retenue.

- Hello, my name is Owen, I come from the USA from Harrisburg, Pennsylvania, I am twenty-three years old, dit le premier.
- And me, my name is Lonan, I come from Ireland, from Sligo in Connemara and I am twenty-two years old, dit le second.

(Comme vous l'aurez certainement deviné, Owen est Américain et vient de la ville de Harrisburg en Pennsylvanie, un état proche de New York et il a vingt-trois ans.) Le prénom Owen vient du Celte et signifie « beau et élégant ». Son ami Lonan, prénom qui se traduit par « petit merle » en vieil irlandais, vient du Connemara. Cette merveilleuse région des lacs a été rendue célèbre par la chanson de Sardou. Avec ses cheveux en bataille et ses petites taches de rousseur, il ressemble un peu au prince Harry a vingt-deux ans. La conversation s'engage rapidement entre les jeunes gens. Les garçons se connaissent depuis un certain temps, car ils ont effectué leurs études dans la même université. C'est pour fêter leur diplôme qu'ils se sont offert ce voyage en Europe. Plus particulièrement en référence au père d'Owen qui a fait ce pèlerinage étant jeune et en a gardé un souvenir mémorable. Lilwenn qui s'exprime parfaitement en anglais se présente.

- Lilwenn, j'ai dix-neuf ans et je viens de Bretagne en France.
- Moi, c'est Marina, j'ai vingt-deux ans et je viens d'Italie de Bergamo,
- Oui je connais l'Italie, dit Owen, je suis originaire d'Italie. Ma grand-mère est venue de Milano avec ses parents après la guerre pour travailler à Philadelphie. Je parle un peu l'italien et j'aime beaucoup ton pays.
- Et toi, Lonan reprend Lilwenn, tu parles un peu le français ?

- Très mal répond Lonan, mais je le comprends très bien. Quand j'étais petit, ma nounou était fille au pair, et venait de Saint-Brieuc.

Très vite, le contact se noue entre les quatre jeunes gens. De nombreux points communs les rapprochent. Les centres d'intérêt et les études facilitent rapidement les échanges entre eux. La beauté et la grâce de nos deux princesses laissent pantois ces deux nigauds qui se retrouvent déjà sous leur charme. Comme les garçons avaient déjà déjeuné, le quatuor reprend le chemin pour une même destination en fin de journée. Après un certain temps, Lilwenn a remarqué qu'Owen et Marina conversent en italien. Elle s'aperçoit aussi que le beau Ricain s'est remis rapidement à la langue de Dante. Comme le rapprochement semble inévitable entre ces deux-là, Lily fait la conversation en anglais avec Lonan qui ne manque pas d'humour. Ils partagent ensemble leurs goûts musicaux que Lily va piocher dans son répertoire. Bizarre ! Les pieds de Marina ne semblent plus la faire souffrir. Peut-être n'y pense-t-elle pas tout simplement, car ils marchent devant tous les deux à bonne allure et ça papote grave. La fin de l'étape s'est déroulée comme sur un tapis. Arrivés à l'auberge, deux chambres doubles ont été réservées. L'accueil y est très chaleureux et les Crédenciales sont présentés. Les regards se croisent et les sourires en disent déjà long. Mais pour la bonne règle, les deux filles entrent dans leur chambre quand les deux garçons entrent dans la leur. À ce stade de la soirée, les arrière-pensées et les silences suggèrent à Lilwenn qu'elle risque de passer la nuit avec Lonan dans sa chambre. Il y a des lits jumeaux et ce garçon est suffisamment bien élevé et respectueux pour ne pas enfreindre les règles du savoir-vivre. Avant de se retrouver devant l'auberge pour marcher un peu et dîner, les filles comme les garçons ont décidé de procéder à un bon coup de propre. Une fois rendues dans la chambre, la porte se ferme et Lilwenn s'adresse à Marina :

- Je crois que ça matche bien avec Owen, bon, tu me recadres, si cela ne me regarde pas, mais je pense que vous ne semblez pas indifférents l'un pour l'autre.
- Oui, confirme Marina, je le trouve super beau, et nous avons plein de points communs. Tu te rends compte, nos origines sont du même endroit. En plus, il a fait des études pour être journaliste. Il peint et joue de la musique. Tu vois, c'est un peu un artiste comme moi. Et puis il semble très doux, ce qui n'était pas du tout le cas de Lorenzo. Dis-moi, tu crois au coup de foudre Lily ? Demande Marina.
- Oui, tu sais qu'il faut être attentif aux signes, ne te l'ai-je pas dit ? Il existe le principe favorable, la chance du débutant. Dans la vie, quand les choses sont justes, l'Univers conspire pour te faire accéder au bonheur. À toi de le ressentir. C'est la seule et unique obligation que ton âme te demande, c'est d'accomplir ta mission sur cette Terre, ne pas passer à côté de ta vie. Selon le principe favorable, si tu empreintes la voie de ton cœur, tu ressentiras comme une expansion intérieure. L'Amour, le vrai, emplira toute ta poitrine et tu verras la chance à tes côtés, il faut en profiter, l'aider. Il y aura toujours des signes pour t'indiquer la direction à suivre. La voie est ouverte. Et si tu doutes, c'est normal, c'est acataleptique. On dit que c'est une affection cérébrale qui provoque l'impossibilité de comprendre. Tu ne pourras jamais atteindre la certitude, tu suivras la voix de ton cœur,

écoute-le bien. Il y a la voie, le chemin, mais il y a aussi la voix, la petite voix intérieure qui te dit sagement : fais, ou ne fais pas. De toute façon, si c'est compliqué, difficile, si cela ne se passe pas comme tu le veux ; arrête ! Ne continue pas, tu n'es pas dans la bonne direction. Pense à Lorenzo et dis-lui merci.

- Comment veux-tu que je dise merci à Lorenzo ?
- Bien entendu, Marina, dis merci à Lorenzo. Il t'a offert sur un plateau le choix de souffrir ou de rompre. C'était limpide, sans aucune ambiguïté, presque sous tes yeux. Tu pouvais accepter, mais la fougueuse Italienne a jeté son macho. Bravo ! Tu es libre, et puis tu as le droit à l'erreur toi aussi !
- Oui, tu as raison, tu as toujours raison Lily, je vais suivre tes conseils. Je peux te demander une chose Lilwenn, si ce soir je veux aller avec Owen, tu accepteras Lonan avec toi ?
- J'ai déjà envisagé le scénario, dit Lilwenn à Marina, bien sûr, t'inquiètes nénette !

Les deux filles partent à nouveau dans une grande rigolage et Marina prend Lilwenn dans ses bras pour lui faire un gros câlin et lui dire merci.

- Bon maintenant à la douche ma belle, il faut que tu sois nickel si « tu passes à la casserole ce soir », dit Lilwenn en repartant dans un fou rire.

Elle se doute que la belle Italienne n'a rien compris de l'expression « passer à la casserole ».

Quand les filles descendent de la chambre, les deux garçons sont déjà dehors, devant l'auberge à les attendre. Owen et Lonan ont pris le temps de consulter le menu pèlerin de l'auberge. C'est un menu unique, mais avec une cuisine 100 % maison. Ils ont réservé une table pour quatre pour vingt heures. Ils indiquent aux deux filles que ce soir, elles seront leurs invitées. Une belle marque de galanterie que Marina relèvera avec un sourire en direction de Lily. En attendant l'heure du repas, les quatre complices décident collégialement de faire le tour du petit village et prendre un pot dans une sympathique bodega proche du château en attendant le repas du soir. Tandis que les garçons choisissent « Una cerveza », une bière locale à la pression, Lily et Marina ont fait le choix de déguster « Una copa de vino blanco » fruité et du coin. Quelques olives, quelques gorgées et le papotage reprend ses droits. Owen et Marina se sont de nouveau rapprochés et se tiennent déjà la main. *Je ne sais pas ce que ces deux-là ont bien pu se dire tout le long du chemin,* pense Lilwenn, *mais de toute évidence j'assiste à un véritable coup de foudre. Ils ont l'air amoureux, même si cela peut paraître rapide, en plus Owen est aux petits soins pour sa dulcinée, pourvu que cela dure.* Lonan est plus réservé et ne cherche pas particulièrement à draguer Lily, bien que la jeune fille ne le laisse absolument pas indifférent. Plus tard peut-être, il ne fait pas de calcul et ne sait si son cœur est disponible. Tandis que les amoureux se dévorent des yeux et se bécotent en parlant à voix basse, Lilwenn propose de retourner à l'auberge pour dîner. L'heure tourne et ils risquent de ne plus être servis s'ils arrivent trop tard. Elle demande à Marina en rigolant si elle va avoir encore faim après tous ces bécots.

Confortablement installés, tandis que les entrées sont servies, Lilwenn fait plus ample connaissance avec Lonan qui lui explique avoir fait un « Master of Science in Financial Analysis à la School of Business », à l'Université de Philadelphie. Et c'est dans cette école qu'il a connu Owen et se sont liés d'amitié. Owen suivait des études de lettres appliquées pour être journaliste.

Depuis, ils sont presque inséparables, mais maintenant avec l'entrée de Marina dans son cœur, peut-être que ça changera. Lonan explique aussi à Lily que ses parents sont producteurs et éleveurs de saumons biologiques en Irlande. Ils possèdent une grande ferme d'élevage dans le Connemara. À son retour de Saint-Jacques de Compostelle, il intègre l'entreprise familiale et a pour mission de créer un département de transformation et de fumage du saumon. Il devra promouvoir et développer le marché à l'export. Il explique aussi que ses parents ont une distillerie et font du whisky et du gin biologiques. C'est la passion de son papa. Lilwenn, les yeux grands ouverts, boit à son tour les paroles de son ami. Elle lui précise qu'elle ne boit pas de whisky, enfin pas encore précise-t-elle, car c'est trop fort et elle n'aime pas le goût. La soirée est douce, et le repas superbe, Marina croise le regard de Lilwenn et l'invite à lui faire une confidence. Elle lui chuchote à l'oreille :

- Dis-moi Lily, tu veux bien accueillir Lonan dans notre chambre cette nuit à ma place ? On va faire discrètement l'inversion de nos sacs.
- J'ai bien compris que ça finirait ainsi, nous en avons parlé avant le dîner. Pas de problème, ma belle, on va s'en occuper avec Lonan, discrétos, ni vu, ni connu.
- T'es un amour, ma Lily

Lilwenn glisse quelques mots à l'oreille de Lonan, puis les deux jeunes gens se lèvent. Ils prétextent auprès d'Owen qu'ils sont fatigués et qu'ils vont se coucher. Après avoir pris congé des tourtereaux, Owen demande à Marina :

- Tu crois que nous allons les retrouver dans le même lit.

- Je ne sais pas ! répond Marina qui ne peut s'empêcher de sourire en pensant à sa manigance avec Lilwenn.

Pendant ce temps, tandis que Lily et Lonan rejoignent leur chambre, Lilwenn demande à Lonan si cela ne le dérange pas de déménager dans sa chambre pour laisser Marina avec Owen. Puis, elle lui indique avec humour, qu'ils doivent avoir plein de choses à se raconter et pas que ! Le garçon a bien compris la complicité entre les deux jeunes filles et ne trouve pas déplaisant pour sa part, de se retrouver à partager la chambre de Lily. Même s'il ne se fait pas d'illusion sur le dénouement. Arrivera-t-il à dormir correctement avec cette poupée proche de lui ? C'est une autre histoire. Après avoir fait discrètement le transfert des sacs, les deux amis se retrouvent un peu ballots dans la même chambre. Un lavage de dents et le passage d'un vêtement de nuit plus tard, chacun est dans son petit lit, la tête bien posée sur l'oreiller. Lilwenn reprend la conversation et explique qu'elle aussi préparait un master en finance et assurance lorsqu'elle a tout plaqué pour mieux découvrir qui elle était. Pour le moment, Lilwenn ne cherche pas à approfondir le sens de son chemin ni parler de Merlin, des fois que cela tourne au ridicule. Elle précise pourtant que son avenir se jouera certainement dans le soin à la personne.

Lonan reprend la parole et explique que sa tante est une guérisseuse avisée et qu'il comprend bien ce choix. Il ajoute combien il apprécie la belle personne qu'est Lily. Mais Lilwenn est déjà partie dans ses brouillards nocturnes. Une fatigue marquée par la grande étape du jour, près de trente kilomètres. Le jeune garçon qui partage cette gracieuse compagnie s'aperçoit, dépité, qu'il parle désormais dans le vide.

Respectueusement, il saisit l'interrupteur de la lampe de chevet à pampilles et sans faire teinter la myriade de petits pétales de verre, éteint la lumière. Il recherche vainement un sommeil qui ne veut pas de lui. Il ne peut esquiver les légers effluves d'un doux parfum, qui viennent de leurs sensuelles fragrances, caresser le bout de son nez. Un petit air de Coco pour cette demoiselle déjà plongée dans sa rêverie à un mètre de lui.

De leurs côtés, les tourtereaux doivent rejoindre leur chambre, car l'aubergiste éteint déjà les lumières. Arrivés sur le palier, devant la porte de la chambre d'Owen, c'est un long et langoureux baiser qui semble, pour le jeune homme, clore cette délicieuse soirée. Mais tandis qu'Owen ouvre silencieusement la porte de sa chambre, Marina glisse sa jambe dans l'entrebâillure de celle-ci sans que sa bouche ne quitte les lèvres du beau jeune homme. Tendrement il éloigne le visage de Marina afin de reprendre son souffle et lui dire avec tendresse et désespoir.

- Tu ne peux pas, il y a Lonan qui dort !
- Chut ! dit-elle en posant son index sur la bouche du garçon tandis que de son autre main, elle enclenche l'interrupteur pour éclairer la chambre.

Owen découvre alors avec surprise que celle-ci est vide et que Lonan n'est pas dans son lit. Le sac de Marina est là, déposé au pied du lit.

- Lonan n'est pas dans son lit ! dit-il en regardant Marina d'un ton étonnamment amusé.
- Tu es déçu ? dit la belle Marina, tu n'as pas envie ?

Owen, semble gêné et ravi à la fois, un sourire illumine son visage. Il était loin cependant d'envisager la hardiesse de la belle Italienne et s'imaginer… Puis soudain il dit :

- Tu crois que Lonan et Lily ? Qu'ils sont… ! Ne souhaitant pas utiliser plus de mots afin d'éviter une quelconque maladresse.
- Je ne sais pas, conclut-elle, faisant sa petite mine d'ingénue, si ça se trouve, ils dorment déjà profondément.
- C'est toi qui as manigancé ce méli-mélo ? Demande Owen. « Questa bella sorpresa », très intéressant ! poursuit-il.

Découvrant alors que la jeune fille semble être l'instigatrice de ce charmant moment, Owen la prend dans ses bras. Il la serre contre lui avec application et dépose sur les lèvres douces et tendues de la jeune fille, un long baiser gourmand. Dès lors, Marina n'offre plus aucune résistance. Elle se laisse porter par la tendre fougue d'Owen. Celui-ci a bien compris que sa dulcinée n'a qu'un seul désir, s'offrir à lui. La scène ressemble à la célèbre toile de Gustave Klimt, « Le baiser ». Il y a dans ses yeux, une myriade d'étincelles, signe de vie et d'amour, comme un don du ciel, juste pour elle.

- Tu es déçu bel homme ? Demande alors Marina, avec sa petite frimousse coquine.
- Non point, répond Owen, l'air sérieux, tel un beau et élégant chevalier maîtrisant la situation.

En amour, le jeu permet toutes les espiègleries. Taquiner, stimuler la curiosité et l'intérêt du partenaire. Aussi, les prémices et les gestes tendres ne font que renforcer la confiance dans le couple, surtout quand il s'agit de partager une expérience commune pour la première fois. Ho ! certes, ce n'est pas leur première découverte individuelle avec les plaisirs charnels, mais tous deux ne se connaissent pas encore et doivent se découvrir. Owen a vérifié que la porte est maintenant bien refermée à clé pour garantir leur intimité. Il a compris que Marina est à l'origine de ce stratagème. Aussi, il va la laisser conduire dans un premier temps, la symphonie des gestes, pour se rassurer. Il est timide Owen, son éducation puritaine américaine marque le contraste avec le sang italien qui coule dans ses veines. Il apprécie particulièrement l'initiative d'une Marina rassurante et confiante. Il se dit qu'il aura tout loisir de reprendre la main pour la transporter aux portes de l'absolu. Dans un mouvement lent, commence un effeuillage réciproque et les vêtements tombent un à un lentement sur le sol, dans un silence profond ponctué par de douces caresses et de longs baisers. Pudeur ou retenue, les deux amants ont conservé leurs sous-vêtements, parcourant du bout des doigts les surfaces de peau désormais accessibles.

Owen prend un malin plaisir à découvrir son cadeau. Avec des gestes assurés et délicats, il dégrafe le soutien-gorge de Marina, laissant apparaître deux jolis petits seins fermement dressés qui ne demandent qu'à être embrassés. Stimulés par les caresses d'Owen, ils se redressent, excités par l'hormone du bonheur, le plaisir de l'amour. Owen la prend dans ses bras musclés et la dépose sur le petit lit. Seule la petite lampe à pampilles éclaire les deux corps qui se dessinent en une ombre chinoise au plafond. Parcourant ce magnifique corps qu'il découvre de sa bouche et de ses doigts, il fait glisser l'élégant sous-vêtement rouge à dentelle. Sa respiration est saccadée et Marina sent le souffle chaud de son amant exalter les petits papillons de son ventre. Après quelques instants, prenant la maîtrise des événements, c'est Marina qui retourne la situation. Owen est maintenant allongé sur le dos et soumis au caprice de la belle Italienne. À son tour, elle retire le dernier rempart d'Adam pour découvrir l'effet puissant de son charme sur le jeune homme. Ses baisers se font langoureux et gourmands. Après avoir exploré les courbes de ce corps bouillonnant, elle remonte lentement le long de sa poitrine jusqu'à ses lèvres pour y déposer le plus doux des baisers. Elle lui dit tendrement au creux de l'oreille :

- Prends-moi mon amour !

Les corps brûlants de ces deux amoureux se fondent en un magma de spasmes, de sentiments et de douceur. Le sommet de leur plaisir culmine simultanément en de petits gémissements qui se perdent dans cette chambre. Les murs de cette pièce transpirent des vibrations positives et des énergies de ce jeune couple. Longtemps durant cette nuit, ils reproduiront le chemin d'un bonheur partagé par ces deux corps qui se mêlent pour rejoindre l'Univers des sens.

Lorsque la musique du radio réveil de Lilwenn résonne dans la petite chambre, il est six heures trente. La voix de la chanteuse espagnole Jeanette murmure la chanson « Porque Te Vas ». Lilwenn met l'interrupteur sur « off » et se lève délicatement pour laisser dormir encore un peu Lonan. Longtemps, il a tourné en rond dans son petit lit, bercé par l'entêtant parfum de la jeune fille. C'est seulement sur le petit matin, épuisé par tant de pensées inavouées, qu'il a trouvé le sommeil sans plus vraiment le chercher. Lilwenn entre dans la salle de bain, ôte sa chemise de nuit et se glisse sous un ciel de pluie. L'eau chaude ruisselle sur son corps, elle se savonne vigoureusement pour accélérer son réveil, car une nouvelle étape de près de trente kilomètres est à l'ordre du jour. Elle a réservé sa soirée étape et ne souhaite pas faire faux bond. Le bruit de l'eau réveille Lonan qui émerge d'un rêve profond. Il attend patiemment par correction que Lily ait terminé sa toilette pour prendre possession des lieux. Lorsqu'elle ressort de la salle d'eau enroulée dans sa serviette, Lonan se lève à son tour, pressé quelque peu par une envie, passe à côté de la jeune fille et lui glisse à l'oreille :

- Tu es très belle, en plus tu sens très bon le parfum ! Dans un français approximatif.
- Merci, répond-elle simplement.

Avant que Lonan ne soit entré dans la salle d'eau, Lily dépose un tendre bisou sur la joue du bel Irlandais. Elle regarde par la fenêtre, le jour montre le bout de son nez, sur le sol quelques flaques d'eau préfigurent une journée plutôt humide. Elle s'habille chaudement et enfile un legging, connu chez nos anciens, dans les années 60, sous le nom de pantalon fuseau. Cette pièce de mode, portée facilement pour le sportswear, chaude selon la matière, est légère et super confortable. Utilisé en tant que pantalon, son profil moulant met particulièrement en avant les formes gracieuses de Lilwenn. Elle n'est pas coincée, mais préfère enfiler une liquette longue et une ceinture pour marquer la taille. Elle couvrira ainsi ses jolies petites fesses. Car ce vêtement émancipé peut être perçu de façon négative. On l'accuse parfois de distraire, voire de dissiper les jouvenceaux pubères.

Dignement vêtue, elle profite que Lonan soit dans la salle de bain pour aller toquer à la porte des tourtereaux afin de connaître leur programme du jour. Après plusieurs « toc-toc », la porte s'entrouvre et c'est une Marina, les yeux cernés qui apparaît.

- Il est quelle heure ?
- Sept heures, ma chérie et nous avons une longue étape, de notre côté Lonan et moi sommes prêts, nous allons déjeuner.

- Partez devant, nous vous rattraperons !
- Tu parles, Charles ! Tu as vu ta tête ! Tu n'as pas dormi ton compte ?
- Ne te moque pas, Lily ! C'était génial, mais là le réveil est difficile. Écoute, je vais prendre une bonne douche pour me réveiller, car si je réveille Owen maintenant c'est reparti.
- Bon, écoute, si vous faites vite, on vous attend, sinon, on part devant, conclut Lilwenn
- Ça marche, bébé, dit Marina sur un ton pas très motivé.

Lilwenn retourne dans la chambre, ouvre la porte et croise Lonan qui sort de la salle d'eau, nu comme un ver.

- Bel homme ! lui dit-elle avec un large sourire.

Surpris, le garçon rougit, s'assoit sur le lit et passe rapidement son boxer « Calvin Klein ». Timidement, il demande pardon à Lilwenn pour ce léger désordre. La jeune fille s'approche alors du jeune homme, prend sa tête entre ses deux mains, dépose un gros bisou sur sa joue et lui dit affectueusement :

- T'inquiètes, j'en ai vu d'autres, puis elle part dans un fou rire, sa main venant caresser délicatement la joue de Lonan. Puis elle ajoute : Bon ce n'est pas tout loulou, on se bouge, les amoureux ne sont pas prêts, je descends devant pour le « p'tit déj », tu te grouilles, et tu me rejoins, s'ils ne sont pas prêts à temps, nous partirons devant. Ils nous rejoindront. Tu piges, mon gars ?
- Y pige pas tout loulou ! dit Lonan qui finit de s'habiller en rigolant, tu es tout de même un sacré numéro, c'est comme ça que vous dites, vous, les Français. Bon je suis prêt maintenant, je viens avec toi.

Comme dit une maxime : « chasser le naturel, il revient au galop », Lilwenn reprend vite quelques vieilles habitudes. Elle dit souvent : « Si vous ne savez pas, je vais vite savoir pour vous ! » C'est une cheffesse, c'est son tempérament, elle n'aime pas trop les personnes qui perdent du temps à tergiverser, puis au bout du compte suivent bêtement l'avis général. Sac sur le dos, nos deux amis dévalent le grand escalier pour se poser dans la salle où un petit-déjeuner nourrissant leur permettra de rejoindre Frómista. Une étape de près de huit heures, aussi il ne faut pas flâner.

23
Passion éphémère

Les deux tourtereaux n'étaient pas au rendez-vous du petit-déjeuner. Lilwenn s'en serait douté à voir la mine raplapla de Marina.

- J'espère qu'elle va tenir le coup jusqu'à Compostelle, dit-elle à Lonan.

En tout état de cause, ce n'est pas son affaire, même si elle adore sa copine italienne. *Elle va finir aux States si ça continue, c'est peut-être le bon,* pense Lilwenn qui aurait parfois tendance à s'immiscer dans les affaires qui ne la regardent pas. Elle le sait et tente de corriger ce défaut. C'est certain il semble mieux que Lorenzo au dire des confidences de Marina. Lilwenn marche assez vite, pour le moment Lonan suit, mais est-ce que cela durera ? Là est la question. Elle lui demande :

- As-tu une amie en Irlande ?

- Oui, j'ai une amie, elle s'appelle Maureen, mais ce n'est pas trop sérieux. Pour le moment, juste un flirt. Et toi ? Demande le jeune homme, car cette question le taraudait depuis les premiers regards.
- Pareil ! répond Lily, il se prénomme Diego, c'est comme toi, moins encore, nous sommes de très bons amis, et nous pensons être très attirés l'un vers l'autre. Mais il n'a jamais fait le premier pas, il est trop timide.
- Ha le con ! dit Lonan, Ho, pardon Lily, je ne voulais pas être blessant.
- T'inquiètes, ce n'est pas faux ! Tu sais, je te trouve très séduisant, très respectueux aussi. Je ne dis pas non, mais je ne dis pas oui non plus. Si nous devons avoir une relation tous les deux, elle n'aurait peut-être pas de lendemain. Je n'ai aucune attache sentimentale à ce jour, mais j'ai dix-neuf ans et ne veux pas passer à côté de ma jeunesse. Tu comprends Lonan ?

Après un moment de silence, le jeune homme a mûri sa réponse, et dit à Lily :

- Tu es très belle, et tu me plais beaucoup. Le physique est important pour moi, car on regarde cette personne tous les jours. Je ne suis pas jaloux. Les regards posés sur ma ravissante copine ne feront que renforcer ma fierté de partager son bras. Et puis tu es intelligente, tu parles plusieurs langues et parfaitement l'anglais. Tu as de nombreuses connaissances, et un petit caractère autoritaire qui ne me dérange pas. Je pense que tu sais ce que tu veux, mais je ne sais pas si je pourrai partager ma vie avec toi, cependant je te trouve rayonnante, tu es un élixir. Puis il se met à rigoler. Pour un gars qui a des parents qui distillent, je trouve cela rigolo comme formule. « Tu es mon élixir » ! conclut Lonan.

- J'aime beaucoup ton sens de l'humour, lui répond Lilwenn.

Cela fait bientôt quatre heures qu'ils marchent et ils décident de faire une pause pour reprendre des forces. Tandis que cette halte prend fin, ils aperçoivent au loin Marina et Owen, main dans la main, qui se dirigent vers eux en faisant de grands signes. Ils forment un beau couple tous les deux, pense Lonan, heureux pour son ami.

- Salut les amoureux, disent en cœur Lily et Lonan.
- Pff ! Désolé Pff ! Répondent synchro les tourtereaux, nous n'avons pas vu l'heure tourner, on a dû se dépêcher. Merci de nous avoir attendus.
- Nous étions sur le point de repartir, déclare Lilwenn, car nous avons encore autant de chemin à parcourir.
- Nous, on va s'arrêter à l'Ermita de San-Nicolas confirme Marina. Nous sommes claqués et il faut que l'on se repose, et j'ai encore un peu mal à mes pieds.

Owen confirme :

- Nous devons faire une pause plus importante, sinon la fin sera difficile. Je pense conclut-il, que le but de notre chemin réciproque est certainement atteint, si le but était de se rencontrer. Mais nous avons décidé de poursuivre jusqu'à Santiago. Nous voulons assister à la messe comme une bénédiction. Tant cette Cathédrale de Saint-Jacques de Compostelle est importante. Ce sera le dernier coup de tampon final de notre pèlerinage sur notre passeport, un peu comme obtenir le Graal.

En effet, il faut respecter des conditions assez strictes pour prétendre à la remise du certificat de la Compostela. Ce certificat est délivré sur présentation de la Crédenciale qui justifiera que l'on a bien accompli le chemin, avec ses étapes.

- Nous on repart ! Dit Lilwenn, puis se tournant vers Lonan elle lui dit manière affirmative : « Si tu poursuis encore avec moi ? ».
- Oui, je viens avec toi ! répond Lonan un peu bébête, surpris par le ton péremptoire de la jeune fille. Avec plaisir en plus ! Ajoute-t-il, toujours avec cette arrière-pensée, celle qui lui trotte dans la tête, ou peut-être un peu plus bas si j'osais. Même une seule fois, elle est vraiment trop canon cette nana, pense Lonan au fond de lui.

Laissant les deux tourtereaux à leurs sandwichs câlins-baisers, Lilwenn et Lonan reprennent le chemin pour quatre bonnes heures de marche. Avant de repartir et après quelques gros bisous, ils se font la promesse de s'attendre à Santiago pour fêter leur chemin.

Les paysages défilent, la marche est rapide et à la surprise de Lilwenn, c'est Lonan qui mène le rythme et Lily la conversation. Elle lui dépeint succinctement l'origine et le but de son chemin. Elle lui explique :

- La vie est belle. Nos âmes doivent se libérer de nos vieilles mémoires, pour avancer libre et sans fardeaux qui pourraient freiner notre évolution. Il faut apprendre à vivre l'instant présent sans retour en arrière. Certes c'est difficile, mais c'est nécessaire. Plus encore, il est indispensable de la faire, pour ne pas rebattre un passé qui nous maintiendrait dans une forme d'illusion et nous empêchant alors de progresser. On nous a inculqué, dans une éducation judéo-chrétienne, que le bonheur se méritait, qu'il fallait travailler dur pour y accéder, que rien n'est jamais acquis. Qu'il faudrait travailler encore plus pour le conserver. Foutaise, enchérit la jeune Lily, balivernes, immonde connerie. Il faut abandonner cette croyance et être simplement dans la vérité du cœur. Il faut accepter les choses simplement comme elles sont. Le sentier que l'on suit est sous nos pieds. C'est notre mental qui nous joue des tours, et nous entraîne sur des chemins de traverse qui nous mènent parfois dans vers une impasse. Mais c'est bien nous qui décidons de le suivre ou pas. Accepte simplement, et apprend à vivre tout cela dans le présent, apportes-y de l'amour et laisse les choses négatives s'évaporer. Confie le gouvernail à la vie et savoure. Vois comme c'est simple. C'est tout simplement la foi en l'Être Divin qui est en toi. Tu es relié à la Vie, à la conscience supérieure.

- Je suis très surpris par ta maturité d'esprit. J'aimerais bien que tu rencontres un jour ma tante, vous auriez certainement beaucoup de choses à échanger.
- Why not ! répond Lilwenn.

La journée tire à sa fin et déjà les deux marcheurs aperçoivent les contreforts de la petite ville de Frómista. Ils ont croisé et doublé quelques pèlerins dont certains tiraient un peu la patte. Et puis il y a eu cette Allemande qui, dotée d'un grand courage, traînait en plus de son énorme sac sur le dos, un corps qui devait bien peser près de cent vingt kilos. Ils ont cru comprendre lors d'un petit échange qu'elle en avait déjà perdu quarante et espérait en voir disparaître encore plus de vingt avant d'arriver à Compostelle. Un grand bravo à cette gretchen. Il y a eu aussi ces deux garçons, enfin, ils doivent avoir au moins quarante-cinq ou cinquante ans. Ils ont pris la courageuse décision de fuir leur pays, car ils sont gays. Et chez eux, cela ne rigole pas du tout, avec ce qui est considéré comme des mœurs contre nature. Ils parcouraient le chemin pour comprendre où seraient-ils enfin heureux pour vivre librement et simplement leur Amour. Peut-être ont-ils simplement cela à vivre dans cette incarnation.

Lilwenn pense qu'il faut foutre la paix aux gens, tout le monde a le droit de vivre. Les dogmes religieux et tous ces puritains, qui professent une grande pureté de principes moraux ou politiques, et qui s'arrogent leurs petits travers dans l'entre-soi. Ils sont souvent bien mal placés pour donner des leçons de morale. Et la sacro-sainte liberté dans tout cela, ne s'arrête-t-elle pas simplement là où celle d'autrui commence ? That is the question ! Et puis ils ont doublé ces papis et mamys, ils étaient bien dix ou douze, ils s'étaient offert cette escapade avec leur « Club Rando, Les Marcheurs Inspirés » et leur devise était « L'aventure au bout de nos pas ». Ils venaient de Belgique. Ils avaient débuté le chemin à partir de Saint-Jean-Pied-de-Port dans les Pyrénées-Atlantiques. Ce fut une magnifique rencontre, car ils n'arrêtaient pas de plaisanter et de rigoler sur leurs douleurs dues à l'âge. Mais leur foulée n'était pas synchro avec ce troisième âge, alors ils ont taillé la route toute la sainte journée.

Les deux jeunes arrivent à l'auberge Estrella Del Camino. Lilwenn avait réservé une chambre double, pensant la partager avec Marina. Qu'à cela ne tienne, elle avait déjà fait chambre commune avec Lonan. Tout le monde est content les frais seront partagés. Après avoir procédé à l'enregistrement et fait tamponner le précieux passeport, ils prennent possession de la chambre. Encore une fois, c'est très propre même si c'est un peu rococo. Des puzzles collés sur des planches de bois et des couvercles de boîtes de chocolat de Noël encadrés décorent les murs en guise de tableaux. Lily pouffe de rire en faisant le tour de la pièce.

- Tu prends quel lit ? Demande Lilwenn
- Le même que toi ! répond avec humour Lonan
- Bon ! Alors je prends celui-ci et toi l'autre, conclut Lilwenn avec un joli sourire un peu aguicheur. Preums pour la douche, j'ai eu chaud aujourd'hui, avec ce que j'avais sur le dos.

C'est vrai que la matinée était assez fraîche, mais ils sont passés à travers les gouttes. Lilwenn entre dans la petite salle d'eau. Chouette, il y a un sèche-cheveux.

- Je vais pouvoir me laver la tête, dit-elle à voix haute.

Car Lonan avait aussi évoqué en marchant ce même désordre capillaire. Ses cheveux ont bien poussé après un mois de rando. Une demi-heure plus tard, Lilwenn ressort, une serviette une peu courte enveloppant son corps.

- Me voilà maintenant toute belle, toute propre.
- Bon à mon tour, je vais moi aussi me faire beau pour la belle.

Puis il entre dans la salle d'eau.

Lilwenn laisse tomber sa serviette, enfile de charmants sous-vêtements propres, puis passe une jolie petite robe légère, parsemée de fleurs roses et bleues. Elle a prévu une paire de tongs et une de ballerines pour reposer ses pieds les soirs d'étapes. Les pèlerins déambulent souvent nus pieds après leur journée de marche. Mais ce soir avec sa petite robe, elle portera ses ballerines. Lilwenn est grande et Lonan également, alors pour déambuler dans les petites ruelles ce sera impeccable. La soirée s'annonce agréable, l'après-midi a été chaude. Elle porte aussi un petit gilet blanc en laine, au cas où la température viendrait à baisser. Lonan sort de la salle de bain. Sans complexe, il affiche librement son corps, fouille dans son sac pour choisir de nouveaux vêtements propres. Lilwenn détourne gracieusement le regard et s'assoit sur son lit en lui tournant le dos. Elle entend :

- Tu es resplendissante, Lily !
- Merci, répond-elle.

Juste un merci et un joli sourire, que le jeune homme ne voit pas, mais qu'il devine. Puisque Lily lui tourne le dos par discrétion.

Il a choisi également un peu d'élégance pour sortir ce soir avec Lily. Ce sera un pantalon de lin gris clair et une chemisette blanche. Il propose d'aller faire un petit tour en ville avant le dîner, trop fier d'avoir à son bras Lilwenn. Même s'il ne se fait plus d'illusion. Celle-ci ne cédera jamais au charme fou de ce bel Irlandais éperdument amoureux. Qu'à cela ne tienne. Au fond, que veut bien pouvoir dire être amoureux ? Est-ce le plaisir de séduire pour porter une croix supplémentaire à son tableau de chasse ? Qu'il ait un coup de foudre pour cette belle blonde au charme fou ne signifie pas qu'il soit tombé amoureux. C'est juste l'effet du petit papillon au creux de son ventre. Celui qui met tous ses sens en émoi et crée un profond sentiment de désir. Ça lui tombe dessus, peut-être a-t-il juste « … attrapé un coup de soleil, un coup d'amour, un coup d'je t'aime… » selon Richard Cocciante. Un vrai coup de foudre sûrement. Ne pas s'emballer, ne pas faire de plan. Cette princesse ne le suivra certainement pas en Irlande, ce ne sont pas ses racines. Quoiqu'elle ne manque pas de Celtes. Mais là-bas, elle ne connaît personne ! Rien imposer, il faut laisser faire les choses par nature. Profite Lonan, profite simplement du moment présent, il n'y a pas de hasard, il n'y a que des rencontres. Et celle-ci est magnifique. Alors Lonan ne tentera rien qui puisse ternir son image, rien qui puisse contrarier ou laisser un mauvais souvenir. Non ! Il n'est pas comme cela ce jeune homme, mais si elle lui disait oui, sûr, il ne la ferait pas répéter deux fois.

Ils flânent ensemble dans les petites rues de Frómista. Ils conviennent de se rendre en premier lieu à l'église San Martin. C'est un petit bijou, une véritable œuvre d'art. Ils y allument chacun leur bougie. Ils envoient leurs demandes respectives à l'Univers, sous forme de prières, dans un profond silence. Qu'a bien pu demander Lonan ? Et ses vœux, seront-ils exaucés ? Lilwenn recherche simplement la paix intérieure. Cette lumière, elle l'allume peut-être pour éclairer son chemin. Elle souhaite trouver la réponse à sa fameuse légende personnelle, celle qui l'a conduite à la vie sur cette Terre.

En sortant de cette église, ils arpentent la Calle Del Milagro, cette rue doit son nom à la Pierre du Miracle, encore une histoire à dormir debout, mais qui a délié bien des langues. C'est au « Café-Bar Puzzle's » que la petite escapade se poursuit. De nombreuses tables en terrasse sont déjà occupées par des pèlerins. Ils dégustent un pot de Sangria, les regards sont tendres, mais la discussion est sérieuse. Elle est même devenue pointue et technique sur la gestion et la prise de part de marchés dans le cadre des échanges internationaux. Lilwenn explique l'importance des assurances risques, ce qu'elle maîtrise parfaitement et aborde un peu le droit international en matière d'échanges commerciaux, tandis que Lonan, qui a durant trois années exploré le sujet à Philadelphie, confirme ses connaissances. La discussion se poursuit cependant qu'ils regagnent l'auberge pour le dîner.

Ils longent un tronçon du Canal de Castille. Un impressionnant ouvrage avec ses quatre écluses qui élèvent le niveau des eaux sur près de quatorze mètres. La salle du restaurant est un peu bruyante et nos deux amis ont quelques difficultés à communiquer. Heureusement l'éclairage est suffisant pour lire sur les lèvres et voir les expressions sur leur jolie bouille. Le dîner est servi assez rapidement, ce qui permet de mettre fin à cette cacophonie. Dehors, la température est encore agréable bien que la fraîcheur commence à tomber. Le petit gilet blanc qui lui va à ravir met en valeur le teint hâlé du visage de la jeune fille. Un soleil généreux a renforcé la blondeur de ses longs cheveux, mis en valeur par quelques bouclettes. Assis sur le pourtour de la fontaine en pierre située en face de l'auberge, une petite cascade provenant de la vasque centrale, fait parvenir quelques gouttelettes d'eau sur les jambes de Lilwenn. Lonan s'empresse de les essuyer tandis que la jeune fille plonge la main dans l'eau cristalline de la fontaine pour arroser le jeune homme. Très vite, le jeu dégénère dans la sensualité et la douceur. Puis stop ! Sinon ils vont finir par tomber à l'eau. Alors Lilwenn se lève et invite Lonan à rejoindre la chambre. Demain est un autre jour avec une nouvelle étape, de plus une chaude journée est annoncée.

En passant à la réception, Lilwenn récupère la clé de la chambre, salue l'hôtesse qui en retour lui souhaite une très belle nuit, accompagné d'un grand sourire. L'escalier qui mène à la chambre est étroit et pentu. Lonan a fait passer Lily devant par sécurité, ou par filouterie. Les longues et fines jambes bronzées de la belle Lilwenn et sa robe assez courte laissent apparaître les prémices de sa petite culotte. Elle le sait, elle en joue à peine, elle est comme cela Lilwenn, allumeuse à souhait, juste un peu à ses heures, jamais dans la provocation, jamais vulgaire. Mais elle a compris à l'adolescence que les courbes de son corps étaient devenues un privilège, une assurance, un atout essentiel pour la confiance en elle.

Désormais, c'est une réelle revanche sur la vie. Toutes ces brimades et ces moqueries rabâchées par ses petits camarades de classe, tandis qu'elle n'était encore qu'une enfant ronde et mal attifée. Souvent mal coiffée, elle était livrée à la vindicte populaire, d'un univers de cours d'école sans filtre. Là où la méchanceté se cultive et prospère gratuitement chez les enfants en bas âge. Parce que la société est devenue transgressive et les parents, souvent divorcés, ont démissionné depuis longtemps. Comme l'éducation parentale a perdu ses repères, elle a été transférée au monde enseignant, ceux qui savent. La grossièreté des parents, leur haine et leur colère face à la vie, se retrouvent chaque jour projetées sur leurs enfants. Les enfants alors contaminés reproduisent les schémas. Lilwenn en a beaucoup souffert, mais jamais elle n'en parlait. Dans sa famille, par marque d'affection et par handicap sentimental, il n'y avait jamais d'attentions particulières. Pas de regards tendres, plus de remontrances que de compliments, parce qu'il faut être forte.

À l'adolescence, Lilwenn s'est métamorphosée. Le regard qu'elle portait alors sur elle a évolué et celui des garçons a totalement changé. Il y a eu des rencontres difficiles, des échecs parfois. Et puis, il y a eu les amis, garçons et filles, les vrais. Celles et ceux sur qui l'on peut vraiment compter. Elle était devenue désirable, les garçons se retournaient sur son passage. Il y avait aussi les coups de sifflet des freluquets auxquelles elle mettait vite un terme avec un doigt levé bien haut. Aujourd'hui elle est la fierté de ses parents. Lilwenn par-ci, Lilwenn par-là. Ses études, son autonomie et son indépendance ont fait d'elle dans sa famille, un modèle à suivre. Pourtant, elle n'en a cure, cela l'indiffère, elle cultive son amour-propre avec discrétion et empathie. Si vous lui demandez : quel est ton modèle idéal représenté par la femme ? Elle vous répondrait certainement sans hésiter la princesse de Galles : Lady Diana.

Arrivés sur le palier, ils longent le couloir puis arrivent devant la porte de la chambre au numéro douze. La clé tourne dans la serrure, Lilwenn ouvre la lourde porte de bois. Elle entre la première suivie de Lonan, puis referme soigneusement le verrou derrière eux. Dans la chambre il fait chaud, alors elle ouvre un peu la fenêtre, puis elle tire l'épais rideau de velours, qu'elle laisse légèrement entrouvert afin de laisser passer un peu d'air. Elle allume sa petite lampe de chevet et éteint le plafonnier. Lonan est parti dans la salle d'eau faire un brin de toilette et se laver les dents. Il en ressort en caleçon, puis s'allonge sur le lit, pendant que Lilwenn profite à son tour de la pièce d'eau pour les mêmes raisons. Après quelques minutes, elle en ressort vêtue d'une légère chemise de nuit en coton rose pâle assez courte. Elle comporte un gros cœur sérigraphié sous lequel est inscrit « Sweet Dream ».

Elle s'approche de son petit lit, prête à se glisser sous les draps. Puis se retourne avec grâce et lenteur pour faire face à Lonan.

Avec sensualité, elle abaisse les bretelles de la chemise légère, et fait glisser le vêtement le long de son corps. À cet instant, Lonan constate que Lilwenn est une vraie blonde. Elle s'approche de lui, maîtrisant chacun de ses gestes. Tout en douceur, elle chevauche le corps du jeune homme. Les muscles, peu saillants de son torse et l'absence de poils, laissent à penser que Lonan s'épile. C'est le nouveau caprice des jeunes femmes de préférer chez les jeunes hommes le torse imberbe jusqu'au pubis. C'est peut-être un phénomène de mode chez les mannequins hommes et de plus en plus suivi par les sportifs et les célébrités. A contrario, le système pileux se développe sur le visage et la barbe a tendance à gagner du terrain.

Lilwenn glisse lentement vers le visage de Lonan, ses petits seins tendus effleurent la poitrine du garçon. Elle glisse délicatement ses doigts dans la chevelure rousse et épaisse de l'Irlandais puis approche ses lèvres. Son souffle court le long de sa nuque et met tous les sens du jeune homme en éveil. Elle l'embrasse fiévreusement. Son parfum sent la vanille et donne une note sucrée à l'érotisme de cette soirée. Ses longs cheveux blonds couvrent leurs visages. Dans une ferveur régulière, elle lui chuchote des mots grivois, tendres et gourmands. Puis elle se tait et dans un léger mouvement se redresse. Ses deux petits seins appellent les caresses de Lonan. Les mains du garçon, posées sur les hanches de Lilwenn, remontent lentement vers cette poitrine tendue et gourmande. Elle saisit ses mains puis les fait glisser le long de son ventre, de ses fesses, et lentement vers son sexe humide. Lonan fait pivoter le corps de la jeune fille et prend le contrôle de la situation. Ce qui n'est pas pour déplaire à cette jolie blonde. Son visage glisse au creux des jambes de Lilwenn qui ne tarde pas, dans un petit cri retenu, à montrer les prémices de son exultation. Lentement, le jeune homme ôte son dernier rempart vestimentaire, cachant jusque-là le désir qui se dressait derrière. Ce jeune homme la désire plus que tout. Le moindre espace de sa peau est en émoi. Dans un geste tendre, elle l'invite à basculer pour reprendre l'initiative. Lonan s'exécute. Il se laisse faire. Il exulte. Il l'aime. Il en frissonne de désir à mesure que les doigts fins et longs de la jeune femme parcourent son corps, jusqu'à rejoindre une raideur incontrôlée. Elle l'embrasse du bout des lèvres et le déguste comme une gourmandise délicate. Sans le quitter des yeux, elle savoure chacun de ses petits cris. Elle a envie de lui, elle remonte lentement le long de son corps ruisselant. Leurs suaves parfums s'entremêlent. Elle lui mordille les lèvres et dans un geste langoureux, elle lui saisit les mains. Elle a compris qu'il s'offre à elle. Ses yeux fixent son regard quand elle s'accroupit au-dessus de lui pour mieux le posséder.

Dans un sensuel et langoureux balancement, Lonan s'abandonne au plaisir. Les longs cheveux de Lilwenn caressent son torse. Comme un flot de vagues, les va-et-vient de ces deux corps frémissent à l'unisson comme des amants affamés. Lonan se retient, il aimerait tant que cela ne se termine jamais. Elle s'arrête un instant pour mieux le retenir. Elle souhaite le faire venir le plus tard possible. Elle lui laisse alors, les initiatives d'un final explosif. Maintenant sur le dos, dans l'inconfort du petit lit, les jambes de Lilwenn pendent de chaque côté. Puissant, il apprivoise ce félin. Sa bouche parcourt le corps offert et libre de cette princesse. Délicatement, il se glisse en elle, maintenant elle lui appartient, juste pour cet instant, il est au firmament. Le rythme s'accélère progressivement sous la demande expresse de

Lilwenn qui conduit les mouvements de ses mains, accrochées aux hanches de Lonan.

- Je te veux lui, dit-il tendrement au moment où les cris sont discrets.

Vite, encore plus vite, le cœur du garçon tape fort dans sa poitrine et dans ses tempes. Les spasmes de la jeune fille s'accélèrent. Sans se quitter du regard, ils se rejoignent dans un plaisir immense. Ils jouissent ensemble, les visages collés, les cheveux mêlés. Les soubresauts retombent lentement. Longtemps, ils se caressent. La nuit à présent enveloppe de son silence l'hôtel et la rue. Rien ne bouge, pour un instant, le monde leur appartient, pour cet instant seulement. Allongé près de Lily, Lonan la regarde. Elle est encore plus belle, Lily est son mirage. Il se nourrit de son parfum et de ce moment. L'odeur de la vanille est intense dans cette chambre. Il ne sait pas pourquoi, peut-être est-ce une réaction normale. Elle entend le cœur de Lonan qui continue à battre fort dans sa poitrine. Il la regarde encore et lui dit :

- Merci, juste merci !

Elle se lève, se dirige vers la salle d'eau et se douche, se lave de nouveau les dents. La douche est trop petite, même très amoureux pour y rester à deux. Alors Lonan attend son tour. Puis lorsqu'il retourne dans la chambre, Lily a rejoint son lit, elle dort maintenant. Il s'approche d'elle, l'embrasse tendrement sur la joue, et lui dit bonne nuit. Il se glisse sous le drap, il commence à faire frais, alors il se relève, ferme la fenêtre pour que Lily ne prenne pas froid. Puis il éteint sa lumière.

Lonan soulève doucement les paupières, se frotte machinalement les yeux, après une courte nuit de sommeil. Il tourne la tête et constate que le lit de Lilwenn est vide. Il n'entend pas un bruit. Quelle heure peut-il bien être ? Dehors, les premières lueurs pâles de l'aube laissent entrevoir un peu de lumière à travers le rideau légèrement entrouvert. Puis il remarque que les affaires de la jeune fille ont disparu. Le petit radio-réveil posé sur la table de nuit n'est plus là, plus d'habits, plus de sac, plus de belle blonde, elle s'est envolée. Il se lève d'un bond, d'un geste rapide, ouvre grand les rideaux. Elle a vraiment disparu. Comme elle est entrée dans sa vie, elle en est ressortie, sans laisser de trace ni de petit mot. Il ne garde d'elle, que quelques empreintes laissées sur sa peau blanche et ce parfum de vanille gourmand et sucré qui lui monte au nez. Il retombe lourdement sur le lit, prend sa tête entre les mains. Les larmes jaillissent de ses yeux, son corps est secoué par de longs sanglots qui l'empêchent de reprendre sa respiration. Son cœur bat très fort, le chagrin l'anéantit, il n'est plus que l'ombre de lui-même. Il a envie de crier, tellement il a mal. Mal de lui, mal d'elle, mal de la vie. À ce moment qui pourrait bien le comprendre ? Puisqu'il l'a rencontré, l'Amour, le vrai ! Vous comprenez ? Le grand Amour. Alors après cela, à quoi servirait de vivre encore un jour ?

Était-ce un mirage ? A-t-il rêvé ? Il ne sait pas, il ne sait plus ! Et il reste planté là ! La belle s'est envolée, la cicatrice de son cœur aura du mal à se refermer. Il se redresse, essuie ses yeux puis va prendre une douche. L'eau coule sur ses épaules. Dessous cette pluie glacée, son corps tremble de froid et de chagrin. Il a besoin de choc, de ce contraste pour ne pas s'effondrer. Maintenant, il doit comprendre, le chemin va l'aider. Mille questions tournent dans sa tête. Il les chasse une à une, cherchant à retrouver dans un premier temps sa verticalité, se recentrer sur lui-même, sur son cœur. Il quitte la chambre après avoir rassemblé toutes ses affaires. Il arrive à la réception les yeux rougis de tristesse. Il tend les clés à l'hôtesse, sur son badge est inscrit le prénom Luna. Lonan demande la note quand celle-ci lui répond avec courtoisie que tout est réglé. Lonan ne comprend plus rien. Ho ! Certes, la jeune femme perçoit facilement le profond désarroi qui envahit le jeune homme. Avec élégance elle lui indique la salle pour y prendre son petit-déjeuner. Il répond qu'il n'a pas faim, de toute manière, il ne pourrait rien avaler. Il remercie Luna pour sa gentillesse et pour son accueil, et tourne le dos pour partir. Soudain il s'arrête, se retourne face à l'hôtesse et lui demande :

- Quelle heure est-il, s'il vous plaît Luna ?
- Il est 7h45, monsieur, répond la jeune femme.
- Pouvez-vous me dire également à quelle heure est partie la jeune fille qui était avec moi hier ?
- La jeune femme blonde a quitté l'auberge ce matin à cinq heures.
- A-t-elle laissé un message pour moi, s'il vous plaît ?
- Elle m'a aussi demandé de vous transmettre le message suivant : « dites-lui : merci ! Juste merci. »
- C'est tout ? demande bêtement Lonan.
- Oui monsieur, c'est tout ! Elle a dit que vous comprendrez.

Après avoir de nouveau remercié Luna, le jeune Lonan quitte l'auberge, la petite place est presque vide. Les rayons du soleil commencent à chauffer doucement pour une fin avril. Lonan aperçoit un petit groupe de marcheurs qui conversent en anglais. Il s'approche pour leur demander s'ils se rendent également à Santiago. La réponse et positive, il est même invité à partager le chemin avec eux s'il le souhaite. Lonan un peu paumé, accepte volontiers. Il avisera plus tard en fonction… En fonction de quoi, il s'en fout. Il ne sait pas, il est triste et ne veut surtout pas rester seul.

24
Léon

Lilwenn marche depuis des heures, sa casquette vissée sur la tête, les écouteurs posés sur ses oreilles. Elle cherche à faire le vide en écoutant de la musique, mais ce ne sont que des chansons tristes qui défilent sur la bande-son. Tandis que les larmes coulent sur son visage, elle refuse de culpabiliser. Après tout ce n'était qu'une relation, très forte assurément, mais elle n'a pas à se justifier. Elle fait ce qu'elle veut et ne doit de compte à personne. C'était une parenthèse merveilleuse, un souvenir qui marque. Cela n'a rien à voir avec Diego, ils ne sont que des amis. Et puis Lonan a eu ce qu'il cherchait, donc tout le monde est content. Lilwenn s'est offerte à lui de manière consentante, par sa volonté pleine et entière. D'ailleurs, c'est même elle qui a pris les devants, alors on avance et l'on fait confiance au chemin.

Lilwenn arrive à la hauteur d'une femme qui marche seule, elle se prénomme Birgit et vient de Munich. Elle a cinquante-deux ans et a été licenciée suite à une restructuration dans sa banque allemande. Elle profite de sa période de préavis pour faire le point sur ses compétences et ses centres d'intérêt. Elle marche très bien et son rythme convient bien à Lilwenn. Cela fait longtemps qu'elle voulait faire ce voyage. Birgit a lu de nombreux livres sur le Camino et le destin lui a offert cette opportunité qu'elle a saisie. Elle veut aller plus loin, sortir de ses limites de confort. Celles qu'elle a toujours eues dans sa petite vie avec son poste de cadre, adjointe de Direction. Elle était très impliquée au cœur du dispositif financier du gouvernement fédéral et assorti d'une très belle rémunération. Des amis, le théâtre, les concerts, une vie qu'elle croyait belle et qui était censée la rendre heureuse. Mais voilà, une restructuration plus tard, les cours ont chuté, les banquiers n'ont plus rigolé, les banquiers ont dégraissé. En pareil cas, les premiers à être impactés sont les postes intermédiaires et Birgit était éjectable. Son mari l'a incitée à faire cette pause pour ne pas craquer nerveusement. Ses enfants sont désormais installés, alors elle a foncé. Le vide, Birgit aime le vide qu'elle fait dans sa tête et la compagnie de Lilwenn lui apporte une belle énergie. Les deux femmes conversent en anglais et se comprennent parfaitement. Lilwenn ne s'étend pas sur qui elle est et d'où elle vient. Elle accompagne simplement Birgit dans sa réflexion. Elle a remarqué l'attachement particulier que Birgit avait pour sa liberté. Avec le chemin, elle redécouvrait le véritable sens de son autonomie et de son indépendance.

- Comme tu aimes l'art et les livres et que tu es cultivée, pourquoi ne pas envisager d'ouvrir une boutique où tu commercialiserais tout ce qui concerne la culture en générale ?

- Cela fait résonnance dans ma tête, dit Birgit qui confie à Lilwenn, que son mari lui en a aussi parlé.

Elle sourit et dit à Lilwenn qu'en rentrant à Munich, elle commencera par raconter son histoire. Elle fera quelques mini-conférences sur la recherche de son vrai moi. Après, avec ses indemnités, elle pourra largement investir dans une petite librairie, ce qui la portera avec plaisir et bonheur durant les quinze années qu'il lui reste à couvrir.

- Voilà un beau projet, lui répond Lily. Tu vois, poursuit-elle, ça, c'est le chemin !
- Je comprends maintenant, les rencontres ont un sens. À nous d'être à l'écoute de notre ressenti.
- Tu as bien compris tout le sens du chemin, dit Lilwenn à Birgit. Quel gain de temps !

Birgit explique à Lily qu'elle ne manque de rien depuis qu'elle a retrouvé sa liberté. Elle ne doit plus rendre de compte à personne en dehors d'être proche de sa clientèle, et répondre à leurs demandes. Birgit remercie Lilwenn pour ses bons conseils. Elle lui dit aussi en rigolant que c'est la magie du chemin quand les jeunes aident les anciens.

Le jour suivant, Lilwenn reprend le chemin de bonne heure. Elle ne cherche pas à faire un chrono, ni même à décrocher un tableau d'honneur sur les temps de parcours. La jolie blonde souhaite arriver à Santiago, puis au Cabo Fisterra et peut-être à Murcia. Selon un dicton, il est dit que « Tout meurt à Finisterre, tout renaît à Murcia ». Elle a abandonné la compagnie de Birgit qui a croisé une consœur germaine. Aussi, elle enchaîne les étapes suivantes, ajoutant de nouvelles rencontres et de beaux échanges. Pour le moment, Lilwenn marche seule. Depuis le matin, une fine pluie vient contrarier le bon plaisir de la marche. Le ciel est couvert et devient de plus en plus menaçant. Ce sont désormais des trombes d'eau qui s'abattent sur la jeune fille. Est-ce Lonan, qui pleure toutes les larmes de son corps, pour ne pas avoir effacé son chagrin ? C'est certainement une nouvelle épreuve à surmonter. L'eau coule dans son cou. Sa pèlerine ne retient plus rien. Ses chaussures et ses chaussettes se remplissent et se vident à mesure qu'elle traverse les immenses flaques d'eau qui recouvrent le chemin à certains endroits. Pas un abri à l'horizon, pas un arbre pour s'abriter, pas un pont pour se réfugier. Rien que des champs à perte de vue. Lilwenn en rigole, elle a protégé son petit baladeur. *Il faut sauver la musique,* se dit-elle, *c'est toute ma vie.*

Elle arrive à l'auberge pour sa soirée, elle dégouline de pied en cape. Avant de pénétrer dans le hall, elle s'assoit sur le banc à l'entrée et retire sa pèlerine, ses chaussures et ses chaussettes. Le strip-tease prend fin assez rapidement. Les chaussures à la main, Lilwenn se dirige vers l'accueil sur la pointe des pieds en prenant grand soin de ne pas glisser sur le sol de marbre noir. Paulo l'accueille, amusé par la danse acrobatique de cette belle blonde. Arrivée dans la chambre, un dortoir pour six pèlerins, elle choisit un lit disponible, puis s'installe en haut du lit superposé. Une petite tablette accrochée sur le mur lui permet d'y déposer ses effets personnels et son légendaire radio-réveil. Elle inspecte la grande salle d'eau aux douches cloisonnées. *Nickel,* pense-t-elle !

Puis, sans perdre de temps, elle va se détendre sous une pluie d'eau chaude.

Demain, dernière ligne droite pour Léon. Ce soir, Lilwenn va s'endormir de bonne heure. Seulement trois pèlerins occupent cette chambre. Un couple de marcheurs discrets, plus très jeunes. Peut-être pas officiel, mais cela ne nous regarde pas. Alors, Lilwenn décide d'intégrer le lit du dessous, redescendre d'un cran sera plus confortable si je dois me lever en pleine nuit. Après le dîner, elle regagne la chambre, retrace le parcours du lendemain puis s'endort rapidement. Tard dans la nuit, Lilwenn est réveillée par de petits cris.

- Chut ! dit-elle avant de se retourner et de s'endormir de nouveau profondément. Non sans avoir auparavant, entendu les deux amants exploser de rire sous le drap.

Cinq heures trente, son réveil sonne. Elle l'éteint rapidement, sort de son lit et file dans la salle de bain. Dans la demi-obscurité, elle rassemble ses affaires. Elle sort de la chambre sur la pointe des pieds, les chaussures à la main. Elles semblent avoir bien séché durant la nuit, mais restent légèrement humides. Paulo est à l'accueil, ils échangent un sourire et deux mots. La jeune fille prend un rapide petit-déjeuner et quitte l'auberge.

Le soleil est revenu, elle profitera de sa première pause pour ôter ses chaussures afin qu'elles finissent de sécher. Cependant que notre pèlerine traverse un village sans attrait le long de la N. 161, elle constate que trois individus se dirigent vers elle. Bien qu'habillés de vêtements de marque, leur smartphone à la main, ils n'ont pas l'apparence de touristes, ni de randonneurs. Ils semblent être de passage. Les trois individus s'approchent avec assurance de cette jolie jeune fille, blonde de surcroît. Dans un espagnol approximatif, ils commencent à haranguer Lilwenn sur ses critères physiques. Lilwenn leur répond en français :

- Passez votre chemin les gars, foutez-moi la paix, leur dit-elle.
- Waouh ! Elle cause français, cette nana !
- Le français, je ne le cause pas, je le parle ! reprend-elle avec élégance.

Ignorant les bonnes manières, ils s'approchent un peu plus de la jeune fille. Insistant lourdement, ils commencent à lui tourner autour. Le plus grand est certainement le plus arrogant, tandis que son acolyte échauffe les esprits. Le troisième larron, beaucoup plus petit, maîtrise mal la langue française. Leur manque d'éducation notoire et la manière dont ils transgressent les règles de politesse alertent Lilwenn d'un danger imminent. Lilwenn est assez grande, et bien qu'elle soit dotée d'un physique très attirant, elle est aussi nantie d'une force surprenante pour une fille. Le plus petit est en retrait lorsque le plus grand commence à prendre Lilwenn par les poignets.

- Bas les pattes ! Ne me touche pas, et arrête de me regarder comme ça, dit Lilwenn d'un ton sec.
- T'es une superbe nana, j'te kiffe déjà !
- Dégage, fous-moi la paix !

D'un geste sec et rapide, Lilwenn se libère de l'emprise de son agresseur et fait un pas en arrière.

- Vous vous croyez où, bande de guignols ? Allez vous faire voir et dégagez de mon chemin ! Lance la jeune fille en haussant le ton pour provoquer une éventuelle réaction aux alentours.

L'éducation aurait-elle échappé à ces jeunes gens ? Le petit groupe d'individu montre quelque difficulté d'intégration dans un monde qui semble ne pas être le leur. Merlin, Merlin aidez-moi, s'il vous plaît ! Pense très fort Lilwenn en plongeant la main dans sa poche droite. Elle remue discrètement ses deux dés pour savoir si elle va se sortir de ce guêpier sans anicroche. Comme elle a créé momentanément une distance de sécurité face à ce petit groupe, elle ressort rapidement un dé de sa poche, constate qu'il est blanc et le replonge aussi sec. Son regard scrutateur balaye tout autour d'elle pour y percevoir le moindre signe. Comment se libérer de ces branquignols sans frôler l'incident diplomatique ?

- Bon sang, dégagez ! Rentrez chez votre mère ! Et surtout, apprenez la politesse, reprend Lilwenn sur un ton qui marque sa colère.

C'est alors qu'un monsieur âgé qui se promenait dans le secteur vient lentement vers le petit groupe d'individus qui agressent la jeune fille. Il tient dans la main un bourdon de pèlerin. Ce long bâton de marche dont les pèlerins se servaient autrefois comme arme contre les indésirables. Il s'adresse dans la langue d'origine du plus petit qui regarde le vieil homme avec étonnement. Il ne répond rien, il est pétrifié. Puis s'adressant au grand et à son acolyte, il les interpelle en langue Wolof. Le grand commence à trembler et semble terrifié. Que peut bien lui dire ce monsieur ? Lilwenn comprend alors que Merlin est derrière tout ça, il tient toujours sa promesse. Dans sa tête, elle dit tout doucement « Merci, Merlin, merci beaucoup ». Puis le vieil homme frappe un coup fort sur le sol, et la terre tremble sous les pieds des trois gredins. Ils sont tétanisés, pétrifiés sur place. Il leur ordonne de présenter leurs excuses. Alors dans un français plus que correct ils s'adressent à Lilwenn :

- Pardon mademoiselle, nous ne voulions pas vous faire de mal, acceptez toutes nos excuses pour notre mauvais comportement.
- Excuses acceptées ! répond aussi sec Lilwenn. Elle ne poursuit pas, cela n'aurait aucun de sens.
- Oui, mademoiselle, merci, mademoiselle, disent-ils de concert tout fébrile.

Puis les trois individus tournent les talons et disparaissent rapidement. *C'est à mourir de rire,* pense Lilwenn qui pivote vers le vieil homme et le remercie.

- Je peux vous embrasser Monsieur ? Demande-t-elle
- Quel honneur pour moi, répond l'homme âgé

Lilwenn prend le personnage dans ses bras et dépose sur sa joue un gros bisou. Puis murmure à son oreille :

- Merci Merlin.

Un grand sourire s'affiche alors sur le visage du personnage, qui lui répond :

- Je t'ai dit que je serai toujours là pour toi. Salut Lily.

Puis il donne un coup de bourdon sur le sol et disparaît comme il était apparu. Les jambes de la jeune fille ne la portent plus vraiment. Elle aperçoit un banc à quelques enjambées et décide de déposer son sac et s'asseoir un instant pour reprendre ses esprits. *Je ne sais pas quel savon Merlin a bien pu leur passer à ces trois fripouilles, mais cela a eu le mérite d'être efficace.* Cependant que la pression retombe, la jeune fille remarque un petit groupe de marcheurs, sac sur le dos qui arrive à sa hauteur. L'un d'entre eux lui demande :

- Tu as eu une altercation avec des marauds ?
- Je ne sais pas d'où ils sortaient, mais ils commençaient à me prendre la tête, répond Lilwenn.
- C'est qui le gars qui est intervenu ? C'était bizarre ! Nous avons observé ça de loin, mais il s'est passé un drôle de truc ! poursuit cette personne qui semble être le porte-parole du groupe.
- Je ne le connais pas, mais il m'a bien aidé, répond Lilwenn avec un côté mystérieux.

Elle tourne sa tête quand elle distingue un merle qui s'envole. Merlin s'est dit certainement « C'est bon maintenant, elle est en sécurité, je peux repartir ».

- Bizarre quand même cette disparition dans un flash !
- Lilwenn, je me présente je m'appelle Lilwenn, je viens de Vannes en Bretagne, et vous pouvez aussi m'appeler Lily, dit la jeune fille pour détourner la conversation.

Chacun se présente, l'un après l'autre en guise de premier contact. Ils feront connaissance au long du chemin, puisque Lilwenn est invitée à marcher en leur compagnie. Ainsi, elle ne sera plus confrontée à ce genre d'imprévu. La marche reprend au sein de ce groupe de six personnes, elle sera la numéro sept. C'est bien, c'est même son chiffre porte-bonheur. Tour à tour, elle échange avec ses nouveaux compagnons de marche, quatre femmes et deux hommes. Elle prend le pouls des vibrations positives de chacun, afin d'y déceler les potentielles affinités. C'est agréable de pouvoir échanger avec des personnes lorsque l'on est sur la même longueur d'onde, cela évite les clivages. Même si nous ne sommes pas obligés d'être en accord sur tout. Pierre, qui se positionne comme chef de groupe, est assez directif. Marie, qui semble être sa compagne est du genre effacée. Françoise, une vraie pipelette, le style moi-je, s'accroche souvent avec Pierre. Jean-Claude est quant à lui en retrait et c'est l'ami de Pierre et de Marie. Ils sont partis tous les trois ensemble sur un pari et chaque année, depuis huit ans, ils font un nouveau tronçon du chemin. Cette année ils ont relié Burgos à Léon en neuf étapes. Ce soir, ces trois-là auront terminé leur périple pour cette année et rentreront dans le nord de la France. *Que cherchent-ils sur le chemin, bonne question,* s'interroge Lilwenn. *Je pense que c'est pour enfler un peu plus l'ego de Pierre.* Quant à Évelyne et Marion, elles restent en retrait. Elles ont rejoint le groupe par mesure de sécurité, pour ne pas marcher toutes les deux.

Elles sont adorables et toutes timides, à mon humble avis, pense Lilwenn, *je suppute qu'elles cherchent à transcender quelque chose.* Elles travaillent ensemble, depuis douze ans, à la chaîne dans une usine à chocolat au sud de Paris. Elles ont posé un mois de congés, pour rallier Saint-Jacques-de-Compostelle en partant de Roncevaux. Un parcours de sept cent cinquante-cinq kilomètres. Elles n'ont pas voulu partir de Saint-Jean-Pied-de-Port, bien que cette première étape soit des plus belles, elle reste peut-être la plus difficile. Une distance de vingt-sept kilomètres et un dénivelé positif de mille deux cent cinquante mètres. Autant dire qu'un démarrage aussi sportif aurait ruiné leur espoir d'arriver. Elles ont un projet et aimeraient sortir de leur impasse répétitive journalière. Aussi, se connaissant bien, elles avaient grand besoin de se confirmer leur résistance à l'effort. Mais elles souhaitaient surtout vérifier leurs appuis, la notion d'entraide et de complicité. Seraient-elles aptes à se supporter mutuellement sur une épreuve, comme celle-ci, vivre côte à côte durant un mois, car leur projet est d'ouvrir ensemble, un magasin de chocolat et de confiseries. En tout cas, elles semblent bien parties pour réussir leur défi. Cela se voit par leur complicité, cette connivence et aussi leur réaction face aux excès de Pierre.

Françoise, la cinquantaine, est Française, mais elle vit en Allemagne. Cette femme-là ! est un peu sa suffisante. Elle a des avis sur tout. Mais en fait, elle a surtout des avis. *Elle est soûlante avec ses logorrhées, elle ne te laisse jamais t'exprimer. Elle rapporte tout à l'argent. En plus, elle est pingre, nous avons pu le remarquer quand nous nous sommes arrêtés dans une épicerie. Je ne sais pas, si elle va trouver ce qu'elle cherche sur le chemin,* pense Lilwenn. *Peut-être ne le sait-elle pas elle-même. Elle devrait travailler à ses compréhensions et surtout apprendre l'humilité. Puis tant qu'elle y est, qu'elle grandisse un peu, à son âge, cinquante ans, il serait grand temps. Je dis ça, je ne dis rien !*

Le chemin nous nourrit de nous-mêmes, mais il nous apporte aussi beaucoup en observant les autres. Nous faisons de très belles rencontres, avec des échanges magnifiques, puis il y a aussi d'autres rencontres qui apportent a contrario des versions différentes de la vie. L'intelligence du cœur fait que l'on doit esquiver ces relations toxiques. Les rencontres qui ne conviennent pas à notre énergie ni à nos vibrations peuvent mettre notre corps en dissonance. Lilwenn poursuit l'étape jusqu'à Léon avec le groupe en se rapprochant peu à peu d'Évelyne et de Marion. Une compagnie qui semble mieux lui correspondre. *De toute façon, demain trois personnes repartiront pour le ch'Nord. Pour Françoise, nous aviserons, il suffit de partir assez tôt,* pense Lilwenn avec un sourire. La soirée est sans intérêt, mais Lilwenn, Marion et Évelyne ont convenu d'un plan, pour poursuivre en direction de Santiago toutes les trois. Elles abandonnent lâchement la Françoise à son bagou et ses longs discours creux. Comme elles partagent le même dortoir, elles décident de fixer leur départ à six heures. Françoise partage la chambre de Pierre et Marie avec Jean-Claude, ainsi ce sera plus facile. Après le repas pris en commun, les trois filles prennent congé du reste de la table, remercient Pierre et Marie pour leur accompagnement, saluent Françoise au passage et regagnent leur chambre. La soirée se termine rapidement par une position horizontale de sommeil profond. Cinq heures quinze, le réveil de Lilwenn parle espagnol, discrètement les filles remballent leurs affaires et font un brin de toilette. Elles regagnent l'accueil de l'Albergue Peregrinos, quelques pèlerins sont déjà au petit-déjeuner. Elles prennent une rapide collation avant de reprendre le chemin.

25
Saint-Jacques me voilà !

Lilwenn marche avec ses deux copines depuis déjà quatre jours. L'ambiance est bon enfant, les échanges sont qualitatifs. Celles-ci ont plutôt l'esprit ouvert, ce qui facilite certaines interventions de Lilwenn. Surtout quand elle révèle leur projet commun. Évelyne, la plus âgée reçoit ses conseils comme une bénédiction.

- Foncez, foncez, leur dit Lilwenn, vous n'aurez jamais assez de regrets si vous ne vous lancez pas. Plus vous attendrez, et plus vous aurez de difficulté à passer le cap. Parce que l'intuition est surhumaine, il faut la croire, vous avez ressenti votre bonne étoile. Ne remettez pas en doute ce que vous avez perçu ni ce plan que vous avez échafaudé. L'intuition est mystérieuse, voilà pourquoi il faut l'écouter. C'est ce côté caché de votre instinct, de votre conscience qui rend votre projet aussi lumineux. Ne regrettez jamais de ne pas avoir essayé.

Une longue période de silence s'est emparée du petit groupe, tandis qu'elles arrivent au sommet de ce Puerto Irago. Le point culminant du Camino Francés, un dénivelé de cinq cents mètres et une altitude de quinze cent quatre mètres. Ici se dresse la « Cruz de Ferro », une simple croix de fer rongée par la rouille. Mais c'est un monument emblématique et mythique du Camino. Il s'agirait d'un cairn, une sorte de site funéraire ou d'un autel romain consacré à Mercure. La tradition veut toutefois que chaque pèlerin dépose à son pied, une pierre ou un caillou qu'il aurait apporté depuis son lieu de départ. L'esprit de ce geste étant que le pèlerin se déleste de ce qui lui pèse, au point culminant du parcours. Bien entendu, avant de parcourir la fin de son chemin vers le tombeau de Saint-Jacques le Majeur. Mais comme Lilwenn et les filles ne connaissaient pas cette tradition en partant, Lilwenn leur propose de se libérer d'un poids. Quelque chose qui lui pèse dans la vie, de façon abstraite. Penser fort à une blessure, une erreur commise, un fardeau que la vie impose, en bref, faire table rase d'un passé trop lourd à porter. Qu'importe, l'Univers comprendra. Les trois filles se prennent alors par la main, puis forment un demi-cercle autour de ce petit monument. Lilwenn dirige silencieusement la séance et les invite à formuler leur demande au cours d'une petite méditation. Puis elles envoient leurs pensées à l'Univers qui saura les accueillir. Évelyne propose ensuite que chacune rédige sur une feuille de papier un vœu. Enfin, ces petits mots seront glissés dans un interstice de la « Cruz de Ferro ».

- Maintenant les filles, dit Lilwenn, c'est la descente vers Compostelle, plus que sept jours normalement.
- En avant ! crient haut et fort Marion et Évelyne.

La bonne humeur et le soleil radieux accueillent les jeunes femmes en Galice pour la dernière partie du chemin. Celle qu'il ne faut pas négliger, car si : « Ça sent bon la fin ! » c'est maintenant qu'il faut redoubler de vigilance. Surtout ne pas se blesser si proche du but. Il ne faut pas mépriser son corps, il faut le respecter. Lilwenn profite de ces beaux échanges avec ses copines pour leur faire part de son plaisir de partager avec elle, un de ces moments qui font du bien. Lilwenn propose alors aux filles :

- Ça vous dirait une pause gourmande, nous sommes en Galice et je voudrais vous inviter à goûter une pâtisserie traditionnelle, que j'ai relevée dans cette belle région. C'est le gâteau de Saint-Jacques, au prochain village j'espère qu'il y aura une pâtisserie !
- Ce n'est pas de refus, avec les efforts physiques que nous faisons, cette douceur ne laissera pas de trace, dit la timide Marion, et puis il n'y a pas de mal à se faire du bien.

En effet, pour leur grand bonheur, le prochain village abrite une belle pasteleria qui propose dans sa vitrine « La tarta de Santiago ». Un dessert gourmand et fondant à base d'amandes dont l'origine remonterait au XVIe siècle. À cette époque, il était considéré comme un produit de luxe réservé aux plus puissants. Heureusement, les temps changent. Elles prennent place sur un banc à l'ombre d'un arbre jouxtant un petit parc pour enfants. L'ambiance est à l'allégresse de ses petites boules d'amour. Ils courent dans tous les sens, ils crient et jouent, ils ont l'air heureux ces mômes ! Les mamans louves sont autour, attentives, elles papotent. Ce petit coin de Galice sent le bien-être et l'amour du bien vivre. Les filles dégustent leur pâtisserie généreusement offerte par Lilwenn. Ce soir, elles arrivent à Santa Irene à vingt-cinq kilomètres de Santiago. Pour Marion et Évelyne, ce sera la fin du chemin, il y aura la messe, le Graal : « La Compostela », puis le retour dans leur chocolaterie. Elles n'iront pas à Fisterra, cela ne représente rien pour elles. Elles sont heureuses, elles ont mis des couleurs à leur projet, un nom à leur boutique « Aux délices des Anges ». Le plus difficile semble réalisé, la décision est prise, plus de doute. Dans huit jours, elles prépareront leur dossier de création d'entreprise. Le compte à rebours est maintenant enclenché.

- La seule et unique obligation que vous avez dans votre vie, leur martèle Lilwenn, pensant au fameux précepte que Merlin lui a enseigné : selon le principe favorable, prenez le chemin du cœur, il vous nourrira et vous expansera intérieurement. La chance sourit aux audacieux, elle est de votre côté, aidez-la et suivez toujours les signes, suivez votre voie, elle est magique, leur ressasse Lilwenn. Le chemin vous a permis de faire le vide dans votre tête, de chasser tous vos tourments, maintenant vous avez fait suffisamment de place pour y loger tout ce qui peut vous rendre heureuses.
- Ce n'est pas la charge, mais l'excès de charges qui tue la bête, dit Marion avec sa petite voix douce et timide. Ho ! ce n'est pas de moi ! précise-t-elle avec modestie, c'est de Cervantes, dans Don Quichotte.

Elles reprennent chacune leur sac et le posent sur leur dos. Le regard des filles se croise et soudain, la même sensation les envahit. Leur sac semble bien plus léger ! Est-ce la perspective d'une fin de parcours qui approche ou la sensation de finir quelque chose ? Celui de clore un chapitre ou tout simplement l'accomplissement de soi ? Au fond, qu'est-ce qui est le plus important ? Est-ce le voyage ou la destination ? Ne serait-ce pas, tout simplement la compagnie ? Mais alors, quelle compagnie ? Les filles comprennent enfin, après avoir effectué tout ce parcours, qu'il est très important d'être bien accompagné dans la vie. Peu importe le chemin ou la destination, l'important c'est celui ou celle qui nous permet toujours d'avancer, celle ou celui qui donne l'impulsion : « SOI » ! L'être profond qui est en soi. Elles comprennent en définitive qu'elles ne sont plus et ne seront plus jamais seules.

Ainsi, le dépassement de soi favorise cette légèreté. Plus on est proche de soi, plus on est intime avec soi, plus on s'aime. Plus on se respecte et plus on se fait confiance. Ainsi nous devenons naturellement plus proches des autres. Parce que nous sommes des personnes vraies. Nous sommes en accord avec la réalité, nous satisfaisons aux lois de l'esprit. Cette vérité vivante qui comble le cœur en conquérant la raison. Lilwenn avait su apporter à Évelyne et Marion cette dose d'empathie nécessaire pour changer le regard sur soi, s'accepter telles qu'elles sont pour trouver la paix et la liberté au plus profond d'elles-mêmes. Marion et Évelyne pouvaient maintenant avoir totalement confiance l'une en l'autre, pour bâtir et réaliser leur projet. Elles avaient trouvé leur propre confiance, elles avaient dépassé leurs limites et elles étaient sorties de leur zone de confort, pas seulement physiquement. Demain elles seront dans la cathédrale Saint-Jacques pour assister à la messe des pèlerins et recevoir la

Compostela. Un mois auparavant, elles n'avaient aucune idée de ce qu'elles étaient capables d'accomplir. Maintenant qu'elles touchent enfin au but, elles sont remplies d'émotions.

Les trois filles arrivent à Santa Irene. Elles ont réservé sur recommandation une chambre dans une charmante petite auberge. L'accueil y est chaleureux et les filles vont profiter de vrais lits confortables, faits comme il se doit à leur arrivée. Des serviettes de toilette sont également mises à disposition. Ce n'aura pas toujours été le cas sur le parcours. Voilà aussi pourquoi il est recommandé, dans le nécessaire vital du pèlerin, de se prémunir d'un sac de couchage et d'une serviette de toilette. Même si tout le monde ne se lave pas et parfois cela se sent. Serait-ce là une version rustique du chemin ou son adaptation moyenâgeuse ? Il est d'ordinaire reconnu que les pèlerins se contentent de peu. Quoique, à bien y observer, force est de constater que le pèlerin moderne a altéré en partie la portée spirituelle de son chemin. La reconnexion avec son être divin originel a mué en une sorte de combat contre soi à la recherche d'un défi à relever, tant physique que personnel. Et finalement l'objectif finit par prendre le dessus, reléguant ainsi au second plan, la manière de parcourir le chemin pour l'atteindre. Comprenons que nous devenons cruels avec nous-mêmes, lorsque nous transformons en douleur physique, la moindre douleur spirituelle, comme le doute, la honte, la lâcheté, la rancune, la trahison. Alors nous transmutons cette douleur de notre esprit à notre corps, pour mieux en ressentir le mal. Ainsi oui ! Vous devenez cruels envers vous-mêmes.

Tandis que nos trois amies s'installent, le calme et le silence envahissent tout l'espace de la chambre. Ce n'est pas un moment triste, c'est juste une forme de recueillement. Évelyne et Marion doivent cogiter, chacune de leur côté, aux nouvelles perspectives qui se présentent à elles. Quant à Lilwenn, elle commence déjà à se projeter à Fisterra. De nouveau, les paroles de Merlin résonnent en elle. « Tu atteindras Santiago, tu te recueilleras sur le tombeau de l'apôtre Jacques le Majeur dans la crypte et tu te reposeras. Surtout, n'oublie pas de remercier le Saint Homme, car il t'aura accompagné et protégé tout au long du chemin. Puis, tu poursuivras ton chemin jusqu'à la Côte de la Mort. Ce nom peut faire peur, car ce sont les paysages côtiers les plus sauvages de Galice. Ce lieu est aussi appelé le « Cabo Fisterra ». Là, c'est sur ce promontoire que tu ressentiras toutes les énergies qui te porteront la réponse et le secret de cette aventure à Cap Finisterre ». *Je me souviens,* pense la jeune fille, *que Merlin m'a aussi dit qu'il me fallait brûler en offrande, mes vieux vêtements et mes chaussures usées par le chemin, selon la tradition. Puis revêtir mes habits de lumière, ceux de la nouvelle Lilwenn.* (A priori, brûler n'est plus tout à fait autorisé de nos jours pour une raison écologique). *Merlin a aussi insisté sur le fait que je suis la seule responsable de cette aventure. Ce chemin, c'est bien moi qui l'ai voulu,* se remémore la jeune fille. *Paraît-il même, selon Merlin que cela était prévu au fond de mon âme, le chemin que je devais suivre, car il est une renaissance, la voie qui mène à de grandes décisions pour orienter sa vie. Merlin m'avait prévenu, « Cette épreuve, cette quête spirituelle, te permettra de comprendre l'essentiel ». Je me souviens, il m'a dit « comme le ciel est l'essence de ton existence, n'oublie jamais le langage des signes et surtout va jusqu'au bout de ta mission personnelle ».* Ces paroles résonnent dans la tête de Lily et une vive émotion envahit la jolie blonde. Marion qui regarde Lily s'aperçoit que quelque chose trouble Lilwenn.

- Tu as les yeux rouges, tu pleures Lily, qu'est-ce que tu as ? J'espère que ce n'est pas parce que l'on se sépare demain ?
- Je repense à tout ce parcours et ces choses qui m'ont été dites. Pour moi, ce n'est pas tout à fait fini, même si mon aventure touche à sa fin. En fait, à bien y regarder, ce n'est que le début, tout comme pour vous.
- Ce n'est pas faux, reprend Évelyne, car, quand nous croyons que cela se termine, en réalité c'est un nouveau départ. Il est extraordinaire ce chemin par toutes ces rencontres et tous ces messages. Que de belles énergies ! Nous te remercions aussi beaucoup, chère Lily, car tu as été très importante pour notre avenir. Nous ne t'oublierons jamais. Il faut absolument échanger nos coordonnées avant de nous séparer.
- Merci les filles. Je n'ai rien fait de plus que de lire ce qui était au fond de votre cœur, répond Lilwenn. Quant au plus profond de nous, nous croyons en quelque chose que nous aimons, que nous désirons, nous sommes les plus fortes au monde. Le calme et la sagesse nous remplissent de cette certitude, rien ne pourra jamais vaincre notre foi. Vous puiserez en vous une force prodigieuse et irréfutable pour prendre la bonne décision au bon moment. Et lorsque vous aurez atteint votre but, vous serez émerveillées par vos propres potentiels.
- Merci encore à toi Lily pour tous tes encouragements, et pour ce don que tu as pour insuffler aux gens l'espoir que tout est possible.
- Ce n'est pas un don Marion, ou alors nous l'avons tous ! Seulement une sensibilité augmentée par notre capacité

d'observation et notre ressenti. D'où l'importance d'être attentives aux signes les filles, n'est-ce pas !

Cette soirée au petit air de nostalgie se poursuit avec un dîner à l'auberge. Les trois amies évoquent leurs souvenirs d'enfance. Elles partagent leurs expériences et les blessures de la vie, tout ce qui les a rendues plus fortes. Après le dîner, elles regagnent la chambre pour se reposer un peu, et continuer à papoter entre filles. C'est aussi un moment pour se faire des confidences, mais également apprécier tout simplement ces moments d'échanges que leur rencontre a permis sur ce parcours. La nuit sera un peu plus longue que les précédentes, peinant à trouver le sommeil.

26
Tendres retrouvailles

À force de courage et d'abnégation arrive l'ultime étape d'environ vingt-trois kilomètres et ses six heures de pérégrination : au bout, c'est la récompense ! Les filles ne sont parties ce matin qu'à sept heures, car la distance est moindre. Ainsi, elles arriveront dans l'après-midi et auront largement le temps de prendre leurs marques pour la mythique cérémonie. Les matinées sont encore bien fraîches à cette période de l'année, même si l'après-midi le soleil a tendance à bien taper. De longs silences ponctuent cette dernière étape. Non pas que les filles n'ont rien à se dire, des filles qui se taisent, mais ce serait un oxymore. Mais voilà, arrivées au terme de leur périple, l'émotion commence à les gagner, elle devient plus vive et incite au recueillement. Lilwenn songe à toutes ses belles rencontres. *L'accueil de Marie-Clémence et de Pierre de Boisnacieux au sud de Bordeaux dans le Médoc où j'ai été traitée comme une princesse. Sans compter la superbe proposition de Pierre de m'engager comme sa collaboratrice dans la Compagnie. Si j'acceptais cette proposition, cela risquerait de faire de nombreux jaloux et jalouses. Gardons cela en réserve, mais sois prudente ma Lily,* se dit la jeune fille. Elle se remémore la merveilleuse rencontre avec Josy et Alice. *Sacrée Alice, elle nous a bien fait rire avec ses déboires. J'espère que l'on va se retrouver. Il y a eu aussi cette superbe mamie qui m'a accueillie comme sa fille. Quel amour cette petite bonne femme, comment était-ce son prénom déjà ? Ah oui ! Lucia. Je ne manquerai pas de lui écrire à mon retour, une belle et grande lettre, tout en français, qui lui fera bien plaisir. Puis il y a eu Marina, la belle Italienne et nous avons croisé le chemin des deux complices. Voilà qu'elle est tombée en amour pour Owen. Je ne sais pas, s'ils sont encore ensemble. Et Lonan, le beau gosse, je crois que j'ai dû lui faire de la peine en le laissant ainsi après lui avoir montré le chemin des étoiles.* Elle sourit, Lilwenn, en se remémorant les temps forts de son parcours. *J'ai croisé de nombreuses personnes sur ce chemin. Même un petit lapin, plusieurs merles et un cerf, pour ceux-là, j'ai ma petite idée. J'ai eu droit à la compagnie angoissante de deux molosses de ferme. J'ai été accueillie au départ par un pochetron sans son sofa.* Lilwenn rigole dans sa tête. *J'ai croisé trois branquignols, qui en voulaient à ma plastique, et...*

- Et puis il y a vous, les filles, dit à haute voix Lilwenn en se tournant vers ses amies.
- Comment ça ? Nous ! Demande Évelyne qui sort brusquement de ses pensées.
- J'étais justement en train de refaire ce chemin et je repensais à toutes ces rencontres qui ont enrichi ce voyage initiatique. Tous ces lieux magnifiques, magiques que j'ai traversés, ces expériences qui m'ont enseigné la tempérance et l'humilité.

Ma vie a soudainement pris de la hauteur. Et vous faites, toi Évelyne et toi Marion partie de ces personnes qu'il est doux de rencontrer.

- Merci beaucoup Lily, dit Marion, qui sort lentement de sa léthargie. Tu as le sens de la formule.
- Il y a ce voyage avec toutes ses rencontres, des échanges sincères, des sourires sur les visages qui seront marqués à tout jamais dans notre vie. Et vous faites partie de mon aventure, mes amies, dit Lilwenn.

Que rajouter après une telle preuve d'amour ? Les trois jeunes femmes poursuivent cette dernière étape avec légèreté. Le joli chemin bordé de magnifiques chênes et d'eucalyptus traverse quelques petits hameaux où ne semblent vivre que quelques âmes. Certaines personnes vous saluent sur le passage et vous adressent une gentille parole, quand d'autres écartent juste un peu les rideaux. Là, c'est nous qui les saluons. Après deux heures de marche, elles décident de faire une petite pause dans un village, le seul qui offre l'occasion de prendre un bon café, ou un chocolat pour Lilwenn. La température est remontée, et elles s'installent dehors en terrasse afin de regarder passer les pèlerins. On ne sait jamais, si elles pouvaient retrouver des connaissances, ce serait sympa de finir ce voyage à Santiago ensemble. Marion et Lilwenn commandent un chocolat chaud et Évelyne un grand café avec du lait. Les Espagnols en sont friands, surtout en fin de matinée. Le tout, comme il se doit, accompagné des inimitables churros.

Tandis que la collation bat son plein, Lilwenn ne peut pas s'empêcher de scruter l'horizon. Elle aimerait tellement retrouver toutes ses amies et ses amis aussi. Ils en avaient fait une promesse. Les churros tièdes trempés dans le chocolat onctueux et crémeux régalent les papilles Lilwenn. Quand tout à coup, la bouche pleine, elle lève les yeux et aperçoit au loin, deux têtes qui ressemblent à Alice et Josy. Elle se lève d'un bond, pour mieux scruter l'horizon. Sa vue perçante ne la trahit pas, elle distingue bien leurs deux silhouettes, qu'elle reconnaît aussitôt. Elle court à leur rencontre. Les retrouvailles sont émouvantes, car une belle amitié est née de leur première rencontre. Elles rejoignent la table où Marion et Évelyne les attendent. Les présentations sont joviales et les jacasseries des cinq filles emplissent tout l'espace de la terrasse. L'émotion est à son comble. Lilwenn fait attention de ne pas évincer ces deux dernières amies au profit de ses retrouvailles. Aussi, elles mêlent adroitement à leurs récits en se faisant le relais de leurs aventures. Elles ont tant de choses à se raconter, qu'un chocolat chaud n'y suffirait pas. Alors, elles repartent bras dessus, bras dessous, heureuses d'avoir tenu leur promesse, se retrouver à Saint-Jacques. Elles n'ont pas fait trois cents mètres, qu'elles entendent derrière elles des cris.

- Lily, Lily, attend-nous !

Lilwenn se retourne et voit courir vers elle, Marina et ses compères.

- Tu es la star du chemin Lily, disent en cœur les quatre autres filles.

Les larmes lui montent aux yeux, sa gorge se serre. La belle blonde, elle, ne peut retenir son émotion. Elle retrouve enfin ces personnes chères à son cœur pour finir le chemin et arriver tous ensemble à Santiago de Compostela. Waouh ! Finir le chemin ensemble, quelle merveilleuse preuve d'Amour, et quelle énergie. Marina et Lilwenn partagent cette joie et témoignent de leur grande complicité dans une longue étreinte. Puis Lilwenn fait un gros bisou à Owen avec un petit clin d'œil qui en dit long, accompagné d'une amicale tape sur son l'épaule en marque d'affection. Elle se réjouit de constater que l'histoire se poursuit entre les deux loulous. Lonan fixe Lilwenn, son regard vif ne trompe pas, ses yeux verts révèlent ses sentiments les mieux cachés. Il lui sourit, la prend dans ses bras et la serre fort contre son cœur. Les larmes coulent sur ses joues comme pour mieux laver son chagrin. Puis, prenant sa jolie tête blonde entre ses mains, il dépose un gros baiser sur les lèvres rosées de la jeune fille. Il ne dit rien, juste :

- Tu es encore plus belle, ma Lily !
- Tu piques, « What's the craic ? » dit-elle en argot irlandais, en rigolant.

Désormais un nouveau groupe est formé aux accents bigarrés, mais vibrant sur une même fréquence. Ils se nourrissent d'une même énergie, cette complice amitié aux reflets d'amour. Six jolies jeunes femmes et deux craquants jeunes hommes, une chouette bande de joyeux drilles. Ils vont parcourir ensemble cette mythique et dernière étape avant de franchir l'enceinte de la ville sacrée. Mais au préalable, avant de savourer la joie de toucher au but, une dernière halte aussi symbolique qu'incontournable devra avoir lieu à Lavacolla. Elle a pour objectif de respecter une tradition ancestrale. Ce lieu représentait au Moyen-Âge un arrêt nécessaire pour les pèlerins. En effet, après avoir parcouru des centaines, voire des milliers de kilomètres à pied, les corps étaient souvent couverts de poussière et meurtris par l'effort. Ils n'avaient pas eu l'occasion de croiser une salle d'eau pour laver ces corps couverts de crasse et d'effluves nauséabonds. Ce point d'eau du Camino Francés était une aubaine en cette fin de parcours.

Il servait à se purifier en se lavant entièrement. « Lava Colla » voulait dire laver le cou. Mais il était souvent traduit autrement, sous-entendu, il désignait l'arrière-train. C'était un endroit où les pèlerins pouvaient faire leurs ablutions. Un lavage de purification du corps, mais également celui de leurs vêtements. C'était également l'occasion de se préparer en nettoyant son esprit. Le gué de Lavacolla, est ici présenté, dans le sens d'une purification, Corps, Âme, Esprit, avant l'arrivée imminente dans le lieu saint. Ils changeaient de vêtements et se faisaient beaux pour entrer dans la ville et être décemment vêtus pour se présenter devant les reliques du saint-homme. Les pèlerins profitaient également de cette pause pour remettre de l'ordre dans leurs affaires. Quel que soit le lieu de provenance, ce rituel persistait, car il y avait toujours une fontaine, ou une rivière pour accomplir ce cérémonial, afin d'entrer à Santiago, propre de corps et d'esprit.

Aussi, quand notre bande de huit joyeux lurons arrive en ce lieu chargé d'histoire, les conditions sont différentes. Néanmoins, ils se prêtent au jeu de la purification, modernisé par de nombreux rires et de sympathiques jeux d'eau plus que de toilette. Est-ce l'émotion et la nervosité qui s'imposent à ce moment, dans ce pur instant de défoulement ? En tout cas, c'est aussi une manière d'accomplir ce rituel dans la bonne humeur.

Lilwenn est heureuse d'avoir retrouvé tous ses amis. Elle l'avait tant espéré que son souhait s'est réalisé. C'est ensemble qu'ils finiront ce parcours. Alice et Josy sont en grande discussion avec

Marion et Évelyne, elles ont l'air de bien s'entendre. Marina, pipelette comme pas deux, fait son petit rapport. Lilwenn ne peut s'empêcher de lui demander :

- Alors, raconte-moi ! Tout va bien avec ton beau Ricain ? dit-elle, toujours aussi curieuse.
- Bellissima, nous allons prendre quelques jours et poursuivre cette belle aventure. Nous allons chez moi en Italie. Je crois que nous repartirons tous les deux après aux États-Unis.
- Super, tu vas faire une carrière aux States, ma belle ! dit Lilwenn en rigolant.
- Possible, répond simplement Marina.

Un petit effort leur est demandé pour grimper les quatre cents mètres d'altitude afin d'atteindre en haut le Monte do Gozo (Montjoie). La récompense est à la hauteur de l'engagement. C'est un lieu reconnu par les pèlerins pour son immense valeur émotionnelle et spirituelle. Car c'est le premier endroit du « Camino Francés », où l'on peut apercevoir les tours de la Cathédrale Saint-Jacques. Le groupe d'amis ressent maintenant et pour la première fois les vibrations de la ville sainte. Garçons et filles se congratulent, ils se serrent dans les bras, ils sont sidérés d'être parvenus au bout de leur périple. Les cinq derniers kilomètres se font en chantant, le pas aérien, vif et léger. Ils passent devant la chapelle San Marcos et découvrent dans la descente, une énorme auberge, un centre géant pouvant accueillir plus de cinq cents pèlerins. Une léproserie existait déjà au XIIe siècle, dans ce quartier San Lazaro.

Ça y est, Saint-Jacques nous voilà. Les amis franchissent la « Porta do Camino » et pénètrent dans la vieille ville. Maintenant Santiago n'a plus de secret, elle se dévoile au fil des rues, de places en ruelles, de statues en fontaines et d'émotions en émois grandissants. Ils arrivent huit de front, passent sous un porche, plus que quelques marches à descendre et voici, sous leurs yeux remplis de larmes de joie, la place de l'Obradoiro. Oui ! Le chemin a tenu toutes ses promesses, jusqu'au bout. Elle est là, majestueuse, imposante cathédrale, elle a des proportions à couper le souffle. Elle était considérée comme le plus grand temple chrétien de son époque. Lilwenn en ressent toutes ses vibrations. *Merci, Merlin, merci pour ce cadeau, pour moi le chemin n'est pas terminé, mais je savoure déjà cet instant, tout comme mes amis, dans le silence du cœur.* À cette période de l'année, les pèlerins sont peu nombreux. Les vacances de Pâques sont passées depuis un moment, cela évite les bousculades et c'est fort appréciable. Il faut entrer dans cet imposant lieu aux vibrations très élevées. Lilwenn passe la première et entre par le « Portail de la Gloire » un chef-d'œuvre de l'art roman représentant l'histoire du Salut. Les huit amis recherchent Saint-Jacques. Après tout, ils sont d'abord venus pour lui ! Ils font un premier tour à l'intérieur de la cathédrale, et décident de se rendre au Bureau des Compostela. La durée d'attente est très courte. Parfois, en pleine saison des pèlerinages, l'attente dépasse les deux heures. Lilwenn remarque dans la file d'attente, cette Allemande qui avec un grand courage traînait son énorme sac sur le dos et son corps en surpoids. Elle est en compagnie de sa consœur allemande, elles ont fini le chemin ensemble. Lilwenn va les saluer et constate qu'elle a également tenu son pari. Elle a encore fondu de plus de vingt kilos. Elle a un énorme sourire en voyant Lilwenn et profite de ce moment pour la remercier du bon souvenir et de ses encouragements. Elles s'embrassent fort et Lilwenn rejoint son groupe. En moins de quinze minutes, les huit comparses se retrouvent en possession de leur « Certificat de Pèlerin ».

Désormais les voilà « Compagnons de Saint-Jacques ». La messe des pèlerins se déroule à midi tous les jours, en attendant demain, ils décident de refaire le tour de la cathédrale pour saluer le Saint-Homme.

- Nous voulons le voir, partagent les amis, demain nous serons peut-être trop nombreux pour cet hommage.

Soudain, le Saint est là, il leur est accessible. Après quelques marches, dans un couloir étroit de la largeur du sac, surmontant le maître-autel, l'Apôtre est là qui préside l'église. Accédant par le côté droit, chaque pèlerin peut le prendre dans ses bras, lui faire un gros câlin lui glisser un petit message à l'oreille. Lilwenn lui dit qu'il a le bonjour de Merlin et les yeux remplis de larmes, elle comprend l'émotion qui l'envahit et ce message qu'elle perçoit clairement. Ses amis font de même chacun leur tour. *Je ne saurais pas ce qu'ils disent à Saint-Jacques, ont-ils fait une demande, qu'ont-ils perçu ou entendu en retour ? Ce que je constate,* se dit Lilwenn, *c'est que tous les yeux deviennent bien rouges d'émotion après ce passage dans les bras de Jacques le Majeur.* Les énergies que chacun reçoit sont bouleversantes et instantanées, heureusement car le temps est limité pour chacun, un garde veille au grain. Imagine, disait John Lennon, « Imagine tous les gens vivant leur vie en paix… Imagine tous les gens partageant tout le monde… J'espère qu'un jour tu nous rejoindras et que le monde vivra uni… » Sous l'autel se trouve la crypte, avec les murs de la tombe primitive. Au centre de la pièce se trouve une châsse qui contient les reliques de l'Apôtre. Nos huit amis ressortent de la cathédrale par la porte méridionale donnant sur la Place de Platerias (Place d'Argent), nom qui provient des ateliers d'orfèvrerie qui étaient installés ici au Moyen-Âge. En regardant la façade, ils observent sur le trumeau, entre les arcs des deux portes, le symbole du Christ aux lettres inversées, l'Alfa devient l'Oméga, la fin devient le commencement. Ils comprennent que ce cheminement depuis le départ, toutes ces rencontres, ces réflexions et ces remises en question personnelles ne sont pas une fin en soi.

Cette recherche intime, celle de notre identité divine, celle que l'on puise au plus profond de soi, devient le début d'un autre chemin. Celui d'une vie nouvelle qui attend désormais Alice, Josy, Marina, Owen, Lonan, Évelyne, Marion et Lilwenn, et tous ceux qui auront fait et compris le chemin. Leur vie ne sera plus jamais la même. En ayant réalisé ce passage, ce dépassement de soi, ils ont ouvert une porte sur un futur nouveau. À cet instant, plus personne ne parle. Pas de rires, pas de plaisanteries, ils laissent la place au recueillement et aux émotions. Lilwenn et ses amis sont simplement heureux d'avoir accompli ce voyage et de partager ensemble l'aboutissement d'une telle aventure.

Maintenant, il faut chercher un hébergement pour la nuit. Comme la saison semble creuse, ils n'ont pas de difficulté pour trouver une auberge qui puisse les accueillir tous les huit. Après avoir pris possession de leur chambre, ils décident de se diriger ensemble vers la gare afin de se procurer leurs billets pour ceux qui rentrent chez eux. Demain, après la fameuse messe des pèlerins, un spectacle qu'il ne faut surtout pas manquer, ils éviteront toutes les complications de l'attente au comptoir. Oui !

Demain, c'est déjà le retour pour Marion et Évelyne qui rejoignent Paris. Owen et Marina, eux, vont filer vers Bergame et Lonan s'envolera pour Sligo. Alice et Josy poursuivent jusqu'à Fisterra en compagnie de Lilwenn, d'ailleurs, cela était déjà plus ou moins convenu à l'avance. Billets retour en poche, ils regagnent tous les huit, la grande place de la cathédrale afin de trouver une chouette auberge pour dîner et y fêter cet événement. Après la messe, après les pleurs et les séparations, chacun reprendra le cours de sa légende personnelle, en espérant que les vibrations du chemin auront largement contribué à clarifier le « qui je suis » de chacune de ces âmes.

Les huit amis partagent une grande table pour ce repas d'adieu. Un clin d'œil à une célèbre scène, qui ne sera peut-être qu'un au revoir pour certains. Évelyne et Marion partagent leur projet avec Josy et Alice. Owen qui ne parle que très peu le français est un peu largué, alors Marina lui fait la traduction. Lonan et Lilwenn sont aux petites explications. Lonan a très bien compris dans le regard de la belle Lilwenn qu'elle était son inaccessible étoile. Il en a rêvé, de cet impossible amour. Maintenant, il porte son départ comme un chagrin, comme une déchirure. Il l'aime trop, peut-être mal. Voilà pourquoi il tente sans force et sans armure d'atteindre cette inaccessible étoile. Parce qu'il se sent malheureux, telle était devenue la quête de Lonan. Il a suivi cette étoile, peu importait ses chances, peu importait le temps. Personne n'appartient à personne, et ce n'est pas parce qu'ils ont eu cette communion, corps à corps et cœur à cœur, que nos deux amants ont la même voie à suivre. Lonan demande à Lily :

- Pourquoi es-tu partie ainsi, sans plus d'explication ?

- Je ne voulais pas te voir souffrir ! Je ne regrette rien, bien au contraire, lui répond Lilwenn. Je suis très heureuse d'avoir partagé ce moment avec toi, mais ce n'est pas pour autant qu'il faut que l'on s'attache ni que l'on s'emprisonne. Tu resteras un très beau souvenir. Il ne faut pas courir après le vent ! Je suis ta fleur de pissenlit. Regarde-moi comme le souvenir d'un moment tendre de liberté. L'Amour est pur, l'Amour est beau, il touche le ciel et permet de s'élever.
- Je comprends, pourtant j'avais encore beaucoup de choses à partager avec toi !
- Ne perdons pas de temps, mon ami chéri. Mon amour pour toi est sans condition. Je n'attends rien, ce n'est ni l'argent ni la gloire qui me rendront heureuse, ceci n'est que du matériel. Je veux vivre au plus profond de mes convictions de femme libre, et être pleinement ce que je suis.
- Tu as tes racines, Lily, même la plus jolie des plantes, ne peut-elle pas reprendre et se développer superbement n'importe où, si le terreau y est fertile ?
- Merci pour la jolie plante, Lonan.
- Ho ! c'est juste pour reprendre une expression bien française. Nous les Irlandais, nous sommes Celtes, tout comme les Bretons, nos racines sont identiques, n'est-ce pas ?
- Certes, mais le terroir est quelque peu différent. Et puis je ne bois pas de whisky !
- Je t'apprendrais à l'aimer, répond Lonan, qui persiste à tenter sa chance.
- Tu es un mec génial, Lonan et je t'aime vraiment beaucoup, lui dit Lilwenn. Tu as à vivre et à accomplir ta destinée. Ta

voie est tracée, mais si le destin devait nous réunir à nouveau, sache que l'Univers fera tout ce qui est en son pouvoir pour que nous nous retrouvions. Si cela doit se faire, cela se fera. Le chemin de vie de chacun a été gravé dans l'Univers, et le tien n'échappe pas à la règle. Maureen t'attend certainement.

Lilwenn fait une petite pause puis explique à Lonan :

- On passe parfois, une grande partie de sa vie, en compagnie de gens qui ne nous apportent rien. Avec lesquels il n'y aura ni projet ni échange. Ces gens-là ne te soutiennent pas dans tes échecs, ils ne te félicitent pas le jour de ta plus belle consécration. Dieu merci quand par chance ils ne t'écrasent pas, ne te ridiculisent pas ou ne te rabaissent pas en public. Mais parfois ils peuvent t'insulter en privé. Inversement, tu rencontres des gens que tu vas croiser pour la première fois. D'autres parfois que tu ne connais que très peu. Mais eux te rassurent, ils t'écoutent et t'entourent simplement de leur amour. Ils t'aiment simplement pour ce que tu es et t'accordent leur bienveillance. Une simple phrase ou une écoute qui peut parfois changer le cours de ta vie. Tu n'attendais rien d'eux pourtant, ils se sont rendus disponibles pour toi. Ils t'ont ouvert leur cœur, t'ont apporté le réconfort dont tu avais besoin pour reprendre confiance en toi. Ceux-là vont te permettre de te surprendre et t'élever au-delà de toi-même. Tu es et tu resteras une partie de moi, mon ami, mon Amour. Nous sommes tous interconnectés.

Lonan a compris malgré son insistance délicate et respectueuse que ce n'était pas une amourette ni une aventure. C'était un partage tellement fort que seuls les initiés comprendront le sens de cette idylle. La soirée prend fin et le petit groupe regagne l'auberge, pour une bonne nuit de sommeil.

Le petit groupe va assister à la messe du pèlerin pour respecter la tradition. Elle a lieu au maître autel de la cathédrale de Saint-Jacques de Compostelle. Le groupe d'amis se rend à la sacristie pour onze heures trente afin d'être enregistré, car la célébration commence par souhaiter la bienvenue à chaque jacquet arrivé à Compostelle. Le maître de cérémonie y cite le nom, la nationalité et le point de départ de tous ceux qui se sont vu remettre leur Compostela la veille. La plupart des pèlerins ne s'engagent pas dans cette aventure par conviction religieuse. Cependant, un certain nombre peut être touché par la grâce divine en fonction des rencontres ou des compréhensions qui découlent de ce cheminement. Il n'est pas rare que ces pèlerins profitent de cet événement pour se confesser et communier au terme de leur pèlerinage. Durant cette bénédiction du pèlerin (benedicere en latin, signifie dire du bien), bien que n'en comprenant pas forcément le sens, ils accueilleront ce rite comme un incontournable du moment. Une démarche un peu mystique tellement décalée de leur vie ordinaire, où leur société matérialiste a englouti le spirituel. Le sacré oriente délicatement le cœur des pèlerins vers un Dieu qu'ils ne connaissent pas, mais dont ils attendent beaucoup. Aide-toi et le ciel t'aidera. La tradition durant la messe est de remercier au travers de prières, de la force qu'ils ont puisée et de l'aide qu'ils ont reçue pour atteindre leur but. Cette cérémonie de clôture est inévitable pour nos amis, car ils ont tous compris le poids de leur engagement personnel à réaliser leur destin.

Après l'eucharistie débute un impressionnant spectacle. Les spectateurs assistent à l'un des moments phares de cette messe, un rituel qui remonte à plusieurs siècles. Lorsque le célèbre « botafumeiro » est actionné. Il s'agit d'un immense encensoir en laiton argenté d'un mètre cinquante de haut, que l'on alimente de charbon et d'encens le tout pesant près de cent kilos. Il est attaché à une corde et manié par huit « tiraboleiros », pour le faire osciller au milieu de la cathédrale. Perché à vingt mètres de hauteur, il atteint une vitesse de soixante-dix kilomètres à l'heure. Le spectacle est ahurissant. Naguère, il servait à purifier l'intérieur de la cathédrale où se massait la foule de pèlerins. Transformer cette puanteur et libérer les miasmes de toutes ces personnes, venues vider leurs sacs à Compostelle, telle était sa fonction principale. Au son de l'Hymne de l'Apôtre joué sur les orgues baroques, les va-et-vient de ce chaudron volant épandent une fumée épaisse aux mélanges d'encens savamment choisis. Une page se tourne alors et les amis en rang d'oignon dans l'allée de cette cathédrale, ont compris que maintenant il leur faut tirer le meilleur de tout cela.

Lonan est le plus triste, non pas d'une tristesse morose, il est juste mélancolique. Il a bien compris ce que Lilwenn attend de lui, qu'il soit heureux simplement. Il va s'envoler pour Sligo. Il retrouvera son amie Maureen et distillera sa vie avec passion, comme il distillera son whisky. Pas de larmes s'étaient promis tous ces amis. Non ! Pas comme sur un quai de gare. Alors, sur le parvis de cette majestueuse Cathédrale, ils ont décidé de se dire au revoir, comme ils se sont connus. Voilà, c'est fini comme le chante Jean-Louis Aubert pour les francophones : « Voilà c'est fini, nos deux mains se desserrent de s'être trop serrées, la foule nous emporte chacun de notre côté, voilà c'est fini…

27
Fisterra

En compagnie d'Alice et de Josy, Lilwenn poursuit son chemin vers Fisterra. Cet endroit mythique est situé sur la pointe de la Galicia. Avec ses falaises, ses paysages sauvages et ses plages impressionnantes aux fortes houles, cette pointe abrite une falaise qui culmine à deux cent quarante-deux mètres. Ce lieu était certainement connu dans l'Antiquité sous le nom d'Ara Solis et servait à célébrer les rites solaires. Voilà pourquoi, encore aujourd'hui, la plus grande attraction des pèlerins faisant ce trajet jusqu'à cette destination est d'assister au coucher du soleil sur l'immensité de l'océan. Se rendre à Cabo Finisterra, c'est aller au bout du chemin. C'est un lieu que les Romains considéraient comme le point où le monde se terminait. Peut-être également parce qu'il renferme le secret de la « Costa da Morte » (la côte de la Mort). Est-ce ici l'axiome qui engendre le terme « mourir pour mieux renaître » ?

Ces trois dernières étapes en compagnie de ses deux amies vont encore souder et renforcer leur complicité avec Lilwenn, après tant de moments passés ensemble. Et Merlin dans tout cela ! Depuis un certain laps de temps, Lilwenn n'a plus de signe de son guide. *Où es-tu ? Que fais-tu ?* Elle espère bien avoir de ses nouvelles rapidement, sur cette fin de parcours qui la conduit vers ce lieu magique. Là où une surprise de taille est censée l'attendre. Depuis la nuit des temps, l'aura légendaire de ce lieu réveille un mystère profond dans l'âme des hommes. Des légendes celtes circulent parmi les anciens. Elles concernent le dernier voyage vers le paradis dans une barque en pierre, là où le soleil se couche. L'alchimie entre la fusion de la pierre avec la mer et la spiritualité perdure.

C'est maintenant reparti pour près de quatre-vingt-dix kilomètres de pèlerinage, alors musique ! Nos trois nénettes chantent en chœur à tue-tête. Un soleil déjà haut dans le ciel chauffe les têtes et colore un peu plus encore la peau de ces jeunes femmes. Trois étapes pour toucher le bout du bout. La conversation tourne autour de cette fin, qui amorce un nouveau départ dans la vie de ces trois femmes. Toujours un peu perdus que nous sommes, quand les histoires se terminent. Après Santiago, la nouvelle étape les conduira à Negreira. Une longue voie pavée, façon chemin romain que traverse une jolie rivière, le Rio Tambre. La fraîcheur arborée de ce joli cours d'eau leur permet de poser le sac à terre, pour un moment de détente. Casquette toujours vissée sur sa blonde crinière, le baladeur de Lilwenn porté en bandoulière entonne la chanson de Goldman, « … Encore un matin qui cherche et qui doute, matin perdu cherche une route, encore un matin, du pire ou du mieux, à éteindre ou mettre le feu… ». Quelques petites éclaboussures et des jeux d'eau amusants animent cette halte, source de joie. Cette eau, qui semble si pure, est un cadeau de la nature bien rafraîchissant. Elle permet de se mouiller les bras et la nuque avant de repartir.

Sur ce chemin, elles croisent une vieille dame qui fait sa promenade quotidienne. Elle a quatre-vingt-seize ans et tout porte à croire qu'elle en a quinze à vingt de moins. Son sourire est éclatant, sa joie et sa bonne humeur mettent nos jeunes filles en émoi. Tous les jours, Paula parcourt cette portion du chemin de Compostelle pour aller boire son petit café chez Miguel, puis chercher son pain. Elle y fait de superbes rencontres et cela lui permet également de parler différentes langues. Durant sa vie professionnelle, elle a fait plusieurs fois le tour de la planète, sur la mer, par les airs et sur terre. Elle travaillait pour une très grande marque de café. Elle était spécialisée dans la sélection des grains et leur commercialisation. Aussi, elle parle six langues et peut converser avec de très nombreux pèlerins. Chaque jour que Dieu lui prête vie, elle se nourrit de ces rencontres avec les voyageurs qu'elle admire.

- Certains viennent parfois de très loin, raconte-t-elle. L'histoire de Yarek, ce Polonais qui venait de Cracovie ? Il avait traversé la Tchéquie, la Suisse et la France avant de parcourir le « Camino Francés » en péninsule Ibérique. Certains jours, il parcourait plus de cinquante kilomètres.

Depuis près de vingt ans, la vieille dame a partagé son petit tronçon de chemin, de sa maison jusqu'au petit bourg à l'aller comme au retour, avec près d'une cinquantaine de nationalités différentes. Elle a beaucoup d'humour et dégage une telle énergie qu'elle transmet aux trois jeunes filles un petit message avant de les quitter. Sur la droite se trouve une jolie petite maison entourée de fleurs bien entretenues, toute à l'image de Paula. Elle embrasse chacune d'elles en glissant à l'oreille quelques propos très personnels, d'une justesse sans pareil en ne les ayant observées qu'une demi-heure. Sa baguette sous le bras, elle rentre chez elle.

Nos amies poursuivent leur chemin et c'est un petit chien adorable qui vient marcher avec elles. Nul ne connaît son nom, lui n'est pas bavard, mais crée une certaine animation. Il marchera avec les filles presque une heure durant, avant de décider de rebrousser chemin. Au loin pointent les toits de la ville où les filles feront étape. Demain, elles repartiront de bonne heure pour Olveiroa, avant-dernière étape. Puis ce sera la dernière ligne droite. Se remémorer les paroles de Merlin, la grotte, la boîte, le message. Lilwenn ne se rappelle plus très bien. Ses souvenirs s'emmêlent un peu tout à coup et son esprit s'embrouille. Il sera toujours temps de faire appel à son merveilleux guide. Il apparaîtra peut-être comme par magie pour insuffler les dernières forces nécessaires pour finir cette boucle. Le baladeur de Lilwenn joue à nouveau sa musique. Les pas rythmés des trois jeunes filles s'allongent sur la chanson de Forent Pagny « Reste les murs porteurs, des amis en béton, un frère une petite sœur pour voir à l'horizon… ».

- Dis-moi Lilwenn, as-tu pris ta décision par rapport à ce que tu souhaites faire en rentrant ? Demande Josy.
- Non, pas encore ma Josy, je dois attendre d'être à Fisterra pour prendre une décision et surtout y voir les signes de cette compréhension. En attendant, je dois me remémorer

tout ce que mon guide m'a dit quand je serai sur place. C'est pourquoi j'essaie de faire le vide !

- Oui, tu prends du recul, dit Alice
- Tout à fait ! Repend Lilwenn, c'est ce que l'on nomme aussi le détachement. Une forme de sagesse qui aide à se libérer de nos carcans. Les portes de nos prisons intérieures s'ouvrent pour libérer un conditionnement créé par notre éducation formatée. Nous devons accepter d'ouvrir nos yeux et notre cœur sur l'inconnu pour investir le champ des possibles ouvert à la création. Nous devons nous abandonner dans les bras de l'Univers. Ainsi, on assiste au ballet de la joie et du bonheur. Celui qui nous contente et évite de ressasser les vieux schémas défraîchis. Le détachement ne nous éloigne pas et ne s'oppose pas à nos désirs les plus profonds. Il n'entrave pas notre chemin, même en modifiant un tant soit peu la trajectoire. Au contraire, il force et accélère le processus de notre évolution en nous conduisant vers le but, au rythme des opportunités. C'est cela, apprendre le détachement, quand la sagesse de l'incertain côtoie la solution spontanée. Il en sera de même pour tout ce qui touche à l'émotionnel. Et vous les filles ! Où en êtes-vous dans l'avancement de votre réflexion ? Demande Lilwenn
- Tu serais à l'origine de notre co-entreprise, de notre joint-venture, comme disent les Anglais, reprend Alice que cela ne me surprendrait pas !
- Je vais demander alors des royalties, relève Lilwenn !
- On ne parle pas d'argent entre amies ! s'exclame Josy sur le ton de la boutade.

- Tu parles, Charles ! dit Lilwenn. C'est cadeau ! Toujours mon grand cœur. Sans transition, elle poursuit, et ce Camino Norte, vous a-t-il réservé quelques belles surprises ?
- Nous avons rencontré des gens très sympas, mais peu s'engageaient jusqu'au bout du chemin. Souvent, ils faisaient que quelques étapes. Josy a dragué un peu, poursuit Alice en éclatant de rire. Mais elle a su rester sage.
- N'embête pas Lilwenn avec les non-évènements ! reprend Josy, puis se tournant vers Lilwenn, elle demande, avec un sourire coquin et peu contenu : Et toi ma belle ?

Alice et Josy ont bien remarqué le rapprochement et la complicité qui existait entre Lilwenn et Lonan, lorsque le groupe s'est reconstitué. Que s'est-il bien passé entre ces deux-là ? C'est ce que cherchent à savoir les deux petites curieuses. Elles ne veulent pas être intrusives, pas plus indiscrètes, mais quand même, elles aimeraient bien en savoir un peu plus !

- Nous avons remarqué, demande Alice à Lilwenn avec une certaine liberté de ton, ma chère Lily, que tu étais très proche du beau rouquin. Vous étiez vachement complices tous les deux ! Tu veux bien nous en parler ? Dis-nous ce qu'il s'est passé entre vous ? Ou bien c'est secret ?

Lilwenn raconte alors à ses copines son aventure Lonan. Avec bienveillance et respect, avec les mots du cœur, elle leur confie les contours de cet épisode. L'Amour ! Elle revient sur l'Amour et sur le sentiment de désir. Celui que l'on peut avoir l'un pour l'autre, même s'il s'agit d'une rencontre d'un jour.

- Nous n'avons que faire des moralistes, explique Lilwenn à ses amies. Les funestes donneurs de leçons et leur foutu moral à deux balles. Lonan est libre, je suis libre aussi, et sans attache. Rien ne pouvait contrarier cette relation amplement consentie. Nous aurions pu poursuivre la relation, car elle était vraie et sincère. Mais j'ai pris la décision de partir très tôt le lendemain, je ne voulais pas que s'installe un sentiment de dépendance affective entre nous. Ce qui s'est passé était génial pour nous deux. Et je souhaite uniquement conserver ce souvenir-là. L'Amour n'est pas mauvais, ce sont les gens qui ne savent pas gérer leurs émotions. Pourquoi se ronger de l'intérieur, créer cette déchirure ? Nous ne sommes pas responsables de ce sentiment mal éprouvé. Le plaisir charnel n'est pas de l'Amour comme on veut l'entendre, c'est un désir, une pulsion qui joue avec tous nos sens en même temps. Il peut conduire au fait de tomber amoureux. Je ne voulais pas tomber amoureuse de Lonan, confirme Lilwenn. Alors ni remords ni regret, juste un merveilleux souvenir.

Déjà les côtes se dessinent au loin et les oiseaux marins accompagnent les jeunes filles au-dessus de leur tête. *Ce lieu est magique et je ne m'étonnerais pas que Merlin soit dans le coin,* ressent très fortement Lilwenn. Après quelques centaines de pas, les trois jeunes femmes aperçoivent un pèlerin, à la croisée d'un chemin. D'âge moyen, à l'allure élégante, de bonnes chaussures de marche aux pieds, un short long de toile épaisse et un vêtement léger, un polo de mailles à manche courte de très belle qualité. Cet homme est très élégant. Ses cheveux poivre et sel tombent sur ses épaules. Il porte une barbe complète, au look sage, élégant et classique. Il salue Lilwenn, Alice et Josy en s'exprimant dans un français parfait. Il se présente. Il se prénomme Enrique. Il parcourt le chemin pour la dixième fois et en connaît tous les recoins. Tout à coup, Lilwenn remarque que l'homme porte deux bracelets à son poignet droit. Des images lui reviennent immédiatement à la mémoire. Elle connaît ces bracelets, elle les a déjà vus. Les yeux de la jeune fille n'arrivent pas à se détacher du poignet et de ces deux bracelets. De petits dés en guise de perles, des noirs et des blancs, étrangement conformes à ceux qu'elle porte au fond de sa poche droite. Machinalement, elle y glisse sa main. Ouf ! Ses deux petits dés s'y trouvent toujours. Alice et Josy sont scotchées aux lèvres d'Enrique, buvant les paroles de ses récits. Lilwenn retire discrètement sa main du fond de sa poche, tenant au creux de celle-ci ses deux dés pour les comparer. Après un rapide coup d'œil, il n'y a aucun doute, ce sont bien les mêmes. Elle en conclut avec certitude que c'est Merlin, *je dois savoir, et comprendre maintenant*. Les yeux d'Enrique se tournent alors vers Lily. C'est le même regard, de beaux et grands yeux couleur bleu de mer. *Décidément, il n'aura pas fini de me surprendre ce merveilleux Merlin, mon ami, mon guide.* Tandis que Lilwenn pense tout cela, elle se remémore que Merlin a le pouvoir de lire dans les pensées. Alors, il sourit discrètement et d'un clin d'œil furtif adressé à Lilwenn, confirme cette complicité. Josy et Alice ne s'aperçoivent de rien, c'est normal, ceci ne leur est pas destiné.

Enrique marche et accompagne les jeunes femmes comme tout pèlerin le ferait. Il parle de cette fin de Terre, de ses plages, de ses grottes. Il parle à mots couverts à destination de Lilwenn, de sa recherche. Très vite, la belle blonde comprend que ces paroles lui sont destinées. Elle devient alors plus attentive. Les paroles du magicien dessinent maintenant dans la tête de la jeune fille, comme un enchantement, la révélation des contours de ce mystérieux voyage. Dans la tête de Lilwenn, les images s'entrechoquent, les mots affluent, et tels des arabesques indiquent une marche à suivre. Machinalement, Lilwenn glisse de nouveau sa main dans le fond de sa poche, fait tourner les dés pour n'en choisir qu'un. Elle le sort, le regarde, il est blanc. Yes ! pense Lily, c'est le bon, maintenant je sais, je suis dans le vrai, alors je vais suivre les signes. À présent, elle se remémore les paroles de l'Enchanteur Merlin. Elle repense à ce qu'elle lui avait dit après avoir payé son tribut. « Bon, maintenant que j'ai fait ma part, pouvez-vous me révéler où se trouve mon trésor ? » Elle se souvient également de sa méprise quant à la destination. Étrange confusion entre le Finistère Breton et Fisterra en Galice. Le vieil homme lui a révélait alors, « Là, au bout de cette Terre, le Cap Finisterre, tu trouveras les paysages côtiers les plus sauvages, et au bord de la falaise, tu trouveras ton secret, sois attentive, écoute ton instinct ». Quelle bourde, une erreur d'environ mille trois cent cinquante kilomètres. Pure synchronicité ! La Galice, ne s'est-elle pas également nourrie de la culture celte, quand ils se sont installés au Ve siècle ? Ce n'était pas ce petit écart qui allait lui faire baisser les bras ! Quoi de mieux qu'un défi à relever pour l'intrépide Lilwenn !

Les paroles de sa grand-mère font écho à sa mémoire, surtout cette fameuse locution « Aide-toi et le ciel t'aidera », d'où l'art de confier à l'Univers le soin d'aborder favorablement la réalisation de son MOI. La bienveillance de Merlin pour Lilwenn était acquise. Surtout quand il lui demandait de ne pas être désolée de cette confusion. De garder toujours en tête l'idée ou l'esprit cardinal de sa quête, l'essentiel, le fondamental. Ce dont toute la suite de sa vie dépendra. Courage et persévérance, pour que la providence se montre généreuse, et surtout ne jamais perdre espoir. La symbolique du chemin, Lilwenn en avait percé pour partie, ses mystères et ses petits secrets. Notamment son côté ludique mêlé de fort belles rencontres. Pour tout comprendre, peut-être lui faudrait-il arpenter d'autres fois ce voyage spirituel. Surtout, n'oublie pas de remercier Saint-Jacques à ton arrivée, pour t'avoir accompagnée et protégée tout au long du parcours, lui avait dit Merlin. *Mais je croyais que c'était justement vous,* Merlin, *qui assuriez ma protection.* Là est aussi l'esprit du chemin. Saint-Jacques protège les pèlerins du monde entier, sans distinction aucune. C'est pourquoi Lilwenn n'a pas omis de lui glisser quelques mots à l'oreille dans cette cathédrale. La voici maintenant pour cette ultime étape en compagnie de Josy, d'Alice et de Merlin sous l'apparence d'un pèlerin prénommé Enrique, en vue de ce promontoire. Tandis qu'Enrique invite les jeunes femmes à se plonger dans la profondeur de ce paysage, cette mer sauvage vue de cet emplacement magique, il reprend cette phrase qu'il avait dite à Lilwenn près de six semaines auparavant :

- Sachez, chères amies, que c'est vous et vous seules, qui avez décidé de parcourir ce chemin, de vous offrir cette parenthèse enchantée. Cela était prévu dans les profondeurs de votre être. Ce voyage fait partie intégrante de votre mission de vie et toutes vos décisions sont issues de vos rencontres et de vos lectures intérieures. Je te l'avais bien dit, Lilwenn, que l'on se retrouverait, quelle que soit mon apparence.

Lilwenn a déjà parlé de son guide Merlin à Alice et à Josy. Lorsqu'elles ont voyagé ensemble de Bayonne à Orio, Lily a fêté son anniversaire. Ce soir-là, lors de la dernière étape que les trois amies ont passée ensemble, Josy a lancé à voix haute dans la salle du restaurant, après une bouteille de Txakoli : « Merlin au secours, laisse-nous encore un peu Lily ! ». Les deux jeunes femmes étaient certainement loin de s'imaginer à cet instant qu'elles feraient la connaissance de Merlin en chair et en os.

L'Enchanteur est un personnage légendaire, il est tour à tour un prophète et un magicien incontestablement surdoué pour la métamorphose. Il est relié aux esprits de la nature. Il peut commander les éléments naturels tels que la pluie, le vent, voire les tempêtes. Il peut également régner sur le monde animal. Doué d'un immense savoir, il sait tout sur tout et peut même lire dans vos pensées. *Quel bonheur et quel privilège de vous avoir pour guide Merlin,* pense très fort Lilwenn. Debout sur le promontoire, les trois jeunes filles se mirent à contempler l'immensité de la mer sur un horizon sans fin. Tout là-bas, en face, c'est le pays d'Owen, le bel Américain et bientôt celui de Marina, la belle Italienne. Tout en bas de la falaise, sur cette immensité salée, se forment comme des perles de lait déposées par les sabots d'un cheval au galop sur les vagues. Sous cette étendue de marée bleue se trouvent mille vies. Le soleil couchant brille de tous ses éclats. Dans sa lente descente vers les abîmes, cette boule de feu se transmue en un divin mélange de couleurs, prélude à un nouvel avenir. Ses reflets flamboyants remplissent les yeux des trois jolies jeunes femmes d'un brouillard de larmes. L'émotion est à son comble et leur petit cœur bat très fort dans leur poitrine. Elles n'ont jamais ressenti une si forte émotion. Jamais ! Cela leur ferait presque mal, tellement c'est bon de se sentir libres, ivres de ce bonheur. Lilwenn serre très fort dans sa poche les deux petits dés que Merlin lui a donnés. Elles ont marché près de deux mois pour contempler ce spectacle.

- C'est ce que l'on appelle l'Amour, dit Enrique qui se trouve en retrait à quelques pas derrière Alice, Lilwenn et Josy. Vous vous trouvez au cœur de la Création. Quand on aime, il ne faut pas chercher à comprendre ce qui se passe, car tout se passe maintenant à l'intérieur de vous. Vous êtes l'Amour et vous communiquez désormais avec l'Âme du monde. Soyez-en conscientes, afin que chacune d'entre vous puisse comprendre et accepter ce que vous êtes vraiment. Chacune à sa propre histoire qu'elle devra constamment améliorer en quelque chose de mieux. Pour accomplir simplement votre destinée, jusqu'à ce que vous réussissiez à vous fondre dans l'Âme du monde. Plus vous évoluez, plus vous faites évoluer le monde qui vous entoure. Voilà pourquoi l'Amour transforme l'Âme du monde.

Les trois filles, dans cet élan d'Amour inconditionnel, se mettent à prier et à pleurer à chaudes et belles larmes comme des madeleines. Des prières sans mots qui ne demandent rien, juste le bonheur d'être reliées à quelque chose de bien plus grand. *Vous êtes reliées à cet Univers.* Elles comprenaient enfin maintenant qu'en pénétrant l'Âme du monde, elles pénétraient aussi l'âme divine de l'Univers. Qu'elles étaient une partie indivisible de l'Âme de l'Univers. En se retournant, les filles aperçoivent alors une très grande émotion sur le visage d'Enrique.

- Quoique vous fassiez mesdames, dit Enrique, vous jouerez toujours un rôle essentiel dans l'histoire du Monde, car votre vie est indissociable de l'Univers qui vous entoure. Souvent, les gens ne le savent pas. Mais pour vous maintenant, cela sera différent.

Les jeunes femmes sourient à Enrique, les yeux brillants et les joues humides. Jamais elles n'auraient imaginé la puissance de cette ultime étape. Elles avaient partagé le récit de Lilwenn avec Merlin, mais étaient très loin de s'imaginer vivre cela. Leur présence sur cette Terre en ce lieu n'était pas due au hasard. Heureux le signe qui les avait poussés à s'y rendre en accompagnant Lily. Tandis qu'Enrique prend congé :

- Adieu, les filles, prenez bien soin de vous, et restez attentives aux signes que l'Univers déposera sur votre chemin.
- Merci et adieu Enrique, ou plutôt Merlin, disent Alice et Josy
- À bientôt, Merlin, dit Lilwenn

Merlin s'éloigne et disparaît, en déposant un message dans la tête de Lilwenn.

- Rendez-vous à la grotte, Lilwenn.

Puis Merlin disparaît, comme à son habitude. Alice et Josy ne comprennent pas tout ce qui leur arrive. Elles sont partagées entre un monde légendaire et la réalité qu'elles viennent de vivre. Sur le promontoire, l'étendue qui les entoure est immense, aussi elle devrait apercevoir Enrique, même au loin. Lilwenn sourit, elle sait, elle leur explique que son guide Merlin n'est pas avare de jolies surprises, et qu'elles se souviendront toujours de ce moment. Le soir venu, après s'être changées pour revêtir leurs habits de nouvelle femme, elles bravent l'interdiction. Comme certains pèlerins ont dû le faire juste avant, elles y brûlent en offrande, leurs vieux vêtements ainsi que leurs chaussures usées par le chemin. Comme quoi, les ampoules apportent bien la lumière

28
Murcia

Josy et Alice prennent congé de Lilwenn. Elles ne savaient pas encore si elles poursuivaient le chemin jusqu'à Murcia. Maintenant, elles comprennent que cette fin de chemin appartient uniquement à Lilwenn. Elles se sont fait la promesse de ne jamais couper le cordon d'Amour qui les relie. Surtout on s'écrit, on se téléphone, on se voit.

- Gardons cette petite lumière allumée dans chacun de nos cœurs, concèdent les trois jeunes femmes avant de se séparer.

Lilwenn fait une petite pause et repense au message de Merlin, « Rendez-vous à la grotte ». Elle descend alors sur le sable d'une magnifique plage. De jolis échassiers marquent le sable mouillé de leurs petites pattes. La mer efface sans délai ces petites traces en les emportant au loin dans un doux ressac. L'eau caresse les pieds de la jeune fille, surprise de découvrir comme un cadeau au bord de l'eau, une magnifique coquille de Saint-Jacques. La région en regorge. La noix de celle-ci a dû faire le festin d'un poisson gourmet. Elle ramasse le coquillage et remercie ses guides pour ce nouveau témoignage. À côté se trouvent de jolies pierres vertes qui ressemblent étrangement à de l'aventurine. Ces pierres vertes à l'énergie douce et positive étaient utilisées chez les Incas, pour attirer l'abondance et la richesse. Pour les Celtes, la pierre d'aventurine verte était un symbole de spiritualité et de connaissance, et cela résonne bien en Lilwenn. Dans années 1890, les chercheurs d'or utilisaient l'aventurine verte comme un talisman pendu à leur cou, permettant d'attirer l'abondance et la chance. *Être attentive aux signes,* ressasse en boucle Lilwenn. Aussi, elle se baisse et récupère quelques petites pierres qu'elle dépose au fond de sa poche. Puis en tournant la tête, sur la droite de cette plage, comme cerise sur le gâteau, elle aperçoit cette grotte tant attendue. Le sable fin et chaud sous les pieds de la jolie blonde l'invite à entrer dans cette grotte mystérieuse. Caractérisée par des arches majestueuses, la grotte a été sculptée par l'Océan Atlantique durant des milliers d'années. Lilwenn s'avance vers le fond de cette crypte, tandis que le soleil bas du matin éclaire largement la voûte. Elle entend le chant d'un oiseau qu'elle pense être un merle, *sacré Merlin,* se dit-elle. Le soleil envoie son reflet sur un objet en verre posé sur le sable. Interpellée par cet objet, Lilwenn s'en saisit et constate qu'il s'agit d'une simple bouteille en verre. Puis observant de plus près, elle découvre qu'une feuille de papier se trouve à l'intérieur. Elle contemple quelques instants sa découverte fortement préoccupée et cette question. Ma réponse serait-elle contenue dans une bouteille jetée à la mer ? Quel symbole que cet instant qu'elle vit à présent ! Un message inscrit sur une feuille de papier, insérée dans une bouteille de verre, puis jetée à la mer. D'où vient cette bouteille ? Et qui a bien pu écrire ce message ?

Merlin lui avait dit : tu trouveras ton trésor, ta boîte à secret, le livre des secrets. Mais ce n'est pas une boîte. En plus, il n'y a qu'une page dans cette une bouteille. La surprise est de taille, Lily se dépêche de retirer le bouchon. Ni une ni deux, elle se saisit de cette merveilleuse invention qu'est le couteau suisse. Elle n'oublie pas de remercier Gérard pour ses bons conseils. Le bouchon ôté, elle en extrait alors délicatement la feuille de papier et la déroule. Ses mains tremblent légèrement, elle ressent de nouveau, une forte émotion l'envahir. Elle découvre alors que le message commence par : Ma Chère Lily !?

Ma Chère Lily,

Si tu lis ce message, c'est que tu es allée au bout de ta légende personnelle. Tu as su dépasser tes peurs, par ta bravoure et ton courage. Tu as eu l'audace de croire en ta bonne étoile et surtout tu as fait confiance. Tu t'es fait confiance. Tu as écouté avec sagesse toutes les recommandations qui ont été adressées. Tu as suivi les signes qui ont été déposés sur ton chemin. Tu as enfin dépassé toutes les pollutions culturelles, les croyances limitantes et les théories dogmatiques pour te lancer dans le marathon de ta vie. Maintenant il te reste une épreuve à accomplir. C'est à Murcia que tu renaîtras, fais ta demande à Marie. Tu trouveras la clé de toutes tes compréhensions. Écoute les signes, tu ressentiras en toi, au plus profond, la clé : « LA RÉVÉLATION ». Le coffre mystérieux, c'est toi.

Alors tu recevras en héritage tous mes savoirs, toutes mes connaissances. Te voilà prédisposée à en faire le meilleur usage, accepté cela comme un don. Je les ai cachés pour toi. Tu es la digne héritière de toutes mes connaissances. Fais-en un grand usage. Ta Mémaine d'Amour.

Mamm-Gozh Germaine*

(Signifie Grand-mère en Breton)*

Lilwenn est assise sur la plage à la sortie de la grotte. Le merle chanteur poursuit sa douce mélodie du fond de sa cachette. La feuille de papier, sur laquelle le message est inscrit est entre ses mains. Lily a bien reconnu l'écriture de sa Grand-mère, cela ne fait aucun doute. Elle l'a relu plusieurs fois de suite. La jeune fille est profondément émue. Les larmes n'arrêtent pas de glisser sur ses tendres joues brunies pas le soleil. Elle en tremble, pourtant il ne fait pas froid, elle ferme les yeux. Ses longues jambes sont repliées entre ses bras, elle pose sa tête sur ses genoux. Les images défilent derrière ses paupières closes. Elle se met à rire, à rire fort entre deux sanglots. Elle revoit le visage de sa Mémaine d'Amour. C'est comme cela que Lily l'appelle depuis sa tendre enfance. Ce diminutif affectueux résulte de la douce contraction de Mémé Germaine. Un flot ininterrompu de scènes défilent sur l'écran de sa mémoire. Lily à six ans, elle saute sur les genoux de sa Grand-mère et lui mets ses petits doigts dans les oreilles afin de l'obliger à lire sur les lèvres de sa petite-fille ses « Je t'aime Mémaine ». Une autre image lui revient quand, quelques années plus tard, la jeune fille cherche à redresser les doigts de sa mémé, tordus par les affres du temps. Mémé criait sous la douleur, puis elle explosait de rire en embrassant Lilwenn dans le cou, ce que la belle blonde ne supportait absolument pas.

Elle ouvre de nouveau ses yeux et contemple maintenant cet horizon. La mer à perte de vue, le silence de la plage, elle est seule au monde à cet instant, noyée dans cette doucereuse mélancolie. Mais tellement en paix au fond d'elle. Tandis qu'une myriade d'images défile dans sa tête, elle les laisse passer sans les retenir. L'émotion retombe désormais peu à peu, grâce à de longues et profondes respirations qui viennent calmer la jeune fille. Elle sourit à nouveau, quand arrivent au creux de son oreille, les paroles de cette chanson : « Seule sur le sable, les yeux dans l'eau, mon rêve était trop beau, mon voyage qui s'achève bientôt, je repartirai chez moi avec le secret. Comment oublier ton sourire Mémaine, j'ai tellement de beaux souvenirs », une parodie qu'elle applique à la chanson « Hélène » de Roch Voisine. Lilwenn est heureuse de revoir sa grand-mère, elle qui est partie bien trop tôt vers les étoiles. Même si ce ne sont que des images d'un rêve semi-éveillé. C'est bien elle qui la protégeait et la réconfortait quand elle allait mal. Sa mémé d'Amour qui lui réservait toujours les meilleurs soins pour la rendre plus forte. Tu seras ma digne héritière, lui avait-elle dit, alors que la jeune fille ne comprenait pas encore à l'époque ce qu'elle voulait lui dire. Mémé disait toujours : « Un jour tu comprendras ma Lily », et maintenant elle comprenait. Quand a-t-elle bien pu écrire ce message ? Où a-t-elle jeté cette bouteille à la mer ? *Je ne comprends pas comment cette bouteille a pu atterrir ici dans cette grotte, avec ce message à l'intérieur.* « Ne cherche pas, fais confiance », lui susurre-t-on à l'oreille. Puis Lilwenn s'adresse à la mer et lui dit :

- Mémaine, qu'est-ce que j'aurais aimé te raconter mon aventure en rentrant !

- Elle connaît déjà ton histoire, lui répond-on discrètement.

Encore un message subliminal, se dit-elle en se relevant. *C'est peut-être mon esprit qui me joue de tours après toutes ces émotions.* Cette petite voix qu'elle entend dans sa tête. Elle ajuste à nouveau son sac sur les épaules, il est devenu encore plus léger. Elle reprend ses chaussures à la main et marche dans l'eau le long de cette magnifique plage. La résonnance du fameux dicton vibre en elle : « Tout meurt à Finistère ». Lilwenn intègre doucement sa nouvelle enveloppe. Elle se sent légère, elle se sent bien. Elle vient de traverser des événements d'une grande intensité et le calme est revenu. Un peu comme après un raz de marée, un tsunami, lorsque les oiseaux se remettent à chanter. *À présent, je pars renaître à Murcia,* se dit Lilwenn, *car c'est l'endroit où la Vierge Marie serait apparue à l'apôtre Jacques, quand il est arrivé sur les côtes dans une barque de pierre.* Il avait été guidé par des anges, dans le but de l'encourager à évangéliser la Galice.

Une journée suffira à la jeune femme pour rejoindre Murcia. C'est une étape importante pour Lilwenn, aller jusqu'au bout. Environ vingt-neuf kilomètres la séparent de Murcia, pour une durée de sept à huit heures. La belle blonde chemine seule en essayant d'écouter ce que son cœur peut lui dire. Merlin lui a sagement fait comprendre de suivre le chemin du cœur, les signes la mèneraient à l'endroit exact où a été déposé le coffre. Elle marche sous le chaud soleil de mai, *c'est top, alors fais ce qu'il te plaît,* se dit-elle. Le chemin avec une vue sur la mer est rempli de lumière. Entre les immenses champs de maïs et les magnifiques forêts, elle avance, portée par sa musique. La jeune fille profite pour quelques instants d'une pause à la fraîcheur de l'ombre. Puis à proximité de la plage d'O Rostro, Lilwenn fait une seconde pause pour se restaurer. Les émotions, ça creuse, c'est bien connu. Après son déjeuner sandwich, elle repart rapidement, pas de temps pour une petite sieste qui lui serait pourtant salutaire. Un dernier effort à faire avant d'arriver à Murcia, affronter la montée au col d'As Aferroas. Le col culmine à deux cent quatre-vingt-neuf mètres d'altitude.

Lilwenn entre dans Murcia, un petit village de pêcheur situé sur la célèbre Costa da Morte, dans la province de La Corogne, une des quatre communautés autonomes de Galice. Cette petite commune sauvage et marine abrite au bord de l'océan le sanctuaire de « Notre Dame de la Barque ». Ce lieu est connu depuis le XIe ou le XIIe siècle pour être un lieu de pèlerinage. Il serait le prolongement de la visite faite à l'apôtre à Compostelle. Lilwenn ne tarde pas à se rendre au sanctuaire de Nosa Señora da Barca (Notre Dame de la Barque). On la nomme également la Vierge de l'Espérance. Le sanctuaire symbolise les restes du bateau de pierre dans lequel l'Apôtre serait arrivé sur les terres de Muxía. La légende dit que lorsque Santiago Zebedeo est arrivé, la Vierge Marie lui est apparue. Deux pierres, l'une représentant la barque, la seconde représentant la voile, symbolisent cette apparition et commémorent cet épisode.

Situé dans un parc naturel au jardin merveilleux, le sanctuaire est taillé dans un roc très dur et constitue un véritable joyau architectural. Lilwenn pénètre dans ce sanctuaire et vient se recueillir auprès de la sainte statue. Elle aperçoit deux personnes déjà en demande. Elles semblent, comme la jeune fille, à chercher d'une réponse. Lilwenn s'adresse tout bas à Marie et demande également à Merlin d'intervenir pour lui apporter la dernière pièce de son puzzle. Soudain, elle perçoit que sa réponse sera apportée par ces deux étrangers. Elle prête l'oreille, ils sont en train de se disputer en espagnol. Lilwenn qui comprend fort bien cette langue devine qu'ils font état d'un prétendu magot caché dans une maison. N'ayant rien trouvé, ils viennent demander pardon et solliciter un complément d'information. Ils prétendent avoir fait sauter les lames du plancher, pensant trouver leur trésor sous les planches, mais rien n'était caché là-dessous, même dans la chambre. Ils n'obtiendront pas de réponse et partent fâchés en jurant. Lilwenn comprend la leçon qu'elle doit en tirer, que leur avidité les a punis.

La belle Lilwenn sourit, regarde Marie avec tendresse et Amour, elle semble lui sourire en retour. Elle se lève, se signe et remercie avant de sortie du sanctuaire. Dehors, un soleil magnifique illumine ce lieu magique. Du haut de la colline, la vue sur la ville de Murcia est un véritable tableau de maître. Près de la fontaine sur la branche d'un arbre brise-vent, un petit bec jaune se glisse entre les feuilles et chante à tue-tête. *C'est toi le joli merle ? Tu es toujours auprès de moi pour les bonnes nouvelles,* lui dit Lilwenn. *Je t'aime Merlin.* Ce soir elle dormira comme un bébé dans une jolie chambre confortable avant de rentrer, la tête pleine et le cœur léger.

29
Le trésor

Lilwenn a quitté Murcia de bonne heure ce matin. L'autocar la transporte jusqu'à la gare de Compostelle où son train l'attend pour rejoindre sa Bretagne natale. Après deux journées de voyage et vingt-quatre heures de transport, en train et en bus, elle arrive à Vannes. Quand Lilwenn met pied à terre dans la cité des Vénètes, elle est épuisée. Ses jambes sont un peu lourdes. Le retour a été long et chaotique, dans un inconfort peu propice au repos. Le manque de sommeil se fait fortement ressentir. Le teint hâlé, elle garde néanmoins son sourire radieux, malgré quelques jolis cernes sous les yeux. La jeune fille est fatiguée certes, mais elle est surtout métamorphosée. Le soleil a généreusement coloré sa peau et ses cheveux ont bien poussé. Ils sont devenus couleur blond platine. Lilwenn est rayonnante.

Elle retrouve la petite maison familiale, sa mère ne l'attendait plus, elle pensait avoir perdu sa fille. L'accueil qu'elle lui réserve est glacial. Est-ce une colère causée par la disparition de sa fille modèle ? Peut-être que cette colère ruminée par sa mère durant plus de deux mois, a généré chez elle une peur, un grand vide créé par l'absence. Elle pensait certainement avoir perdu sa fille pour toujours. Lilwenn aurait vraiment souhaité un accueil sur le ton de l'émotion. Bien au contraire, pas même un bonjour, pas le moindre geste affectif, que déjà Lilwenn doit faire face aux foudres de sa mère. Elle n'a pas eu le temps de déposer son sac à terre. Au lieu de cela, sa mère hausse la voix. Elle est en train de déverser cette longue période de colère. Cette colère, sa mère l'a créée, ruminée, entretenue contre sa fille. Maintenant que Lilwenn est de retour, elle s'autorise à vider son sac, sans retenue, sans être consciente de l'ampleur de sa réaction. Lilwenn est en mode protection. Elle fait deux pas en arrière et laisse passer cette foudre. Puis à bout d'argument, sa mère s'est asséchée de ses propos. Avec une parfaite assurance, tout en contrôle, Lilwenn regarde sa mère et avec un parfait aplomb lui dit :

- Stop maman ! Surtout, ne commence pas avec tes reproches et tes leçons de morale. Je suis de retour. Ne m'oblige pas à faire demi-tour et repartir. Tu devrais être ravie de me revoir au lieu de cela, tu fais ta crise.
- Mais ! Comment parles-tu à ta mère ?
- Bonjour, maman, est-ce que tu vas bien ? renchérit Lilwenn sans faire plus attention à la réaction de sa mère.
- Comment je vais, comment je vais, répète-t-elle en bafouillant.
- Tu devrais être contente de me revoir, alors embrasse ta fille et nous en reparlerons quand tu auras repris tes esprits.

Lily se doutait bien que sa mère ne resterait pas calme à son retour. Cette mère tranchante et autoritaire allait sûrement réagir furieusement, après cette absence. Mais lui faire ce coup-là, dès le seuil de la porte, était perçu comme une agression. La jeune fille ne s'attendait pas à un accueil aussi violent. *Cela confirme que ma mère n'a rien compris,* se dit-elle. Désormais elle est bien décidée à ne plus se laisser maltraiter. Plus jamais et par qui que ce soit, les parents, patrons, amis, mari, enfants… Calme et déterminée, droite dans ses bottes et alignée, elle est maintenant en accord avec qui elle est devenue. Il faudra respecter désormais la nouvelle Lilwenn augmentée. Après deux mois d'un merveilleux enseignement, la jeune femme ressort de cette expérience totalement transformée. Lilwenn est entrée à l'école des « Mystères de la Vie » grâce à la magie de son guide et protecteur Merlin. Elle a presque tout appris. La confiance en soi, l'endurance, la patience, cela n'était pas gagné d'avance. Mais elle a surtout compris le sens du mot « acceptation ». La Lilwenn nouvelle est de retour et plus décidée que jamais.

L'agitation est maintenant retombée et la soirée qui va suivre sera sous un air de fête et de bonne humeur. Toute la famille est conviée le soir à la maison pour fêter le retour de Lily. Elle a appelé Diego pour qu'il se joigne à cette réunion de famille. La nuit entière sera consacrée aux aventures de Lilwenn. Le réveil est difficile ce matin. La nuit a été très courte une nouvelle fois. Lily ne regarde plus son déficit de sommeil, désormais elle a tout le temps pour elle. Elle a pris l'habitude de se lever tôt et trouve à présent les journées plus riches. Elle prend son petit-déjeuner avec sa maman et entame une conversation plus posée. Après avoir fait le tour des potins, sans donner d'explication ni de précision, la jeune fille demande à sa mère :

- Je souhaiterais me recueillir dans la maison de Mémaine, s'il te plaît maman.

Mémaine était la grand-mère maternelle de Lilwenn. Mais les rapports avec sa fille ont toujours été tendus. Sachant Lilwenn très proche de sa grand-mère, elle ne ressent aucune réticence.

- Depuis que ta grand-mère est partie, nous n'arrivons pas à vendre cette foutue maison, répond sa mère, sur un ton pas très agréable. Pourtant l'argent de la vente nous ferait le plus grand bien, ton père et moi pourrions peut-être envisager d'avoir notre maison. Un air de colère semble teinter la voix de sa mère pas trop marquée par l'empathie.
- Papa me prêtera sa voiture tantôt, sinon je demanderai à un copain de me déposer, indique Lily.
- Tiens, voici les clés de la maison, ne les perd pas, elles ne sont pas en or, mais on ne sait jamais, elles peuvent servir… et surtout tu refermeras bien derrière toi.
- T'inquiètes Mam,

Le midi, son père rentre du travail, après un gros câlin avec sa fille, elle lui demande :

- Papounet chéri, je prends ta voiture cet après-midi, tu n'en as pas besoin ?
- Question fermée, réponse fermée ma fille ! Non, je ne ressors pas. J'ai travaillé une partie de la nuit, je vais plutôt aller me reposer un peu, sois prudente et rentre en début de soirée ma chérie, je travaille encore la nuit prochaine.

Lilwenn est ravie, elle va pouvoir explorer la maison de sa grand-mère à la recherche de quelque chose. Elle ne sait pas encore de quoi il s'agit. Son chemin lui a révélé bien des informations. Maintenant que tout est calé, les clés et le véhicule, la jeune fille va pouvoir se rendre en début d'après-midi, dans la maison de sa grand-mère. Après le déjeuner, Lilwenn parcourt le trajet qui la conduit là où vivait Mémaine. C'est une grande maison des années 20 du type longère, un ancien corps de ferme. *Elle aurait besoin d'un bon rafraîchissement,* se dit-elle en tournant la clé dans la serrure. En poussant la porte fermière à deux vantaux, elle sent son cœur se serrer. Une multitude de souvenirs et d'informations lui reviennent en mémoire. Elle en a fait des fêtes dans cette maison où pépé se déguisait à chaque Noël. Elle prend soin de bien refermer derrière elle. Sans plus attendre, elle monte directement au premier étage dans la chambre de sa mémé. Elle commence par ouvrir en grand les volets et la fenêtre de cette chambre pour laisser entrer la lumière. *Une bonne aération ne fera pas de mal,* se dit-elle, *ça pue le renfermé ici. Pardon mémé,* se reprend-elle. Lilwenn ressent sa présence et lui parle comme si elle était encore là. La jeune fille reste longtemps ainsi à contempler la chambre à coucher. Elle en fait le tour et regarde avec attention les cadres posés sur la commode. Elle revoit sa petite bouille un peu ronde quand elle était gamine. Les photos de famille sont toutes alignées en rang d'oignons. C'est bizarre cette rigueur, mémé n'était pas tout à fait comme ça ! Dans un joli cadre ovale, recouvert de nacre blanche se trouve le portrait de mémé. Elle porte cette haute coiffe bigoudène blanche et son costume folklorique, orné de magnifiques broderies. Elle s'arrête un instant sur ce portrait. Sur la photo, Mémaine doit avoir l'âge de Lilwenn, pas plus de dix-neuf ans. Elle pivote et se retourne face à la grande armoire bretonne en chêne au fronton sculpté.

La porte du milieu est un grand miroir. Elle se regarde puis regarde la photo. Elle se regarde à nouveau et n'en croit pas ses yeux. Elle retrouve le visage de Mémaine sur la photo et dans le miroir. La ressemblance au même âge est parfaite. Lilwenn sourit et dit au miroir :

- Qu'est-ce que tu es belle !

S'adresse-t-elle à Mémaine ou à l'image que le miroir lui renvoie ? Peut-être aux deux. Elle se remémore les paroles du couple au sanctuaire, et cette boîte qu'ils cherchaient sous un parquet. Elle repense à tout ce chemin qu'elle a parcouru et à ce coquin de Merlin qui la trimbale çà et là. Si elle ne l'avait pas écouté dès le début, si elle n'avait pas vendu sa voiture, elle n'aurait pas rencontré ses amies, et avec des si… Elle prend alors une grande respiration et dit :

- Sacré Merlin, tu m'as fait parcourir tout ce trajet. Tu m'as fait déployer tant d'efforts pour me ramener au point de départ. Tu aurais pu m'économiser tout ce temps et toutes ces difficultés, dit Lilwenn.

Une voix résonne alors dans la chambre, c'est la voix de Merlin qui lui dit :

- Non, si je t'avais révélé le secret dès le départ, tu n'aurais pas assisté au coucher de soleil à Fisterra et tu n'aurais pas rencontré l'Amour en pénétrant l'Âme du monde.

Lilwenn sourit, elle se met à genoux sur le sol de la chambre et commence l'inspection. Elle sonde une à une, les lames de ce parquet en chêne. Arrivée à proximité de la tête de chevet, soudain, le parquet sonne creux. L'émotion la gagne, elle marque un temps d'arrêt. Puis elle recommence une nouvelle fois pour confirmer l'endroit. Pas de doute cette large lame de parquet sonne bien le creux. *Il y a de grandes chances que quelque chose se cache ici,* se dit la jeune fille. Elle s'empare alors des quelques outils qu'elle a dérobés le matin même, dans l'atelier de son père, et commence à défaire délicatement le morceau de bois qui sert de chapeau à cette cachette. Elle travaille prudemment et opère avec minutie afin de ne pas endommager le sol. Ce qui pourrait attirer l'attention du regard furtif de sa mère et l'amener à se poser quelques questions. *Sois prudente avec la famille,* se martèle Lilwenn. Sans compter que si dégâts il y avait, cela pourrait probablement faire l'objet d'un contentieux lors de la vente de la maison. Et cela, Lilwenn ne le veut pas. Après quelques instants de suspense, Lilwenn écarte délicatement la lame de bois et plonge sa main entre les poutres. Une fois vers la droite, rien ! Une seconde fois vers la gauche et sa main rencontre une masse. Elle tapote légèrement dessus, un bruit métallique résonne. Elle saisit l'objet et l'extrait de sa cachette. En effet, elle en ressort une vieille boîte en fer blanc. Cette boîte a certainement contenu en son temps de succulents petits palets bretons. Des motifs peints à la main ornent le couvercle de cette boîte d'un décor traditionnel à l'image de la célèbre faïencerie de Quimper. Le légendaire couple breton. Elle, une jolie Bretonne en costume traditionnel rehaussée de sa coiffe, lui, le joueur de biniou qui la charme. Au-dessous du dessin, la signature de la célèbre biscuiterie « La Trinitaine ». *Quelle gourmande la grand-mère !* se dit la jeune fille. *Au moins, je sais de qui je tiens maintenant ! Depuis combien de temps cette boîte se trouve-t-elle cachée ici ? Est-ce vraiment important tout compte fait ? Puisqu'elle m'était apparemment destinée.*

La jeune fille a enfin trouvé son précieux trésor. Elle s'empresse d'ouvrir cette boîte dont elle a tant entendu parler. Sur le dessus, elle y découvre un petit carnet à spirales dans lequel sa grand-mère a pris soin de consigner ses nombreuses recettes. Elle les consulte rapidement et comprend qu'il s'agit bien des recettes de potions, d'élixirs et d'onguents. Toutes ces préparations précieuses qui servaient à Mémaine pour dispenser ses soins. Elle prendra le temps de les consulter plus tard, au calme. Un petit carré de tissu protège ce qu'elle découvre alors au-dessous. De nombreuses pierres précieuses ainsi que des bijoux de grande valeur en or, sont cachés là, dans cette boîte. Des saphirs, des émeraudes, des rubis et quelques diamants sont aux côtés d'autres pierres comme des opales, des lapis-lazulis et quelques grenats. Lilwenn s'interroge ! Qu'est-ce que c'est ? Que font ici ces pierres précieuses ? À quoi cela correspond ? Une feuille de papier pliée en quatre est posée au-dessous de ce trésor. En l'ouvrant, la jeune fille y trouve une liste des généreux donateurs, avec les noms, les dates et les pièces offertes à sa grand-mère. Elle comprend que cela correspond à des dons que sa mémé a reçus, en remerciement de ses soixante années de soins. Elle sourit en comprenant que Mémaine a pris grand soin de répertorier ces bijoux afin de ne créer aucun ennui par la suite. Pour qu'ils ne soient pas assimilés ou confondus avec du vol. Elle a dû sauver tellement de vies avec ses remèdes miracles. Chut ! On ne répétera pas cela au médecin du village. Mais, si ça se trouve, il consultait aussi Mémaine ! Lilwenn est morte de rire. De riches familles bourgeoises bretonnes venaient très souvent la consulter. Lilwenn se souvient que certaines venaient parfois de très loin. Elle continue son inspection, puis en dessous encore, elle y découvre une enveloppe cachetée. Elle lui semble bien épaisse. Que peut-elle contenir ? Elle l'ouvre avec prudence et constate avec le plus grand étonnement que ce sont des billets de banque. Non pas des francs ! Mais ce sont bien des euros. Elle compte rapidement puis soudain relève que la somme correspond exactement au montant qu'elle a donné à Merlin avant de partir. *Comment ces billets sont-ils arrivés jusqu'ici ? Décidément Merlin n'aura jamais fini de m'étonner.* Au dos de l'enveloppe est inscrit, « c'est ma contribution pour te racheter un nouveau véhicule », signé Merlin. Les larmes envahissent à nouveau le visage de Lilwenn tandis qu'elle reste assise sur le parquet de la chambre. *Décidément, que d'émotions,* se dit-elle. *Merci, merci, mille fois merci pour tous ces cadeaux.* Un autre petit mot écrit de la main de sa grand-mère se cache tout au fond de cette boîte. Il y est inscrit :

> *Ma petite fille chérie,*
>
> *Sache que tout cela est pour toi, pour que tu t'installes. Poursuis l'œuvre de notre famille. Surtout, ne le dis à personne, garde ce secret pour toi, un jour tu transmettras ce joyau à l'esprit consacré. Vends les pierres à Paris chez les plus grands joailliers. En faisant cela, tu libères la maison.*
>
> *Ta Mémaine*

Huit jours plus tard, une offre d'achat au juste prix était faite sur la maison de la grand-mère. Les parents de Lilwenn pouvaient maintenant, après un partage entre les frères et sœurs de sa mère, envisager enfin d'être propriétaires de leur maison, pour la première fois de leur vie.

30
Epilogue

Lonan a repris en main la distillerie familiale et brasse désormais l'un des meilleurs whiskies d'Irlande. Il s'est marié avec Maureen et a une petite fille prénommée Sue, une ravissante petite blonde née de leur amour. Lonan aura conservé ainsi un joli souvenir de la belle Lily.

Owen et Marina ont créé un cabinet free-lance de journalistes indépendants. Owen officie en qualité de journaliste reporter international et Marina comme photographe de presse. Ils se sont mariés à Philadelphie, Lilwenn était l'invitée surprise et témoin de cette union auprès de Marina.

Alice et Josy ont suivi les recommandations de Lilwenn, et après une licence de psychologie et un master en Sciences humaines, elle a réussi à se faire ouvrir les portes des structures sociales et des institutions publiques. Avec Josy, elles ont ouvert un cabinet spécialisé dans la défense des droits des enfants. Alice a repris les entraînements et a été sacrée championne du monde dans sa catégorie. Une superbe revanche avant de raccrocher le maillot et de se consacrer désormais à sa carrière professionnelle.

Marion et Évelyne ont quitté leur chocolaterie et se sont installées à leur compte. La boutique se nomme « Aux Délices des Anges ». En hommage à leurs anges gardiens, car ils ont œuvré en ce sens. Ainsi, elles ont pu constater que les prédictions de Lilwenn étaient réalisables. Tout arrive puisque l'Univers a conspiré pour cela. La légende personnelle de ces deux merveilleuses personnes est désormais réalisée. L'usine a abondé pour l'ouverture du magasin et elles sont désormais devenues les ambassadrices de la marque. Une seconde boutique est en cours d'ouverture. Elles sont jeunes et pleines de projets alors pourquoi pas la création d'une chaîne de magasins ?

Lilwenn va épouser Diego qui est désormais ingénieur en aéronautique. Elle a ouvert son cabinet proche de Vannes qui ne désemplit pas. Sa renommée est importante et elle aide de très nombreuses personnes à y voir clair dans leur vie. Elle a repris la préparation de ses potions magiques, un clin d'œil à Merlin, et guérit de nombreuses pathologies. Elle constate néanmoins qu'aujourd'hui, les gens sont devenus moins généreux que du temps de Mémaine. Mais elle ne se plaint pas un instant. Elle a écrit un livre pour raconter son aventure sur les chemins de Compostelle, qui se trouve être un véritable best-seller en librairie. Lilwenn attend un enfant, ce sera une petite fille. Avec le papa, ils espèrent une jolie petite blonde. Elle a envoyé une très belle lettre à Lucia en souvenir de leur rencontre. Elle a écrit à Pierre et à Marie, pour leur exprimer combien ils avaient été importants sur son chemin et remercier encore Pierre pour sa délicate proposition. Il comprendra facilement combien cette jeune femme est heureuse aujourd'hui, d'apporter autant de réconfort à ses semblables.

Quand nous nous perdons étrangement dans les méandres de nos pensées, les arcanes de notre vie nous invitent à suivre des chemins que l'on n'attendait pas. C'est toujours pour notre plus grand bien. Ils nous apportent la paix, la lucidité et la compréhension de ce que nous sommes. Parce que, au fond de nous, nous ressentons très bien ce qui est bon pour nous. Souvent, nous regardons de côté, du coin de l'œil pour ne pas avoir le courage de voir, ou d'affronter la vérité en face. Qui aurait pu croire que Lilwenn était capable du jour au lendemain, de tout plaquer et de partir sur les chemins à la recherche de son vrai moi. Elle-même ne le savait pas. Un jour, un vieux bonhomme, se faisant passer pour un guide, un magicien, une légende, il est apparu soudainement dans la vie de cette jeune Lilwenn. À un moment où elle ne s'y attendait absolument pas. Il a bouleversé tous ses programmes, tout ce qu'elle avait soigneusement et sagement préétabli. Cette légende enchanteresse se prénomme Merlin.

« Je suis née sur cette Terre », vous dira cette jeune femme, blonde aux yeux verts. Et alors ! Ce n'est pas par hasard. Qui aurait le toupet de croire qu'un être aussi évolué que vous et moi, un être humain, serait venu s'incarner sur cette planète Terre, comme ça ! Juste pour manger, faire pipi-caca et dormir, accessoirement se reproduire. Qui ? Dites-le-moi ! Peut-être des esprits mal ventilés ou une intelligence artificielle. Non rassurez-vous, nous avons tous un programme à suivre. Un guide pour suivre le chemin engrammé dans notre ADN, et cela depuis le premier jour de nos jours. La « réalité intelligible » selon Plotin ou le « concept » selon Kant est définie comme « la chose en soi ». Vous constatez bien depuis la nuit des temps, que des hommes et des femmes, (parité oblige), aux vertus spirituelles affûtées, ont tenté de prouver par A + B et de démontrer de façon rigoureuse tous les contours d'une incarnation portée par une destinée. La fabuleuse « légende personnelle » de « l'Alchimiste » expression favorite de Paolo Coelho. Ceci au grand dam de leurs détracteurs, les rois de la censure, les manipulateurs de tout bord, sectaires et prétentieux. Ils tentent de nous convaincre que rien n'existerait sur cette Terre, que nous ne puissions expliquer scientifiquement. Ben voyons ! On vit, on meurt ! Point barre ! La science a rejeté les notions d'Âme, d'Esprit et de Conscience. Assimilant la conscience comme le produit du cerveau. La science a été construite pour défaire la religion. Il faut impérativement distinguer la religion de la spiritualité. Il était important certes d'évacuer toutes les mauvaises croyances religieuses, mais cela ne veut absolument pas dire que dans la religion il n'y a pas quelque chose à en tirer. L'être humain n'est pas une machine. (L'auteur invite ici le lecteur qui souhaiterait poursuivre plus loin ses recherches en matière de spiritualité, à se rapprocher des nombreux livres, débats et conférences de Philippe Guillemant. C'est un scientifique du CNRS, Physicien quantique hors-norme, qui révèle scientifiquement le secret de notre Destin).

Notre vie intérieure est une vie, car il y a une activité. Tout se passe en nous. Cette conscience nous habite, elle est le bruissement de nos pensées, de nos désirs, de nos sensations, de nos émotions, de nos espérances. C'est une forme de vérité et de liberté qui nous permet de nous délester et de résister aux commandements et aux sollicitations extérieurs. Plus notre vie intérieure est riche, plus nous sommes armés pour affronter le monde qui nous entoure avec force et résistance. Notre vie intérieure trouvera son expansion et son épanouissement, non pas en se refermant sur nous-mêmes, mais bien en nous ouvrant à la réalité d'un monde spirituel. Les critères de ce qui se trouve en amont produisent ce qui est en aval et se créent en opposition. Tout comme le simple donne naissance au complexe, l'action donne naissance à la puissance et le parfait crée l'imparfait, et vice et versa. Cela va modifier grandement notre façon de penser et de comprendre ce qui nous entoure. Raisonner, c'est penser à une situation ou un problème et définir ce qui relie les choses entre elles. La meilleure façon de résoudre un problème, n'est-il point de ne pas le créer ?

Les lois de la nature, comme le raisonnement, doivent nous amener à étudier le Divin et la Nature, comme on s'étudierait soi-même. Les Divins Systèmes de la création du monde constituent les lois de la nature et permettent de connaître ce monde. Alors nous devons considérer notre destin avec la plus grande complaisance. La conception du destin, du chemin de vie, de notre légende personnelle ; doit-elle être perçue comme une voie à suivre par nécessité ? Est-elle à l'origine de notre motivation et de notre force intérieure pour cultiver notre bonheur ? Ici, nous pourrons considérer la voix de Merlin s'adressant à Lilwenn, comme une incitation, à suivre le chemin, à suivre sa voie et tracer la route d'un bonheur. Serait-elle passée à côté si cette jeune fille avait rabroué ce vieil homme barbu ? Notre liberté peut alors nous entraîner à nous égarer en chemin. Cela engendre des problèmes moraux de choix, entre le bien et le mal. Suivre son destin demande beaucoup d'abnégation et d'humilité. C'est dominer ses sentiments pour se dominer soi-même. Le cheminement de notre vie ne dépend pas de nous. Alors faudra-t-il se soumettre ?

Le destin est une interrogation ancestrale. Il initie les grands questionnements de l'être. Suis-je libre de mes pensées et d'aller où je veux en écoutant mes perceptions intérieures ? Prendre en main son destin serait-il devenu un effort surhumain ? Pas besoin de le prendre en main son destin ! On le suit tout simplement. Si on accepte bien entendu de suivre, ce que la vie nous donne. Il n'y a pas d'effort à consentir. Pour faire évoluer votre futur, faites vos choix dans le présent, votre destin n'est pas figé ! suivez les synchronicités. Changez votre ancien futur pour vous relier à votre nouveau futur. Comme cela n'est pas encore définitif, en acceptant de changer, vous diminuez drastiquement la probabilité d'aller vers votre ancien futur. Peut-être avez-vous décroché ici, ce n'est pas grave, vous relirez ce passage.

Quand Lilwenn a pris la décision de partir sur le chemin, elle a fait le choix de se confronter à une modification majeure de son avenir. Par ses connaissances, ses rencontres et ses longues heures passées à faire le vide, elle a créé ce futur alternatif. Elle a semé d'extraordinaires hasards, de synchronicités et de signes. La rencontre avec Pierre ne se serait pas produite si elle n'avait pas emprunté le chemin. Si elle accepte ou bien refuse sa proposition de collaboration, elle modifiera encore son futur. Soit elle devient sa collaboratrice et part travailler sur Paris, soit elle rentre en Bretagne. Soit encore la possibilité de suivre Lonan en Irlande, pour une vie entre saumons et whiskies. Si elle décide d'épouser Diego, elle aura encore un autre futur. Voyez-vous le futur n'est jamais tout à fait fixé, mais le chemin existe. Personne ne peut affirmer que Paris, l'Irlande ou une autre destination soit le bon choix à suivre pour Lilwenn. Rester attentive aux signes, lui a rabâché Merlin.

Le discernement est la perception de votre propre réalité, en fonction de l'instant présent et de vos vibrations. Les embarras, les tracas et les obstacles sont de bonnes nouvelles, car ils vous renvoient toujours sur la bonne voie. Considérez-les comme une chance. Résister face à notre futur, c'est prendre le risque de se diriger dans une direction, par facilité ou par gain de temps. Mais gare à ne pas recopier les schémas toxiques des parcours calamiteux. Cette résistance négative vous empêche d'aller de l'avant et cherche malgré tout à vous ramener irrémédiablement vers votre ancien futur. Celui dont vous ne vouliez plus et que vous appelez « emmerdements ». Maintenez le cap et continuez à projeter vos intentions avec force et conviction dans l'action. L'Univers sera toujours là pour vous. Il faut avoir confiance. Comme dit Merlin en s'adressant à Lilwenn, « l'Univers conspire toujours à te proposer la meilleure version du programme ». L'Univers conspire à vouloir réaliser vos rêves, ne l'oubliez jamais, ceci est de la pure physique. Alors, lâchez prise, sortez de votre conditionnement pour aller dans la bonne direction. C'est le fil conducteur de votre chemin vers le futur. La conscience joue un rôle essentiel dans votre réalité. Votre chemin est tout tracé vers un futur qui ne trouve sa place que dans le moment présent. Si vous venez à changer ne serait-ce qu'un paramètre de votre vie à l'instant présent, prendre une décision majeure, démissionner, claquer la porte… vous agissez sur votre futur ! Il est impossible de certifier et d'affirmer que la trajectoire du chemin que vous suivrez sera unique. Le présent joue le rôle du chemin. Vous prenez vos décisions, en conscience dans ce présent, qui se situe entre un passé et un futur. Plus votre futur sera loin, plus il vous restera de temps à vivre, plus il sera susceptible de changer.

Lilwenn a compris qu'à dix-neuf ans, elle avait tout l'avenir devant elle. Pour paraphraser une célèbre réplique de Francis Blanche, « Votre avenir est devant vous, chaque fois que vous vous retournerez, vous l'aurez dans le dos ». Les potentialités de cette jeune femme existent dans le futur et ne sont pas figées, mais différentes versions existent. Plus vous vieillissez, plus vous vous rapprochez du présent et plus le chemin se rétrécit pour réaliser vos rêves. Car le temps se comprime. Plus vous agissez tôt, comme Lilwenn, plus vous ouvrez le « Champ des Possibles ». Plus vous vous créez de nombreuses versions de votre futur. Vos différents choix interagiront et modifieront votre avenir pour vous préparer d'autres futurs. Voilà pourquoi, plus vous réduisez le temps pour comprendre et exploiter vos potentiels, plus l'Univers vous enverra de signes. Il vous rappellera clairement que vous vous êtes éloignés de votre chemin initial. A contrario, l'Univers vous confirmera bien que vous êtes sur la bonne voie :

« LA VOIE ENCHANTÉE ».

Table des matières

Présentation de l'auteur

Alain KLIMEK est né en 1961 à Paris. Il est le troisième d'une famille de six enfants. À trois ans il est déjà curieux de tout et explore les frontières de l'inconnu. Un conflit familial l'oblige à rompre avec ses études, ce qui le projette dans le monde du travail. Chef d'entreprise, il n'aura de cesse de défendre et promouvoir les vraies valeurs de la vie. Sur le tard, il se décide à poursuivre un rêve d'enfant en achevant un premier roman, commencé à l'âge de 14 ans. L'histoire du petit Arthur surfant sa vie pour échapper à l'autorité colérique de son père, exempt du bouclier protecteur maternel. Il bravera tous les défis, car il sait que l'univers conspirera toujours à la réalisation de ses rêves.

Du même auteur

Romans

Ptit con, France Libris 2022

12 Marches, Un escalier vers le ciel, France Libris 2023

Pour contacter l'auteur
Email : kalain64200@gmail.com

Ce livre a été imprimé
en France par **ICN**

Zone Industrielle des Saligues
98, rue Louis Rabier
64300 Orthez

05 59 69 77 80
icn@imprimerie-icn.fr